S

# Otto de Kat

# Mann in der Ferne

# Sehnsucht nach Kapstadt

*Zwei Romane*

Aus dem Niederländischen
von Andreas Ecke

Schöffling & Co.

*Mann in der Ferne/ Sehnsucht nach Kapstadt*
Zwei Romane
Neuausgabe in einem Band
bei Schöffling & Co., Frankfurt am Main 2016


*Mann in der Ferne*
Die Originalausgabe erschien 1998
unter dem Titel *Man in de verte*
bei Uitgeverij G. A. van Oorschot, Amsterdam
© der deutschen Ausgabe
Schöffling & Co. Verlagsbuchhandlung GmbH,
Frankfurt am Main 2016
Die deutsche Erstausgabe erschien 2003 im Suhrkamp Verlag,
Frankfurt am Main
© 1998 Otto de Kat
Alle Rechte vorbehalten


*Sehnsucht nach Kapstadt*
Die Originalausgabe erschien 2004 unter dem Titel
*De inscheper* bei Uitgeverij G. A. van Oorschot, Amsterdam
© der deutschen Ausgabe
Schöffling & Co. Verlagsbuchhandlung GmbH,
Frankfurt am Main 2016
Die deutsche Erstausgabe erschien 2006 im Suhrkamp Verlag,
Frankfurt am Main
Die Übersetzung dieses Buches wurde gefördert vom
*Nederlands Literair Produktie- en Vertalingenfonds*
© 2004 Otto de Kat
Alle Rechte vorbehalten
Satz: Fotosatz Amann, Memmingen
Druck & Bindung: Pustet, Regensburg
ISBN 978-3-89561-532-0

www.schoeffling.de

# Mann in der Ferne

Das Algonquin lag wie eine kleine Insel in New York. »Namen von Städten und kleinen Inseln sind weiblich«, kam ihm bei diesem Vergleich in den Sinn. Es war eine Regel der lateinischen Grammatik, die sich nach Jahren wieder meldete. Sein Vater und er hatten die Grammatik mehr als einmal durchgenommen. Stunden, in denen sie einander gegenübergesessen hatten, Wochen des Abhörens, und alles, was übrig blieb, waren ein paar Ausnahmen.

Er saß in der Halle des Hotels, als eine Frau die schweren Vorhänge vor der Schwingtür zur Seite drückte. Sie war ein wenig außer Atem. Über die Zeitung hinweg, die er sich desinteressiert genommen hatte, sah er, dass sie sich suchend umblickte. Ihm fiel auf, wie hübsch ihr Gesicht war. Der Mann an dem Tischchen neben ihm versuchte sie auf sich aufmerksam zu machen und rief leise einen Namen. Sie ging auf ihn zu, umarmte ihn und blieb so einen Augenblick stehen. Dann hörte er sie zögernd sagen: »Ich konnte es kaum aushalten. Du warst so verlegen, und die letzten Straßen bin ich gerannt.«

Nicht nur Städte und kleine Inseln waren weiblich.

Er hätte sie beide berühren können, so nah standen sie neben ihm. Die Ecken seiner Zeitung streiften ihren Mantel. Der Mann strich ihr über die Wange, nahm ihr die Tasche aus der Hand und winkte einem Kellner.

Die Frau lehnte ihren halb zusammengefalteten Schirm gegen einen Stuhl. Draußen schneite es. Hinter seiner Zeitung verborgen, betrachtete er ihr Gesicht. Es war von einer unversehrten Schönheit, es leuchtete, naiv und rein. Der Kontrast zum Gesicht seines Vaters drängte sich ihm auf. Das war eine Ansammlung von Schönheitsfehlern gewesen, Folgen einer Hautkrankheit mit ständig wechselnden Symptomen. Er wusste nicht mehr, wie oft er ihn in Krankenhäusern besucht und wie viele Ärzte er an seinem Bett hatte stehen sehen. Eine komische Episode war der Magnetiseur gewesen, der einmal pro Woche die Treppe hinaufschlurfte. Sein Vater versteckte ihn mehr oder weniger, verschwand mit ihm in einem Zimmer, wo er wahrscheinlich schweigend die Rituale an sich vollziehen ließ, um den Magier nach einer Viertelstunde wieder heimlich zu verabschieden und erleichtert die Tür hinter ihm zu schließen.

»Ich hätte gern einen Tee, geht das?«

Es ging nicht. Gegen fünf Uhr nachmittags begann sich das Algonquin mit Leuten zu füllen, die Drinks in hohen Gläsern bestellten. Tee passte nicht in diesen Zirkel. Er bat um Perrier und verstummte wieder. Seit dem Augenblick, in dem er die Halle zum ersten Mal betreten hatte, fühlte er sich hier zu Hause. Ein Hotel wie ein Buch, aufgeschlagen auf einer Seite, die nie umgeblättert worden ist. Überall waren dunkle Vertäfelungen angebracht, im Raum verteilt standen hochlehnige Stühle aus Walnussholz und Sofas, die vor dem Krieg modern gewesen waren. In kleinen Nischen hingen abgenutzte

Telefone und Lampen mit verfärbten Schirmen. Am Fenster verkaufte ein Mann Zeitungen, die in Ständern aus Teakholz steckten, Zeitschriften und Bücher hatte er in antiken Schränkchen ausgelegt. Man reservierte dort Plätze fürs Theater – Broadway, Off-Broadway, Off-off-Broadway, Laute, die er kannte, aber nicht verstand, Signale einer eleganten, vergangenen Welt.

»Wohin gehen wir heute Abend?«

In ihrer Stimme lag eher etwas Herausforderndes als Neugier.

»Equus«, antwortete sein unbekannter Nachbar, ohne zu überlegen. Equus, lateinisch für Pferd, ein Wort, so vertraut, dass es wehtat. Er hatte das Plakat gesehen, es war das erfolgreichste Stück der Saison. Er hatte keine Ahnung, wovon es handelte, wollte es auch nicht wissen.

Ins Theater ging er ohnehin selten. Die starke Spannung, die er empfunden hatte, als er in seiner Schulzeit selbst einmal auf der Bühne stand, fand er in Theatern nicht mehr.

Haimon war er gewesen in der griechischen Tragödie Antigone, ausgesprochen gymnasial das Ganze. Haimon, Sohn eines übermächtigen Vaters, Geliebter einer sehr radikalen Frau. Tragisches häufte sich, Tod, Verfluchung, Liebe und Wahnsinn im Übermaß. Die Worte, die er sprechen musste, waren kopflastig, aber er jonglierte mit ihnen, als wären es seine eigenen. Besonders auf eine Szene kam es ihm an, die Konfrontation mit seinem Vater Kreon. Sie standen einander direkt gegenüber, Kreon, ein Junge von achtzehn, als Mann von fünfzig zurechtgeschminkt. Er, Haimon, musste Antigone retten. Er musste und würde seinen Vater überzeugen, dass ihrer aller Leben verloren war, wenn man Antigone tötete. Er drohte, er flehte, er klagte ihn an. Das Pathos war aus dem Text verschwunden, an keiner Stelle war seine Stimme unsicher, sie waren zeitlos, wie sie dort standen, aneinandergeschmiedet. Er sah, wie seinem Gegenspieler Tränen in die Augen traten, wie die Farbe unter seinen Wimpern verlief. Der Saal lag als dunkles Schweigen zu ihren Füßen, ein Vakuum der Aufmerksamkeit. Sein eigener Vater saß irgendwo zwischen den Menschen dort, unsichtbar, die Ohren verbunden, er hatte eine Operation hinter sich.

Aufführung im Palace, einen schöneren Euphemismus für so ein Provisorium aus den fünfziger Jahren hatte es sicher nirgends gegeben. Aber die Bühne war groß und hing voller Seile und Vorhänge und Eisengewichte. Das Leben sollte nie mehr eine solche Weite haben wie auf diesen schäbigen Brettern. Als er seinen Vater nach dem Ende des Stücks die Treppe hinter der Bühne heraufkommen sah, spürte er einen Kloß im Hals und musste sich zusammennehmen, um nicht zu weinen. Von diesem Augenblick an bedeutete ihm alles weniger. Er war Haimon gewesen, hatte eine merkwürdige Freiheit besessen, als er ihn spielte, mit Worten, die nicht seine eigenen waren und dennoch seltsam vertraut. Er hatte seinen Anteil gehabt an einem Drama von Liebe und Verhängnis und Tod. Zum Lachen wahrscheinlich für Eltern, die sahen, wie ihre Kinder sich mit Begriffen aus einer unvorstellbaren Vergangenheit abquälten, deren Gewicht sie überforderte. Und doch sollte er später fast nichts mehr so intensiv erleben. Die Geburt seiner Kinder, den Tod seines Vaters, zwischen den Ereignissen und ihm selbst schien p'ɩzlich eine Entfernung zu liegen, die er nicht meh überbrücken konnte. Später. Zwanzig Jahre lagen jetzt schon zwischen der Halle des Palace mit ihrer leicht abfallenden Tanzfläche, an deren Rand, halb auf der Bühne, eine Dixielandband spielte, und dem Algonquin-Hotel, wo Steve Ross, »the best barpianist in town«, am Klavier melancholisch vor sich hin sang. Wenn er zu wählen hätte, würde er sich für das Palace entscheiden, für Antigone, für seinen Vater. War das Sentimentalität, Sehnsucht nach verlorener Jugend? Nein. Nie und nirgends hatte er sein Leben so intensiv gelebt, war er so unerträglich glücklich gewesen.

An den Tagen vor der Aufführung hatte es zu frieren begonnen. Der Keller, in dem sie probten, war eiskalt. Beim Verladen der Dekorationen waren sie alle von weißlichem Dunst umgeben. Ihre Konzentration auf das Spiel war so streng wie der Frost. Die Schule existierte nicht mehr, Lehrer und Hausaufgaben hatten ihre Ansprüche verwirkt. Sie bezweifelten, dass noch jemals irgendwo auf der Welt so glänzend gespielt werden würde. Es war im Übrigen auch kein Spiel, sie selbst waren es, die verbannt wurden, getötet und gekrönt.

Er ging mit seinem Vater durch die Kulissen zur Garderobe, die Erregung der gerade beendeten Vorstellung tobte noch in seinem Inneren. In den Spiegeln sah er den Verband, den sein Vater trug.

»Sollen wir morgen eine Tour machen? Im Alblasserwaard ist alles zugefroren.«

Er zeigte auf den Spiegel: »Geht das denn mit deinen Ohren?«

»Kommt morgen um acht Uhr ab.«

Bei Kinderdijk hatten sie das Auto abgestellt. Es herrschte klirrender Frost. Die Sonne drang langsam durch den Nebel, und hoch oben sah man schon ein wenig Blau. Sie waren zu dritt, sein Bruder, sein Vater und er. Alle drei gute Eisläufer, sein Vater der Routinier mit den ausgreifendsten Schritten. »Gleite, solange du kannst, lass die Schlittschuhe arbeiten.« Sein Bruder und er hatten den Stil übernommen. Ihre Regeln waren: keine Schnelllaufschlittschuhe, nur die klassischen mit Holzkufen. Wenn es sehr kalt war, ein paar Zeitungen unter den Pullover, aber nie eine Jacke. Handschuhe nur, wenn es unbedingt notwendig war.

Sie kletterten den Deich zum Kanal hinunter, zogen die Riemen fest und verließen das Ufer. Festgefrorenes Schilf an den Rändern zwang sie in die Mitte des fast schwarzen Eises. Sie bildeten eine Reihe, sein Bruder vorne, dann sein Vater, dann er. Alle Viertelstunde würde der zweite die Führung übernehmen und der erste sich hinten anschließen. Es musste kein Wort gesprochen werden, der Rhythmus ergab sich von selbst. Eigentlich überraschte ihn ihre Geschwindigkeit. Ein Schritt folgte mühelos dem anderen, sie sausten über das Eis. Immer wieder Dörfer, an denen sie vorbeiglitten, Streefkerk, Groot-Ammers, Ottoland, Brandwijk, ab und zu mussten sie bremsen, wenn das Eis gefegt wurde oder ein kleines Stück Land zu überqueren war.

Die Sonne hatte jetzt mehr Kraft, der letzte Nebel war verschwunden, die Temperatur lag knapp unter dem Gefrierpunkt. Manchmal setzten Eisläufer, die ihnen entgegenkamen, ein paar Schritte aus, um ihnen zuzusehen. Diszipliniert und wild, erfüllt von einem eigenartigen Stolz, liefen sie dahin, unabhängig von allen, unabhängig von Einschränkungen und Gesetzen. Vor sich sah er den gebeugten Rücken seines Vaters mit den entspannt ineinander gelegten Händen. Er wollte nur eines: mit ihm Schritt halten. Der Horizont war zwischen ihnen. Noch in der Ferne konnte man über dem flachen Land Türme sehen, Höfe, Mühlen, der Alblasserwaard lag bis in seine letzten Winkel offen und ungeschützt da. Sein Bewusstsein zog sich auf einen Punkt zusammen und gewann an Tiefe. In dem glasklaren Licht konzentrierte er sich auf seinen Vater. Dies war er wirklich, so würde er sich immer an ihn erinnern. Nicht an den Mann in den Krankenhäusern, den Mann mit der Zusatzversicherung, den Salben, den immer wieder neuen Diäten. Dies war sein Vater, der Eisläufer vor ihm mit seinen beinahe eleganten Schritten, seinen subtilen Bewegungen. Wenn er wollte, konnte er seine Hände greifen, ihre Geschwindigkeit war so gleichmäßig, dass der Rhythmus sich nicht verändern würde. Aber die Nähe war schon deutlich genug zu spüren.

Genauso stark wie am vergangenen Abend, als ihn auf der Bühne Gefühle und Sehnsüchte überwältigten, fühlte er sich von dieser Tour gefordert, sie nahm ihn vollkommen in Anspruch. Hatte sein Vater begriffen, was ihm Antigone und Haimon und Kreon bedeutet hatten, und hatte er ihn deshalb an einen Ort mitgenommen, wo es nichts als Weite gab?

Stunde um Stunde liefen sie, ruhten hier und da einmal aus, bis zum späten Nachmittag waren sie unterwegs. Die Sonne war untergegangen, und unbemerkt hatten sich an diesem windstillen Tag anthrazitgraue Wolken über ihnen zusammengezogen, die nach Schnee aussahen. Als sie wieder in Kinderdijk waren, schnallten sie die Schlittschuhe ab und gingen mit gewöhnungsbedürftig leichtem Schritt am Deich entlang. Dann plötzlich fiel der Schnee. Es war fast dunkel, die Flocken fielen senkrecht. Sie sprachen nicht, stampften leicht mit den Füßen, und nirgendwo in dem ganzen gottverlassenen Alblasserwaard gab es drei, die so von Entzücken erfüllt waren wie sie.

*Equus*, überall hingen die Plakate, Fifth Avenue und Broadway, in Buchhandlungen und modischen Restaurants. In den schneebedeckten Straßen von Greenwich Village und im Büro des *New Yorker,* wo er mit einem Redakteur gesprochen hatte, der schon ein Jahr an einem Artikel über die flämische Literatur arbeitete. Der *New Yorker* war das snobistischste Blatt von Amerika, das niemand las, aber jeder zitierte. Beim Versuch, zu diesem Walhala des amerikanischen Journalismus vorzudringen, war er in einem Gebäude gelandet, das wie ein altes Lagerhaus aussah. Gläserne Verschläge mit engen Durchgängen dazwischen erweckten den Eindruck, dass man sich hier Schrauben, Nägel und anderes Material besorgen könne. Äußerlich ähnelte der Mann, mit dem er gesprochen hatte, auch wirklich einem Lagerverwalter, nur der Kittel fehlte. Sie hatten sich schon bald in ein eigenartiges Gespräch verwickelt. Er war erstaunt darüber, dass jemand Lust hatte, sich ein volles Jahr mit der flämischen Literatur zu beschäftigen. Der Lagerverwalter hatte protestiert.

»Die flämische Literatur ist in vieler Hinsicht wesentlich interessanter als die niederländische. Ich spüre deutlich den Unterschied zwischen der blutleeren Prosa der Holländer und dem Überschwang der Flamen. Mir ist zwar aufgefallen, dass die Flamen weniger gut schreiben, aber sie schreiben mit Leidenschaft. Fast niemand in den Niederlanden wagt sich an etwas Ernsthaftes. Mir scheint, man fürchtet dort Ernst und Gefühl wie der Teufel das Weihwasser. Die Holländer haben, glaube ich, so viel Angst vor ihrem eigenen Ernst, dass sie sich in Ironie flüchten, in Konstruktionen, Experimente. Sie haben Angst vor ihrer eigenen Sprache und kennen die Bedeutung ihrer Wörter nicht mehr. Flamen vergessen manchmal zu schreiben, aber ihr Werk strömt Begeisterung aus, es hat eine Seele, es lebt.«

Viel entgegenhalten konnte er dem nicht. Er wusste, der Mann hatte recht. Er hatte ihn falsch eingeschätzt. Er war ganz und gar kein Snob und gewiss kein Lagerverwalter – er war ein wirklicher Literaturliebhaber, ein Flame sozusagen.

Als er wieder im Hotel war, fiel ihm der Unterschied zwischen dem Haus des *New Yorker* und dem Algonquin auf: das eine kahl und asketisch, das andere plüschig und warm. Sonderbar hartnäckig ging er immer wieder in die Hotelhallen, um festzustellen, dass es eigentlich kahle Büros waren, die er suchte.

Suchte er irgendetwas? Eigentlich nicht. Er hörte dem Gespräch am Nachbartisch zu. Manchmal zoomte er die Frau mit seinen Blicken heran. Sie war vielleicht zehn Jahre jünger als er selbst, nervös, modebewusst, direkt. Er hörte ihr Lachen, ihre schnellen Antworten, er sah ihre Bewegungen. Das Hotel war die ideale Kulisse für das träge, gestaltlose Verlangen, das sie in ihm weckte. Gestaltlos, körperlos, Erotik war Suggestion, nur eine Hülle für das Verlangen. Er war eine Zeitungsbreite von ihr entfernt, die Breite eines Regenschirms, eines Mantels. Aber die Worte, die sie wechselten, die Witze und Scherze der beiden lösten in ihm dieses unbestimmte Verlangen aus. Die Ruhe, die er brauchte, fand er nirgendwo.

Er wusste nicht, ob es an ihrer unberechenbaren Art zu reagieren lag oder an ihrer Jugendlichkeit, jedenfalls fiel ihm das Mädchen ein, das ihn früher einmal jede Minute des Tages beherrscht hatte. Es war während eines Winters gewesen, vor zwanzig Jahren. Als er sich das erste Mal mit ihr traf, hatte er fast nur zugehört. Ein Gespräch konnte man das kaum nennen, sie war es, die sprach. Er war nicht gerade schüchtern und konnte gut mit Mädchen umgehen. Aber ihr war das Tempo immer zu langsam. Ihr Witz war allen weit voraus, und es ging so eine Anziehungskraft von ihr aus, dass er sich am liebsten sofort davongemacht hätte. Bei diesem ersten Gespräch saß er ihr gegenüber, ein niedriger Tisch stand zwischen ihnen, sie saß auf einer Couch, er auf einem Esszimmerstuhl. Aus unerfindlichen Gründen hatte sie ihn erwählt, um ihr Dasein zu bestätigen. Vielleicht nahm sie an, dass er nicht ganz blöd war, und hatte gehört, dass er meistens das Mädchen bekam, das ihm gefiel. Sie war in der Klasse über ihm, obwohl sie nicht viel älter war. Sie redete mit einer Mühelosigkeit und Geschwindigkeit, die ihn überwältigten – sarkastisch, lebhaft, böse und kokett. Sie hatte ein Repertoire sonderbarer Märchen und durchflocht ihre Geschichten mit vielen geistreichen Witzen. Sie imitierte Lehrer, schimpfte auf ihre Mutter und hatte die Mimik eines Clowns. Und nicht einen Augenblick vergaß sie, dass sie dem Jungen ihr gegenüber imponierte.

Ihr Anblick war immer wieder anders, voller Widersprüche und im höchsten Grade herausfordernd. Sie konnte ihren Charme schlecht kontrollieren, und es schien, als wollte sie in kürzester Zeit ihr Inneres nach außen kehren. Aber das erschöpfte sie nicht einen Augenblick.

Die Erregung, die ihn erfasste, während er sie ansah und ihr zuhörte, war nicht die normale angenehme Empfindung. Es war die gleiche Art von Erregung wie jene, als er entdeckt hatte, dass es Dichter gab. Dass sie eine Welt beschrieben, die unendlich weiträumiger als seine eigene war; und instinktiv wünschte er, zu dieser Welt zu gehören.

Sie war sechzehn Jahre alt und auf dem Gipfel ihrer geistigen Beweglichkeit. Von Anfang an gab sie ihm zu verstehen, dass sie ihn in ihrer Nähe haben wollte. Aber nicht näher als auf Armeslänge. Sie stellte sich vor, dass Liebe nur ohne Hände und Füße unversehrt blieb. »Sobald du mich berührst, bin ich schutzlos.« Das wiederholte sie viele Male.

In jenem Winter streifte er um sie herum, schrieb ihr Briefe und wartete. Sie war so übermütig und liebenswürdig, wie sie später nie mehr sein sollte. In ihrer grenzenlosen Energie zog sie ihn mit, und zusammen gingen sie alles an. Kirchen, Kneipen, Kinos, Stripteaselokale, Tanzbars, er begleitete sie, wohin sie wollte. Sie gingen zusammen essen, besuchten Partys, wohnten im Wochenendhaus ihrer Eltern. Er trug ihren Schal und hatte so ihren Geruch um sich. Sie näherte sich ihm, hielt ihn auf Abstand, ließ ihn gehen. Raffinesse, Unschuld, sie kombinierte alles, wovon sie reichlich besaß: unglaubliches Talent, ihr Leben im Mittelpunkt seines Interesses zu halten.

Eines Nachmittags lehnte er an einer Wand ihres Zimmers. Sie wohnte in einem großen Haus, ihre Eltern waren reich, aber sie war nicht verwöhnt. Er war gekommen, um sie abzuholen. Zwischen den geöffneten Fenstern hing ein hoher Spiegel, in dem sie oft ihr Gesicht betrachtete und vor dem sie sich in seiner Gegenwart schminkte. Es fiel ihm dann nicht leicht, sich unbefangen zu geben, und wenn sie ihre Wimpern schwärzte, war es für ihn kaum auszuhalten. Aber sie hatte ihm gesagt, er solle sich nicht anstellen. So war er nicht darauf gefasst, dass sie plötzlich mit einer schnellen Bewegung ihren Rock heben würde. Das Übermütige daran entging ihm. Sie trug eine schwarze, seidene Unterhose und tat nichts, als diese hochzuziehen. Sie lachte lauthals und hob noch einmal ihren Rock, eine letzte Korrektur. Es war eine Sache von Sekunden, aber ihm war, als hätte er einen Schlag in den Magen bekommen. Er trat ein paar Schritte nach vorn, etwas in seiner Brust schmerzte schrecklich, er drehte sich um, sie blickte ihn neugierig an. Noch bevor sie etwas sagen konnte, war er weg.

Auf jedem Tisch stand ein kupfernes Glöckchen, mit dem man den Kellner rufen konnte. Das leise Geklingel ringsum störte ihn nicht. Ein makellos gekleideter Liftboy öffnete alle paar Minuten seinen Aufzug und schloss mit einem trockenen Schlag das eiserne Gitter hinter den Gästen. Der Empfangschef an der Rezeption nahm, ohne hinzusehen, einen Schlüssel aus einem der zahllosen Fächer. Kellner waren ohne Hast mit Tabletts unterwegs. Ein Hotelmanager an einem hohen Pult notierte Reservierungen. Die Maschine arbeitet, dachte er. Er registrierte, wie alles einfach seinen Gang ging. Die Halle voller redender Leute, ihre sich mechanisch bewegenden Münder, ihr Blinzeln. Er hoffte, die junge Frau nebenan würde nichts mehr sagen, würde in der Menge aufgehen, wie er selbst darin aufgehen wollte. Die Wärme, das gedämpfte Licht, die dezenten Geräusche versetzten ihn in einen Zustand der Willenlosigkeit. Ihn beschlich das Gefühl, für alles, woran er glaubte, völlig untauglich zu sein. Warum besuchte er das Algonquin? Das Algonquin war der Stillstand, der Traum, die Vergangenheit oder allenfalls ein unscharfes Dasein. Warum war er hier, warum gab er den Traum nicht auf? Sein Vater würde deswegen nicht zurückkommen, mochte er die Vergangenheit rekonstruieren, wie immer er wollte. New York, da draußen, verwirrte ihn mit seiner explosiven Geschäftigkeit. Er erkannte den wilden Idealismus, den Idealismus, den er in längst vergangenen Sommern und Wintern gehegt und der ihn nie wirklich verlassen hatte. Aber New York war eine Stadt ohne Anfang und Ende, die Verbindungen waren dort verloren gegangen. Die Visionen von früher tauchten auf: Er würde für Gerechtigkeit kämpfen, gegen den Hunger, würde ein Leben der Tat führen. Es war dies nichts als Leugnung der Wirklichkeit, ein ekstatisches Verlangen nach Unsterblichkeit, nach seinem Vater. Mit so großen Worten hatte er Roy am Abend zuvor die Verwirrung erklärt, die ihn in dieser Stadt überkam. Roy Dawson, seinem amerikanischen Freund, der überall gelebt hatte und in seine Heimat zurückgekehrt war. Roy hatte ihm daraufhin erzählt, dass er nun ein Leben ohne jeden Ehrgeiz führte. Seine Ausbildung, seine Erfahrungen, seine Karriere – von allem hatte er sich verabschiedet. Er arbeitete jetzt in einem kleinen Ort am Atlantik, nicht weit von New York. Er war bei einem Schifffahrtsmuseum angestellt und verantwortlich für eines der alten Segelschiffe. Er putzte das Kupfer der Reling, schrubbte die Decks, reparierte die Segel. Er genoss das Leben draußen, die Wellen, den Wind, das Manövrieren. Alle hochgezüchteten Ideale waren ihm abhandengekommen – er segelte, und das war es auch, was er immer gewollt hatte.

Aus dem Speisesaal war die Stimme von Steve Ross zu hören, Songs von Noël Coward, dem sanften Zyniker. Er sah, wie neue Gäste ins Hotel traten, sie stampften den Schnee von ihren Füßen.

In diesem Moment wurde ihm klar, dass die Zeit zu drängen begann.

Bergab gehen hat etwas Vornehmes, fand er. Langsam hinabsteigen, über abfallende Wege, aufs Zentrum zu, wenn man am Rand eines Waldes wohnt, oberhalb der Stadt.

Jeden Abend, wenn die Dämmerung kam, ging er hinunter und hatte dann dieses angenehme Gefühl. Eine unsichtbare Hand schob ihn sanft an, über Pfade, Straßen hinab.

Zürich. Immer wieder um sechs Uhr verließ er seine Wohnung, dem Schall von Kirchenglocken folgend. Weit unter ihm war der schwache Klang der Glockenspiele zu hören. Sie läuteten im Wettstreit gegeneinander, auf verschiedenen Tonhöhen, mit Pausen dazwischen. Er horchte, hörte eine eigenartige Wehmut heraus.

Er war auf dem Weg zur Altstadt, dem jahrhundertealten Kern Zürichs. Seine Wohnung lag einige hundert Meter darüber, höher wohnte niemand. Die ganze Umgebung konnte er überblicken, sah die Berge auf der anderen Seite, den See, die Krähen, die über den Dächern schwebten. Im Augenblick nach dem Verstummen der Glockenspiele klaffte ein Loch im Rhythmus der Straße. Unterwegs stieß er nirgends auf störende Geräusche. Menschen begegnete er nicht auf den ersten hundert Metern. Manchmal schwankte eine Straßenbahn bergauf Richtung Zoo, man sah nicht einmal Leute, die Hunde ausführten. Wenn es überhaupt ein Geräusch gab, dann höchstens das Hämmern seines Herzens.

Mit geschlossenen Augen hatte er eine Nadel in die Europakarte gesteckt. Er wollte weg. Kleider, Bücher, ein Fernglas, ein Radio und viel Briefpapier, einen Tag später war er in der Schweiz. Von allen Orten der Welt ausgerechnet Zürich. Er fühlte sich hier unverschämt wohl.

Er hatte Zimmer in einer Dependance des Hotels Zürichberg, eines Riesenkastens mit Terrassen, bevölkert von Horden alter Menschen aus benachbarten Heimen. Ein alkoholfreies Hotel, gegründet von Frauen, die den Schweizer Mann vor der Trunksucht bewahren wollten. Darum war es nun mit Karten legenden, Torte essenden Alten gefüllt. Ein Beinhaus, ein Paradies für Fellini. Er holte sich dort jeden Tag sein Frühstück, und so früh er auch kommen mochte, immer wurde an den meisten Tischen schon Karten gespielt. Er genoss die Grimassen, das Gemurmel, die Fröhlichkeit der Todeskandidaten.

Einmal hatte Thomas Mann in diesem Hotel gewohnt, seinem ersten Stützpunkt, nachdem er Deutschland wie ein Dieb in der Nacht hatte verlassen müssen. Thomas Mann, der Schriftsteller, der von seinen Kindern der Zauberer genannt wurde. Zauberer, Illusionist, Blender, tricksend mit Ärmeln und Futter, ein Schriftsteller also.

Der denkbar krasseste Gegensatz zu seinem eigenen Vater.

Er spazierte ruhig in den Abend hinein, der aus den Häusern aufstieg. Wer gut aufpasst, sieht, dass sich der Abend nicht herabsenkt, sondern aus Fenstern und Türen kriecht. Wo Lichter angehen, schlüpft auch das Dunkel heraus. So viele Male hatte er das gespürt.

»Noch ein bisschen dämmern«, sagte sein Vater oft, wenn jemand eine Lampe anmachen wollte. Die Silhouette seines Vaters in einem Sessel. Ein Bein über das andere geschlagen, Rauch einer Zigarette um ihn herum, die Hand mit den auf rätselhafte Art beschädigten Fingernägeln auf dem runden Mahagonitisch. Ein Stillleben, die Hand neben zwei silbernen Ringen – Fußschmuck indischer Prinzessinnen, hieß es – und daneben die in Leder gebundene Geschichte Amsterdams aus dem siebzehnten Jahrhundert. Sein Vater, der Antizauberer, war der Magnet, der Spiegel, der Klang in seinem Körper.

Noch ein bisschen dämmern – er wunderte sich, dass die Straßenbeleuchtung nicht eingeschaltet war. Schweizerische Sparsamkeit wahrscheinlich. Ende Februar war es, Vorzimmer des Frühlings. Eine Amsel saß hoch oben auf dem Haus, an dem er vorbeikam. Der Vogel hob sich schwarz vom letzten Rest des Lichts ab. Er sang, nervös, aus Leibeskräften. Immer der gleiche Gesang, jahrein, jahraus der gleiche, und immer, wenn es auf Ende Februar zuging – sein Gedächtnis für solche Einzelheiten war unerfreulich gut entwickelt. Die Klänge führten ihn kreuz und quer durch sein Leben.

»Fang«, rief er E. zu und warf blitzschnell ein halbvolles Marmeladenglas in dessen Richtung. E. pflückte es aus der Luft und warf es sofort zurück, mit einem hohen, gackernden Lachen. Die Fenster des Zimmers standen weit offen. E. und er streckten die Köpfe hinaus, um nach jemandem Ausschau zu halten, den man ein Marmeladenglas fangen lassen könnte. Gegen sechs zogen Studenten vorbei, unterwegs zu Mensen und Clubs. Keiner ihrer Freunde war zu sehen.

E. setzte sich in den farblosen Ledersessel, den er bei einem Trödler gekauft hatte. Und den sie mit großer Mühe in ihr gemeinsames Zimmer hinaufgewuchtet hatten. Zwei Schreibtische nebeneinander, einige Stühle, Bilder, ein paar wacklige Lampen, die Schätze von Leuten, die regelmäßig umziehen müssen.

Alles war bestimmt von der undefinierbaren Atmosphäre eines warmen Junitages. Juni 1967. Der Krieg in Israel war gerade zu Ende. E. und er waren vorbehaltlos für die Israelis gewesen. Hatten gejubelt, als israelische Panzer den Suezkanal erreichten, hatten gehofft, dass Kairo angegriffen würde oder Damaskus. Aus der Entfernung mitzukämpfen machte Spaß. Moshe Dayan war ihr Held – einäugige Romantik, Wüstenfuchsallüre, Diplomatie mit offenem Hemd. E. würde Jurist werden, vielleicht sogar Diplomat, einer dieser künstlerisch veranlagten Beamten, die dafür sorgen, dass die Welt sich weiterdreht. E. war sein Freund, der vertrauteste, den er je haben sollte. Jungenhaft, schmächtig, mit scharfem Blick, schmalem Gesicht, mit Humor und Gefühl für Musik. Es war nicht so, dass sie einander ergänzt hätten, das nicht. Aber sie empfanden keinerlei Leere, wenn sie zusammen waren. Ihre Charaktere waren so, dass die Nähe sie nicht ermüdete.

E. zündete sich eine Zigarette an. Mit dem Behagen eines Plantagenbesitzers holte er ein Feuerzeug aus einer besonderen Innentasche seiner Jacke und knipste die Flamme an. Sie waren nicht viel älter als zwanzig. Mädchen, Literatur, Politik, studieren, wenn es sein musste: unendliche Tage, unendliche Jahre.

»Wo gehen wir heute Abend hin?«

»Greta Garbo, Ninotschka, um Mitternacht in der Filmliga.«

»Ist das der Film, in dem sie endlich lacht?«

»Ja – über einen blöden Witz, der zweimal erzählt wird, der sie aber nicht zum Lachen bringt. Dann fällt der Mann, der immer ärgerlicher wird, sooft er seinen Witz wiederholt, samt Stuhl und allem um, und sie fängt auf so unnatürliche Weise zu lachen an, dass man den Regisseur schlagen möchte. Garbo darf nicht lachen. Ich bin dagegen.«

»Würde sie ein Marmeladenglas fangen, wenn man es ihr unerwartet zuwerfen würde?«

»Fangen kann sie nicht und lachen folglich auch nicht, aber sonst alles. Sie ist unmenschlich schön, ihre Stimme ist unvergesslich, und sie spielt...«

»Ja, nur ruhig, bitte beruhigen Sie sich.« E. zog eine Augenbraue in die Höhe und zeigte auf die Couch gegenüber.

»Ganz entspannt liegen, würde ich jetzt raten«, sagte er im Ton eines Psychiaters. Nach Psychiatern hätte man in ihrer Umgebung lange suchen können. Sie hatten eine tiefe Abneigung gegen alles, was nach Therapie roch. Und doch waren sie nicht unsensibel, im Gegenteil. Heimweh, Verliebtheit, hoffnungslose Liebe zu den falschen Frauen, Gedichte schreiben, Theater – sie überschütteten einander mit Gefühl. Sieben Jahre sollte ihr Freundschaft dauern. Reiche Jahre.

Ein paar Monate nach dem Sechstagekrieg reisten sie nach Israel. »Dayan spielen«, sagten sie. »Das Herz der Welt besuchen«, »Wunder erleben«, »die Wüste, die wie eine Rose blühte«, zitierten sie bei jeder passenden und unpassenden Gelegenheit.

»Hier wandelte Gottes Sohn auf dem Wasser.«

»Hier wurde Jesus im Jordan getauft.«

»Hier steht die älteste Kirche.«

»Hier haben Begins Männer Hunderten von palästinensischen Männern, Frauen und Kindern die Kehle durchgeschnitten.«

»Was? Welchen Reiseführer hast du da?«

Sie wanderten durch ein hügeliges Gebiet zwischen Jerusalem und Tel Aviv. Überall lagen ausgebrannte Wracks, Kettenfahrzeuge, Panzer.

»O Jesus!«

»Ist hier nicht gegangen.«

»Und danach ist diese ganze Völkerwanderung in Gang gekommen. Hunderttausende Palästinenser flüchteten über die Grenzen. Ich weiß es, die Israelis sprechen nicht davon, und wir tun, als wüssten wir es nicht. Es ist schon schrecklich.«

»Was gibt es Schöneres als den See Genezareth?«

»Vorläufig nichts.«

»Bei welchem Kibbuz werden wir heute Abend einen Bissen Brot erbetteln?«

»Ich kann keinen Kibbuz mehr sehen.« E. fing an zu humpeln und ahmte einen Lahmen nach. »Darf ich nach Hause?«

In Prag brach der Frühling an. Sie hingen am Radio. Nie wieder hat das so geklungen wie in diesem Frühjahr. Dubček, Svoboda, Smrkovský, Jan Palach, der kehlige Klang ihrer Namen.

Paris kam, die permanente Diskussion, die Fantasie gelangte an die Macht. Wirklich, sie stellten sich vor, ihre Welt würde sich schon weiterdrehen, maßlos wollten sie leben, mitreißend. Wenn es sein musste, unentwegt diskutierend; wenn es sein musste, demokratisiert; wenn es sein musste, ohne akademischen Grad. Auf mitreißende Art leben – oder wenigstens davon lesen, davon erzählen hören, darüber schreiben. Ein paar Jahre später war E. tot. Totgefahren auf einem Gebirgspass in Afghanistan.

»Of all places.«

Die Amsel über seinem Kopf setzte einen Moment aus. Er blieb stehen und sah, wie der Vogel in den Sturzflug ging.

Die meisten Leben spielen sich im Nichts ab. Alles ist eine Wiederholung von Zügen, eine Pattstellung, alle hämmern mit der gleichen Art Kopf gegen die gleiche Art Tür, die geschlossen bleibt. Sich niemals öffnen wird. Die gleichen Bilder, die gleichen Stimmen, die gleichen Wörter, die gleichen Instinkte. Eine Amsel, die wegtaucht und auf dem nächsten Dach das gleiche empörte Lied singt. Der Welt zurufen, dass man da ist.

Er näherte sich der Stadtmitte. Musik wehte aus Häusern, Straßenbahnen klingelten in einer Kurve, Autos hupten. Thomas Mann hatte einen großen offenen Wagen gehabt, mit dem er von Deutschland hierher gefahren war. Mit Katia, seiner Frau. In diesem offenen Wagen bog Mann vom Zürichberg her ins Zentrum ein. Eine Mumie, eine Legende, ein Hexenmeister, ein Maniac. Wo er jetzt ging, war Mann gefahren. Auf dem Weg zum Schauspielhaus, zum Restaurant Kronenhalle, zu einer Lesung oder einem Literaturabend im Baur au Lac. Er war der Unbeirrbare, der Geniale, der Unnahbare, der Ehrgeizige. Mit Kindern, die ihres Vaters Talent dienten, Schatten einer Tag und Nacht scheinenden Sonne. Mit zwei Söhnen, die sich umbrachten.

Inzwischen war es dunkel geworden. Er hatte eine seltsame Verabredung. Er sollte geschminkt werden und, als Zeitung verkleidet, Fastnacht feiern. Seine Begleiter erwarteten ihn in der Kronenhalle, Leute, die er zufällig kennengelernt und die ihn eingeladen hatten. Karneval kannte er nicht, es wäre ihm nie im Leben eingefallen, dabei mitzumachen. Aber in Zürich war ihm alles recht, er würde es überleben.

Schon bald wurde ihm klar, dass Fasnacht keine Lappalie war. Aus allen Richtungen zogen Musikgruppen über Straßen und Plätze. Ein Korso herausgeputzter Menschen, ganz auf Fröhlichkeit eingestellt.

Die Kronenhalle war das interessanteste Restaurant, das er kannte. Die alte Inhaberin schlurfte jeden Abend mit vorsichtigen Schrittchen an den Tischen entlang, um die Gäste zu begrüßen. Die Kellner duldeten sie, und nach ihrer Runde trank sie eine halbe Flasche Champagner. Sie war neunzig. Die Wände des Speisesaals waren von oben bis unten mit Bildern von Künstlern bedeckt, die jetzt berühmt waren und früher zu den Gästen gehört hatten. Die Echtheit der Bilder und die Trivialität essender Menschen verliehen dem Saal einen undefinierbaren Charme. Es gab einen Feininger – *Manhattan* betitelt –, unter dem er ein paar Mal gegessen hatte. Wolkenkratzer in dunkler Kreide. Er konnte den Gedanken nicht unterdrücken, dass das Bild bei einer Auktion sehr viel einbrächte. Ein schönes Stück, aber düster. Sein Vater hatte ihn gelehrt, Bilder zu sehen, nahm ihn mit zu den Besichtigungstagen von Auktionshäusern wie Mak in Dordrecht.

Seinem Gefühl nach regnete es immer, wenn sie samstags nachmittags in Richtung Dordrecht unterwegs waren. Er durfte den schaukelnden Citroën DS seines Vaters fahren, eher ein Amphibienfahrzeug als ein Auto. Ein Wagen, schön wie ein Feininger. Während der Fahrt redeten sie nicht viel. Manchmal stützte sich sein Vater mit einer Hand übertrieben deutlich auf das Armaturenbrett, um zu zeigen, dass für seinen Geschmack zu spät gebremst wurde. Dabei stöhnte er leise und blickte kurz zur Seite. Und wenn sie auf die lange Zufahrt zur Brücke über die Noord kamen, fragte er, ob klar sei, dass man auf der Brücke nur siebzig fahren dürfe.

Besichtigungstag bei Mak. Beide liebten sie die Romantik, holländische Ansichtskarten aus dem neunzehnten Jahrhundert, Maler des ewig Kleinen. Schon als Jungen hatte ihn sein Vater auf die Eislandschaften von Schelfhout aufmerksam gemacht, die Kircheninterieurs von Bosboom, die Straßen von Vertin, die Pferde Verschuurs. Er kannte ihre Namen und Lieblingsthemen schon Jahre, bevor sie in Mode kamen.

Das Nennen der Maler war fester Bestandteil ihrer Fahrt. Bis sie in der Visstraat ankamen, hatten sie den rituellen Austausch vollzogen.

»Es scheint ein schöner Hoppenbrouwers da zu sein«, sagte sein Vater.

»Und ein Springer.«

»Zu sehr Keksdosenmaler, dieser Springer.«

»Ist von ten Cate nichts dabei?«

Der glänzende Katalog knisterte. Jahr für Jahr bekam sein Vater ihn zugeschickt, weil er einmal ein kleines Gemälde bei Mak gekauft hatte. Und was er da »ergattert« hatte, trug, wie sich später zeigte, eine fragwürdige Signatur.

»Nein, allerdings wieder ein Schelfhout und die ganze Familie Koekkoek.«

Sie spielten Pingpong mit den Namen. Wie verschworene Amateure, die die Sprache von Spezialisten imitieren. Es fehlte nicht viel, und sie hätten noch über die charakteristische Pinselführung Spohlers oder Schoumans gesprochen; nicht Mangel an Eifer, sondern an Wissen stand dem entgegen. Ein Ritual war das, Intimität.

Er stellte den Wagen auf dem kleinen Parkplatz neben der Auktionshalle ab. Seinen Hut festhaltend, ging sein Vater neben ihm, gegen den Wind, sein Gesicht verwittert und freundlich. Dordrecht im Regen. Die Tür des Auktionshauses klemmte, jedes Jahr etwas mehr. Es war ein hässliches Gebäude mit der Ausstrahlung einer Turnhalle. Aber wenn sie erst einmal drin waren, vorbei an der Frau, die Aufbewahrungsscheine an Hutränder steckte und Schirme entgegennahm, waren sie in ihrem Element.

Sie gingen gemächlich an den Wänden entlang – Lämpchen beleuchteten alte Schränke, Kristallvasen, undefinierbare Objekte. Sein Vater fühlte sich zwischen dem nummerierten Trödel zu Hause. Er blätterte im Katalog und beugte sich zu einem unauffälligen Mann hinüber, in dem er unfehlbar einen Auktionator erkannt hatte. Nie hatte er seinen Vater auf einen Besucher zugehen sehen, um zu fragen, auf wie viel »diese Kleinigkeit hier« veranschlagt sei. Er selbst sprach mit Vorliebe arglose Antiquitätenliebhaber an, die dann schulterzuckend ihre Ahnungslosigkeit zum Ausdruck brachten. Er sah seinen Vater mit dem Auktionator sprechen, wusste, dass er die Preise durchsprach, ein »Limit« nannte, ohne Gefahr, daran festzukleben. Das war seine Art, mit dem Auktionsbetrieb in Kontakt zu bleiben. Er blieb vor einem Vitrinenschrank stehen, in dem silberne Broschen, Spangen, Löffel ausgelegt waren. Silber sagte ihm wenig, Schmuck noch weniger. Er blickte auf und sah, dass sein Vater nicht mehr mit dem Auktionator sprach. Er war verschwunden.

Merkwürdig, in diesem Moment war es ihm unangenehm, seinen Vater aus den Augen zu verlieren. Er wollte ihn in Reichweite haben für den Fall, dass er etwas sah, das ihm gefiel. Es war ein kaum spürbares Verlangen, das sich im Laufe der Jahre an ihm festgesetzt hatte wie Korallen an einem Riff. Früher, wenn er bei einem Tennisturnier spielte, stand sein Vater irgendwo im Hintergrund, meist so, dass man ihn vom Platz aus nicht sehen konnte. Wenn bei einem gut geschlagenen Ball der Applaus über ihn hinglitt, fragte er sich, ob sein Vater den Schlag wohl gesehen hatte. Einmal, bei Wettkämpfen in einem anderen Teil des Landes, wurde er mühelos besiegt. Niemand wusste, dass er dort spielte. Als der letzte Ball geschlagen war und er vom Platz ging, sah er plötzlich ganz weit weg jemanden an einem Baum lehnen. Ein kurzes Hutschwenken, dann drehte sein Vater sich um und war gleich außer Sicht.

Er löste sich aus der Gruppe um die Vitrinen und begann etwas schneller als die anderen Besucher zu gehen, an Uhren und Teppichen vorbei. Er glich dem kleinen Kind, das Angst hat, vergessen zu werden. Die knarrende Treppe führte ihn hinauf in einen Saal mit weniger wertvollen Stücken, Kuriosa, Mappen mit schlechten Zeichnungen. Warum wollte er unbedingt seinen Vater sehen, mit dem er in einer Stunde schon wieder im Wagen sitzen würde? Es war ein Impuls, dem kein Entschluss vorangegangen war – wie jemand etwas aufhebt, das ebenso gut liegen bleiben könnte, womit aber für sein Empfinden die Ordnung wiederhergestellt ist. Er wollte die Treppe wieder hinunter, als er von hinten an der Schulter gepackt wurde.

»Ich habe dich gerade gesucht.«

»Ja, ich dich auch, unten hängt ein Moerenhout, jemand hat ihn hier hingebracht, ohne dass er in den Katalog gesetzt wurde.«

Moerenhout. Zu Hause hatten sie eine Jagdszene dieses Malers – schon ein Jahrhundert lang von den Vätern auf die Söhne vererbt. »Was gibt es Herrlicheres als die Falkenjagd von Moerenhout«, hatte im neunzehnten Jahrhundert einmal jemand geschrieben. Diesen Satz wiederholen sie gerne, wenn die ganz Vornehmen ihre Schelfhouts zeigten. Bei Scheen, dem selbstgefälligen Kenner aus Den Haag, hatten sie noch nie einen entdeckt.

Moerenhout war zu einer Losung geworden. Sie sprachen seinen Namen aus und hörten sozusagen das Gas in den Rohren und die Elektrizität in den Drähten. Moerenhout, das Wort brachte ihn in einen Zustand der Euphorie, alles um ihn herum vibrierte. Er versank darin.

Sie bahnten sich einen Weg durch den Saal und blieben vor dem Gemälde stehen. Sie betrachteten es. Und er hatte eine Empfindung, als würde sein Vater ein Teil seiner selbst. Könnte es nur ewig bei diesem Betrachten bleiben – das Gewühl ringsum nahm er nicht mehr wahr, überall nahm alles seinen Platz ein. Nichts würde ihm je wieder aus dem Gedächtnis fallen. Sein Vater würde sterben, er würde ihn nie mehr sehen, und der Moerenhout würde nirgendwo je wieder so schön sein wie an dieser Wand. Sehnsucht nach dem Augenblick, der noch nicht vergangen war, ergriff ihn. Sein Vater hier, mäuschenstill, eine Hand locker auf seiner Schulter. Seine Augen, sein Mantel, die Wände mit Menschen davor. Wenn es nur ewig bei diesem Betrachten bleiben könnte.

Der Rückweg bergauf dauerte viel länger. Es war fünf Uhr morgens, der Fasnachtstumult verstummte nach und nach. Straßenbahnen fuhren noch nicht. Von der Kronenhalle zum Zürichberg hinauf brauchte man eine Stunde. Links am Kunsthaus, rechts am Schauspielhaus entlang, an der Universität rechts herum und dann Richtung Tiergarten, Friedhof, Hotel.

Aus dunklem Himmel begann es zaghaft zu schneien. Er hatte noch halb die Musik dieser Nacht im Ohr. Als Zeitung verkleidet, war er ins Restaurant getreten und in einem Kreis von Freunden untergetaucht, als gehörte er schon seit Jahren dazu. Es war gerappelt voll, aber so voll es auch war, immer wieder passte doch noch eine neue Musikgruppe hinein. Gitarren, Trompeten, Trommeln, sogar Geigen und Klarinetten. Alles tanzte und sang. Wo die Frau auf einmal hergekommen war, konnte er sich nicht erinnern. Er stand an eine Reihe von Mänteln gedrückt, als sie ihre Arme um ihn schlang und ihn hingebungsvoll küsste. Ihr Mund auf seinem, er spürte sogar das Weiche ihrer Zunge. Sie hielt ihn in der Umarmung fest. Er war verwirrt, aber dass ihm die Frau vollkommen unbekannt war, fand er seltsam angenehm. Sie schmiegte sich an ihn, die Zeitungen, die überall aus seinem Kostüm herausragten, wurden zerknittert und zerdrückt. »Le journal est un monsieur«, hatte er gemurmelt, aber sie hatte nicht begriffen, was er meinte, oder ihn nicht verstanden. Er strich ihr kurz mit einer Hand über das dunkle Haar, sah, dass sie grüne Augen hatte, und fand sie ausgesprochen forsch. Dann war eine Gruppe Musikanten, die eine lange Kette von Menschen hinter sich herzogen, mit Gedröhn durch den Saal gekommen. Sie marschierten geradewegs durch die Mäntel, geradewegs durch ihre Umarmung. Sie ließ sich von den Wellen davontragen, blickte sich um und rief »shall we dance?« Er sah, dass sie viel jünger war als er, wie sie sich bewegte, die Ungezwungenheit ihres ganzen Verhaltens. Sie lachte, winkte noch einmal und verschwand.

Er fröstelte. Mit Schnee hatte er nicht gerechnet. Wenn Gott existierte, war er eine Frau. Die verschwundene Frau flimmerte ihm vor den Augen. Er fragte sich, ob sie ihn für einen anderen gehalten hatte. Betrunken war sie nicht gewesen, alles war in hinreißender Klarheit geschehen. Aus welcher Überfülle war ihre Geste hervorgegangen?

Das Anonyme an ihr war aufregend. Das Willkürliche, der Windstoß, das mitgehörte Telefongespräch, wenn man plötzlich unbekannte Sprecher in der Leitung hat. Ihre Geschichte, die er nicht kannte, wie sie lebte, was sie dachte und träumte. Die plötzliche Handlung, in die sie ihn einbezogen hatte, ihre Energie, der Mangel an Vorsicht und Furcht.

Seine Füße glitten aus. Immer mehr Schnee blieb liegen, und die überzuckerte Straße wurde glatt. Zuerst war in seinem Kopf ein wildes Frohlocken gewesen, so von der jungen Frau umarmt worden zu sein. Dann kam das Verlangen zu wissen, wer sie war. Aber als er bergauf durch den Schnee zurückging, war nur noch ein heiteres Entsagen übrig. Gerade ihr Verschwinden, ihr sinnloses Abschiedswinken würde er so schnell nicht vergessen.

Es schneite immer weiter. Er kam am Friedhof vorbei, der direkt beim Hotel lag. Die Pforten waren geschlossen. James Joyce war hier begraben, einer der vielen Heimatlosen, die in Zürich gewohnt hatten. Neben dem Grab stand eine kleine Skulptur des Schriftstellers. Ein sitzender Mann, ein Bein über das andere geschlagen.

So hatte E. gesessen, und so saß in seiner Erinnerung sein Vater. Sein Vater war, wie E., eingeäschert worden. Für ihn kein Grab, sondern eine dunkel bemooste Urne auf einem windigen Hügel auf Westerveld.

»Sieht er nicht schön aus, wie er da liegt?«, hatte der Krankenhausangestellte gefragt, als er am Abend vor der Einäscherung noch einmal in den Keller gegangen war, um seinen Vater zu sehen. Er hatte dem nicht ganz zustimmen können. Das Gesicht, auf das er blickte, war ruhig, aber müde, mit eingesacktem Mund. »Schön« war nicht das richtige Wort. Der Totenwärter hatte sich verbeugt, als er, mit der vorsichtigen Handbewegung eines Eierhändlers, die Tür hinter ihm schloss.

Es war fast sechs, als er die Tür seines Zimmers öffnete. Er sah zurück. Die kleine Spur, die er im Schnee hinterlassen hatte, gefiel ihm. Er trat ans Fenster, die Vorhänge waren noch zurückgezogen. Auf dem Rigi am anderen Ufer des Sees spielte das erste Licht des Morgens. Er vermisste E. Er vermisste seinen Vater. Aber immer, wenn das Gefühl des Verlusts ihn ergriff, füllte sich die Lücke schneller, als sie entstanden war. Er verstand es nicht so ganz, dieses unbeschreiblich Wohltuende des Verlusts. Als ob es dabei etwas zu feiern gäbe.

Er öffnete die Tür des Colleges und trat ein. Einen Moment lang war er durcheinander. Der dunkle Raum schnitt das Tageslicht ab. Cambridge, England. Hastig griff er in sein Postfach und ging durch den Flur, an dem Zimmer mit dem Russischen Billard vorbei. Er sah die farbigen Kugeln zusammenstoßen, zwei junge Männer mit Queues in der Hand verfolgten ihren Lauf. Die Treppe hinauf, noch eine Treppe, nach rechts durch einen kurzen Flur, dann war er bei seinem Zimmer. Er ging schnell, zwei Briefe in der Hand, die er schon aus den Umschlägen genommen hatte, bevor er saß. Er hatte keine Ruhe vor halb elf, der Zeit, die ihm Gewissheit verschaffte, ob es Post für ihn gab oder nicht.

Die Kälte hing noch um seinen Mantel. Gleich nach dem Frühstück war er nach draußen gegangen. Es war Oktober, kalt, ein Hauch Sonne. Mit dem Klang der Orgel hinter sich war er an dem hohen Gitterzaun des protestantischen Westminster College vorbeigegangen. Singen, beten, vorlesen, in zäher Beharrlichkeit stiegen jeden Morgen die Studenten und Dozenten in die Kirchenbänke, um den Tag einzuweihen. Manchmal setzte er sich zwischen sie, hörte zu, sang aber selbst nicht. So früh am Morgen sprach er nicht gern, singen wäre erst recht nicht möglich gewesen. Er gewöhnte sich nicht daran, Religion gleich nach Ham and Eggs.

Er folgte einer festen Route. Über den Spazierweg neben Queen's Road, übersät mit feuchten Blättern, dann durch den kleinen Park, der in das Gelände von St. John's College überging. Die Rasenflächen um ihn herum wirkten frisch für diese Jahreszeit. Es gab Blumen, und die Bäume waren zwar etwas entblättert, aber noch nicht kahl. Die Glocke einer Kapelle schlug neunmal in trockenem und gemessenem Ton. Aus größerer Entfernung echoten andere Glocken. Noch anderthalb Stunden. Ein paar Sonnenstrahlen fielen auf den Cam, Enten schaukelten in seinem Wasser, ihren Kopf gelangweilt unter die Federn gesteckt, und Tauben pickten heftig auf dem Boden herum. Die Umgebung war wie ein abstraktes Gemälde auf seiner Netzhaut. Er betrachtete sie, jedoch ohne großes Interesse. Er nahm den kürzesten Weg zum Copper Kettle, dem Lokal, in dem er jeden Tag Kaffee trank. Die kleine überdachte Brücke von St. John's führte über den Fluss ins Herz des Colleges. Die gerundeten Pflastersteine der Innenhöfe waren glatt. Es herrschte eine Atmosphäre von Strenge und Zucht wie in einer Kaserne. Er blieb stehen, eine Schar Chorknaben kam im Laufschritt über den Innenhof, den sie fast in ganzer Breite einnahmen. Zu den verrücktesten Zeiten gingen hier weiß und schwarz gewandete Jungen in die Kirche. Die Church of England war offenbar in einem fort am Singen. Er sah zu, wie einer nach dem anderen in dem

Gebäude verschwand. Unwillkürlich versuchte er, in Gedanken die Stelle des letzten Jungen einzunehmen. Sein Wunsch, sich in jemand anderem aufzulösen, wurde immer hartnäckiger. Eine Art Unreife. Er wünschte, sich zu verlieren oder zu verbergen, und überall entdeckte er Verstecke, die diesem Zweck dienen konnten. In Menschen, denen er zufällig begegnete, die er in einem Bus sah, in einem Büro, einer Telefonzelle. Unfähig, seinem eigenen Leben ins Auge zu sehen.

Er verließ St. John's, ging schräg über die Straße und erreichte Trinity Street. Die Geschäfte dort waren klein und gepflegt. Schaufenster mit Collegekrawatten, Schirmen und Büchern. Dunkelgrüne und braun vertäfelte Fassaden, auf denen in zierlichen Buchstaben der Name des Eigentümers stand. Straßen wie Maulwurfsgänge, geschützt durch eine Reihe von Universitätsgebäuden. Ihm war, als ob ein luftdichtes Tuch um seinen Kopf geknotet wäre. Er drückte die Tür des Kettle auf, und das Stimmengewirr, durch das er hindurchging, klang dumpf. Irgendwelche Bekannten waren nicht da, er würde kein Gespräch führen müssen.

Die Zersplitterung seines Denkens wollte nicht aufhören. Seit Wochen schwärmten immer kleinere Fragmente zwischen seinen Trommelfellen hin und her. Gedanken, die blödsinnig herumsummten, nirgends hin konnten und auch nicht verschwinden wollten. Er konnte sich selbst nicht erklären, warum diese zahllosen Einzelheiten immer wieder auftauchten. Auftauchen war eigentlich nicht das richtige Wort, sie sanken herab. Eine übergeschnappte Laterna magica, die eine endlose Folge von Bildern produzierte, ohne einen Zusammenhang. Bilder von früher, das schon. In dem Chaos war insofern ein System, als es immer um das ging, was gewesen war. Er lebte rückwärts. Hörte, sah, fühlte, dachte rückwärts.

Er setzte sich auf die mit rotem Leder bezogene Bank an der Wand, mit Blick auf die Straße und King's College. Auf das runde Tischchen vor ihm legte er Nabokovs *Speak, Memory*, rührte in seinem Kaffee und wartete. Das Buch blieb geschlossen, es diente als Alibi, zu mehr nicht. Fürs Lesen war er nicht in Stimmung. Die Intrigen in Nabokovs Leben hatten nicht die geringste Bedeutung für sein eigenes Dasein. In den Büchern, die er in Massen las, konnte er öfter keinen Sinn entdecken, es blieben konstruierte Geschichten, die Charaktere aufgepinselt oder aufgeklebt. Als er sich umblickte, sah er eine junge Frau, die K. ein bisschen ähnlich war – sie hatte auch so etwas Reserviertes an sich, das zugleich erotisch war. Er taxierte ihre Brüste unter dem Mantel. Fast automatisch tat er das, schnell und mit interesselosem Wohlgefallen. Brüste hatten ein Eigenleben, unabhängig von der Frau, die zwangsläufig dazugehörte.

K., wo war sie wohl jetzt, was tat sie, was dachte sie, mit wem sprach sie, wen reizte sie mit ihrer reservierten, aber faszinierenden Haltung? Seit dem Augenblick, als er ihr nachgeblickt hatte, wie sie aus dem schmucklosen Bahnhof von Cambridge hinausfuhr, hatte ihn eine vorher unbekannte Unruhe befallen. Ihr bleiches Gesicht über der kurzen Pelzjacke, so lehnte sie sich noch kurz aus dem Zugfenster, dann war da nichts mehr. Das Gefühl, nach K.s Abreise in Auflösung überzugehen, verließ ihn nicht, weder in jenem Moment noch jetzt. Er trank einen Schluck von seinem Kaffee und rührte sinnlos noch einmal darin herum. Draußen vor dem Fenster, direkt über den halbhohen Gardinen an ihren Kupferstangen, huschten Gesichter hin und her. Es waren dunkle Flecken im Bild der Straße.

Er hatte Angst, dass er alles verpasste, dass das ganze Leben ohne irgendein Eingreifen von seiner Seite an ihm vorübergehen werde. Und dass er die paar geliebten Menschen, die er hatte, verlieren müsse. Hier, in diesem britischen Café, wurde ihm klar, dass seine Reserven geschrumpft waren. Angst hatte er eigentlich nie gekannt. Verlust hatte er immer überwunden, Löcher mit unzähmbaren Erinnerungen geschlossen. Aber das gelang nicht mehr. Die Monate in Cambridge begannen sein sorgloses Selbstvertrauen auszuhöhlen.

Am Abend zuvor war er mit Roy im Kino gewesen. Emotionen waren auf ihn eingestürzt, die ihm physisch zusetzten. Der Schweiß war ihm ausgebrochen, der dunkle Raum hatte ihn aus der Fassung gebracht. Es hatte ihn größte Mühe gekostet, auf seinem Sitz zu bleiben. Tränen waren ihm über die Wangen gelaufen. Eine Zwangsvorstellung schloss sich wie ein Band um seinen Hals: Ich muss zu K., ich will sie sehen, ich will sie berühren, sie soll sagen, dass sie mich liebt, sie darf nicht weggehen, ich muss zu K. Es war vorübergegangen, und hinterher hatte er Roy davon erzählt. Roy Dawson, dem jungen Amerikaner, mit dem zusammen er im College zu Gast war. Schon bei ihrer ersten Begegnung hatten sie sich sofort verstanden. Die gleichen scherzhaft-provozierenden Bemerkungen über den protestantischen Ernst, ihre gemeinsame Feststellung, dass das Geräusch zusammenstoßender Billardkugeln erhebender sei als der Psalmengesang eines gelehrten Geistlichen. Sie saßen lieber in der Küche und sahen zu, wie die rumänische Köchin einen Kuchen für sie backte, als einen Vortrag über die Qumran-Rollen zu hören. Sie gingen zusammen durch die Stadt oder fuhren auf Roys Motorrad in rasender Geschwindigkeit über die schmalen Straßen, die die Landschaft um Cambridge zerstückeln.

Unmerklich begann sein Verlangen nach K. die Form der Besessenheit anzunehmen, und Roy sah es. Er wohnte mit seiner Frau Sabine außerhalb des Colleges in einem kalten und feuchten Haus in der Mill Street. Ganze Abende saßen sie dort zusammen und redeten. Roy war eine Wohltat im englischen Umfeld. Er hatte etwas von einem Barbar in diesen Kreisen, die Bücher und Theorien verehrten. Der Dünkel der Wissenschaft mit ihrer zentrifugalen Kraft wirkte stark auf die Lebensweise der Leute ein, die hier studierten. Dennoch wusste er, anders als Roy, den lokalen Snobismus durchaus zu schätzen. Die Riten, mit denen man hier die eigene Einzigartigkeit umkleidete, flößten ihm keinen Widerwillen ein. Im Gegenteil, das Hochtrabende, das hier alles an sich hatte, zog ihn an. Man hielt an den Traditionen fest, aber es war ein Spiel, und nirgendwo in England lachte man so über den alten Humbug wie gerade in dieser Stadt. Er hatte das Allerheiligste von St. John's betreten, wo die Fellows tagten, die Masters präsidierten, wo das Heben der klirrenden Kaffeetassen und Cognacgläser vor dem großen Kaminfeuer etwas Magisches hatte. Das Glas in der Hand, hatte er sich mit einem Chemiker unterhalten. Die dunkelbraune Täfelung, die geflüsterte Konversation um ihn herum, die silbernen Leuchter mit den brennenden Kerzen, alles konnte einen glauben machen, dass die Welt hier keinen Zutritt hätte. Kurz zuvor hatte der Mann in seinem Laboratorium vielleicht die scheußlichsten Versuche gemacht, mit den Gesetzen des Universums experimentiert. Um danach seinen schwarzen Talar anzulegen, das lateinische Tischgebet zu sprechen und sich entspannt in die Tradition des Colleges zurückzulehnen. Eine kokette Form von Sarkasmus war das. Maskerade. So war Cambridge, man konnte sich mühelos verstecken.

In jenen Tagen war ihm ein eigenartiges Büchlein in die Hände gefallen, von einem Gelehrten aus dem siebzehnten Jahrhundert. Der Autor predigte die vollkommene Unmöglichkeit des Handelns, leugnete beinahe jede Art von Erkenntnis, das »Ich« war Zuschauer vor einer Bühne, auf der es selbst keine Rolle spielte. »Orbis terrae theatrum est... – der Erdkreis ist eine Schaubühne, eines weiß ich gewiss, dass nicht eigene Wahl mich hierhin brachte.« Er fand ein Zitat von jemandem, der sich als »entschwindender Punkt im Grauen des unendlichen Raums« bezeichnete. Worte von Philosophen waren das, extrem nüchtern und extrem pathetisch. Sie trafen ihn tiefer, als er sich eingestehen wollte. Das Grauen des unendlichen Raums. Er musste das Buch beiseiteschieben, und ihm fiel nichts anderes ein, als das Foto von K. daneben zu legen. In diesem unendlichen Raum existierte sie, er wollte sie nicht verlieren.

Er beneidete Roy um dessen Mangel an Fantasie. Roy liebte das Glänzen seines Motorrads, er tat die Dinge, die er tun konnte. Darin folgte er einem untrüglichen Instinkt. In Amerika hatte er die Schriften des deutschen Widerstandskämpfers Dietrich Bonhoeffer kennengelernt. Bonhoeffer, einer mit unvergleichlichem Talent, bis zum Ende für eine Sache zu kämpfen, diszipliniert und radikal: *allein in der Tat ist die Freiheit.* Roy war prompt nach Deutschland gereist, um sich dort mit ihm zu beschäftigen. Die erste junge Frau, die er in Göttingen traf, war die Tochter Bethges, des Freundes und Biografen seines Idols Bonhoeffer. Er heiratete sie, und manchmal wusste er nicht, ob er sie um ihretwillen oder wegen der Gespräche mit ihrem Vater gewählt hatte. Lange hielt er sich mit dieser Frage nicht auf. Er war jemand, der eine Erfahrung machte und dann sein Motorrad putzte. Roys fast naive

Art des Urteils stand in scharfem Gegensatz zu dem überladenen, jahrhundertealten Denken von Cambridge. Die Abende mit ihm waren eine Erholung.

Der Copper Kettle füllte sich, die erste Vorlesung war zu Ende. Er betrachtete die Studenten, welche die Mehrheit der Cafébesucher ausmachten, mit Skepsis. Er hatte nicht das geringste Interesse an ihnen, für ihn waren sie Typen. Sie glichen genau ihren Artgenossen in Holland. Diskutierende, überwiegend unintelligente Menschen, die große Töne spuckten und sich dabei die Haltung des Virtuosen gaben. Zu Hause hatte ihn das meistens geärgert, hier passte es zum Dekor, und er akzeptierte das Gerede der Schaumschläger als unvermeidliche Hintergrundmusik. Manchmal überkam ihn sogar eine Art Mitleid, wenn er die Anschlagzettel las, zum Beispiel die gleich über seinem Kopf, auf denen für die schrecklichsten Themen geworben wurde. »In der Reihe Wissenschaft und Staat spricht heute Abend George McKinnon über das Ethos des Forschers angesichts der Machtergreifung der Militärexperten innerhalb des Staatsapparates.« Machtergreifung. K. – Er kam nicht los von den aggressiven Empfindungen, die ihn am Vorabend im Kino überwältigt hatten.

Plötzlich hatte der Gedanke an sie ihn mit ungeahnter Kraft überwältigt. Er hatte sich nicht dagegen wehren können, die Heftigkeit der Emotionen ließ keine Ausweichmöglichkeit. Er war verzweifelt gewesen und hatte sich kaum so lange zusammennehmen können, bis es nachließ. Der Auslöser war eigentlich banal. Der

Film war eine ziemlich sentimentale Geschichte über eine amerikanische Familie, der Vater war Professor für deutsche Literatur. Sein Sohn studierte Archäologie, es war sein erstes Jahr außerhalb des Elternhauses. Bei einem Gespräch am Rand eines Tennisplatzes – wie sich hinterher zeigte, war dies die letzte Begegnung vor dem Tod des Vaters – erzählte der Sohn, dass er sich verliebt hatte. Der Vater erhob sich lachend, mit einiger Verlegenheit, und zitierte mit starkem amerikanischem Akzent: »Entweder ein schneller Tod oder eine lange Liebe.«

Gleich darauf schwenkte die Kamera zu einer Ecke des Tennisplatzes, wo die Freundin des Sohnes einen Ball aufhob. Unter ihrem Tennisrock war ein hellblauer Frotteeslip zu sehen. Und bei diesem Bild, dem hellblauen Slip, waren seine Sehnsucht nach K. und die Furcht, sie irgendwann zu verlieren, unbeherrschbar auf ihn eingestürmt. Natürlich, K. hatte genau so einen Slip, sie trug ihn nachts. Darüber hatte sie meistens ein verblichenes T-Shirt an, so kurz, dass es ihren Nabel freiließ. Und doch schien ihn nicht die einfache erotische Assoziation so mitgenommen zu haben. Es musste in dieser Szene etwas gegeben haben, das mehr bewirkt hatte als die deutliche Vergegenwärtigung von K. Er glaubte nicht, dass ihn das Zitat so gerührt hatte, obwohl es etwas damit zu tun haben musste. Außerdem hatte es in der Szene einen komischen Bezug zu seinem eigenen Vater gegeben. Kurz bevor der Mann aufstand und seinen idiotischen Spruch von sich gab, legte er dem Jungen resolut die Hand auf die Schulter, lehnte sich einen Moment zurück, zog beide Füße an und kam dann mit einem kurzen Schwung hoch. Das war eine perfekte Imitation seines Vaters. Aber eine Einzelheit, die er nicht mit K. in Verbindung bringen konnte.

Der Betrieb ringsum störte ihn nicht. Er saß an seinem Platz, mit äußerster Anspannung auf K. konzentriert, verzweifelt wegen ihrer Abwesenheit, verzweifelt wegen ihrer Undurchdringlichkeit, verzweifelt wegen ihrer Trostlosigkeit. Er war sich mehr denn je bewusst, dass er ein Leben ohne sie schlecht aushalten könnte. K. hatte sich in allen Ecken und Winkeln seines Gedächtnisses eingenistet. Maskerade, künstlicher Nebel aus Wörtern, Schwärmereien, Theorien, Bücher, poetische Abwehr der Realität, sein Leben fügte sich nahtlos an Cambridge an. Er sah den scharfen Gegensatz zu K.s Haltung, ihrer Art zu sein, die ganz ohne Waffen auskam. Sie lebte nackt, verlangte nichts, tat nichts und nahm die Einsamkeit hin. Wehrlos, gequält, scheu, ängstlich, manchmal bröckelte der Widerstand. Ein entschwindender Punkt im Grauen des unendlichen Raums: K. kannte die Bedeutung dieser Worte besser als er. Der äußersten Leere wagte er nicht ins Auge zu blicken, sie tat es. Auch deshalb hatte er beschlossen, aus den Niederlanden wegzugehen; dieses Postgraduiertenstudium war ein Vorwand gewesen. Was sollte er mit Philosophie und Literatur, wenn er noch nicht einmal K. in ihrer Verlassenheit festhalten konnte? Er dramatisierte. K. wollte ihn nicht an sich binden. Sie wehrte ihn ab, soweit sie konnte, sie würde sich nichts und niemandem mehr ausliefern. Aber sein rücksichtsloses Interesse zog sie auch an, manchmal nahm seine jungenhafte Fähigkeit, lieb zu ihr zu sein, sie gefangen. Er konnte sie zu unerwarteter Unbeschwertheit emporheben, die er ihr, sie wusste nicht wie, abzuringen verstand. Eine Beziehung war entstanden, die kaum eine Form besaß, sich von Tag zu Tag veränderte und richtungslos wuchs. In Holzpantinen war er durch ihre Welt getrampelt, überzeugt, auf Zehenspitzen zu gehen. Was er sagte und tat, war nicht ganz verkehrt, aber selten wurde ihm klar, dass es besser gewesen wäre zu schweigen.

Er blickte auf seine Uhr, schob den Tisch zurück und verließ das Café. Das kleine Zentrum von Cambridge füllte sich mit Menschen und Autos. Er lavierte sich durch die Menge. An Trinity Street und dem Blue Boar Hotel vorbei, wo er nachmittags manchmal Tee trank und sich durch die *Collected Poems* von T. S. Eliot arbeitete. Clownerie, die er mochte. The Blue Boar, wo Bloomsbury hinging und Topspione wie Burgess und Philby ihren Kuchen aßen. Nabokov saß dort nach seinen Prüfungen, auch Russell. Reihenweise hätte er Namen aufschreiben können, jeder dieser Leute hatte seine glänzende Karriere gehabt – er spielte gern mit seiner Fähigkeit, sich in andere Zeiten hineinzuversetzen. Oberflächliche Wehmut, literarischer Nonsens.

Er nahm absichtlich einen anderen Rückweg zum College. Über St. John's Street und Bridge Street kam er zur Magdalene Street, wo es gleich neben der Brücke ein kleines Geschäft gab, das Schmuck verkaufte. Zwei Männer und eine Frau arbeiteten an einem Tisch mit Filz und Meißelchen an Ringen und Ketten. Von der Straße aus hatte er schon einige Tage eine silberne Halskette in der Auslage gesehen. Er wollte sie für K. kaufen, aber aus irgendeinem Grund hatte er sich noch nicht dazu entschließen können, in den Laden zu gehen. K. hatte ganz und gar keine Leidenschaft für Schmuck. Nie trug sie ein Armband oder Ringe. Aber dies war etwas anderes, er fand die Halskette nicht einfach nur formschön. Diesmal zögerte er nicht, kaufte sie und ging weiter durch die Magdalene Street. Es erleichterte ihn, dass die Kette noch da gewesen war. Er hatte das seltsame Gefühl, etwas Symbolisches getan zu haben. Bis jetzt hatte er nie gewagt, K. ein Geschenk zu machen, sie vermieden Handlungen, die auch nur den Anschein von etwas Definitivem hatten. Schenken war etwas Schamloses, ein Verstoß gegen stillschweigende Abmachungen. Eine Halskette für sie zu kaufen setzte große Intimität voraus.

Er erinnerte sich, wie sie – nach dem Unfall, bei dem ihr Mann ums Leben kam – wochenlang einen Gipsverband um den Hals hatte tragen müssen. Einmal hatte sie ihn sich kurzerhand heruntergerissen, die Stücke flogen durchs Zimmer. Er war so dumm gewesen, sich um ihre Gesundheit zu sorgen. Silber für Gips, war das seine Antwort? Falls ja, würde sie das Ding weglegen und vergessen. Nein, es war primitiver, der schlichte Glaube, dass sie, wenn sie die Halskette annahm, nicht mehr aus seinem Leben würde verschwinden können. Die Motive eines nicht sehr festen Charakters, Symbol von Schwäche, Beschwörung auf niedrigem Niveau.

Er hatte Cambridge verlassen, die Stadt ihn nicht. Mit K. lebte er von einem Augenblick zum nächsten. Sie verfolgten einander vorsichtig. Trieben dahin.

Auf dem Weg zu seiner Wohnung, wo er fast eine Woche nicht gewesen war, fuhr er lautlos durch die ausgestorbenen Straßen des indonesischen Viertels von Den Haag. Malakka, Bali, Lombok, Riouw.

Langsam ging er hinein. Drinnen war es kalt. Mitten im Zimmer blieb er stehen und blickte hinaus. Alles nahm unverrückbar seinen eigenen Platz ein. Das alte Kutschenhaus, das er bewohnte, war von Sträuchern und Bäumen umgeben. Efeu streckte seine Zweige bis vor die Eingangstür aus. Strünke von alten Kletterrosen ragten aus dem Boden. Am Rande der Terrasse war eine rostige kleine Wanne halb in der Erde vergraben. Vögel warfen Blätter auf. Es dämmerte. Er hörte, wie sich der Kühlschrank in der Küche mit einem kurzen Rasseln einschaltete. Das Bild, das er vor einer Woche aufgehängt hatte, hing jetzt schief, ein Stück Bindfaden kam darunter zum Vorschein. Die neue Lampe stand genau an der Stelle, wo sein Vater sie hingestellt hatte, das Kabel mit weißem Klebeband zusammengehalten. »Erst etwas Kaffee – ich bin müde«, hatte sein Vater gesagt, nachdem er auf den schmalen Weg zum

Kutschenhaus gefahren war und die Lampe hinten aus dem Wagen gefischt hatte. »Lampe für deinen Schreibtisch.« Alle seine Bewegungen waren träge gewesen. Sein Gesicht wurde von Schatten und Falten zusammengehalten. Aber nichts hatte darauf hingedeutet, dass der Tod ihm so nah war, dass er am nächsten Abend sterben würde.

Beim Abschied, an der Ecke des Hauses, wo der Wagen geparkt war, hatte er fast vergessen, dass er seinem Vater nie mehr einen Kuss gab. Er hatte sich schon vorgebeugt, um ihn auf die Wange zu küssen, bis ihm klar wurde, was er tat. Auf halbem Wege hatte er innegehalten, einen kurzen Moment verwirrt. Dann, ganz nah bei ihm, hatte er ihm die Hand gedrückt.

In der Dämmerung seines Zimmers dachte er unaufhörlich an ihn. Ein gebändigter Strom von Erinnerungen, eine saubere Wunde. Er schob den Stuhl an seinen Schreibtisch und schrieb. In seinem Inneren sprangen Türen auf. Er schrieb in einem Atemzug bis in den späten Abend.

Als er in den viel zu großen Cadillac stieg und sich erst einmal eine Sekunde darüber klar werden musste, wo er war, dachte er nicht an das, was nun kommen würde. Er dachte daran, dass er viele hundert Male von dieser Straße aus, in der sich die Wagen jetzt langsam in Bewegung setzten, mit dem Rad zur Schule gefahren war. Die Assoziation kam ihm nicht zufällig. Auf dem Fahrrad war er in der Stadt oft Leichenzügen begegnet. Er hatte versucht, mit ihnen Schritt zu halten, was wegen ihres kriechenden Tempos auch immer gelang; manchmal manövrierte er sich, wenn die Ampel rot war, neben den Wagen an der Spitze und warf einen Blick hinter die hellgrauen Vorhänge. Aus Freundlichkeit gegenüber dem, der dort lag, ließ er sich auch schon mal von einem dieser Wagen ziehen, hielt sich mit der Hand an dem breiten Kotflügel fest. Immer wieder hatte er die Wagen gezählt, die Personen pro Wagen, und sich genau die Gesichter angesehen. Er hätte auch zuverlässig angeben können, welche Privatautos mit zum Zug gehörten. Bei all diesen Gelegenheiten waren seine Gefühle seltsam gemischt gewesen. Distanz zu dem, was sich hinter den Scheiben abspielen musste, und Sehnsucht nach Intimität, die eine solche Gruppe von Menschen zusammenzuhalten schien. Fasziniert hatte es ihn immer. Er auf seinem Rad auf dem Weg zur Schule, Groenendaal, Oostplein, Blaak, Witte de With, Mathenesserlaan, Wytemaweg, noch hundert Klassenarbeiten vor sich, und sie mit einem Toten Richtung Zuid oder Boezemsingel. Diesen bizarren Kontrast hatte er schon sehr früh erkannt und empfunden. Er war nicht von morbiden Gedanken besessen, nicht mehr als jeder andere zumindest, nur das heftige Interesse, mit dem er den schwarzen Konvoi betrachtete, war für sein Alter vielleicht etwas ungewöhnlich. Aber nie hatte wirklich der Gedanke von ihm Besitz ergriffen, dass auch er selbst zu seiner Zeit in so einem Konvoi sitzen würde. Manchmal hatte er sich auf spielerische, oberflächliche Weise vorgestellt, er würde irgendwie vom Tod eines Menschen mit betroffen sein, aber niemals mit allen Konsequenzen.

Sie fuhren langsam durch die Stadt, Groenendaal, Blaak, Richtung Zuid. Radfahrer überholten sie. Er merkte, wie angenehm das Schneckentempo war. Es war Anfang Januar und ungewöhnlich warm und windstill. Der dunstige blaue Himmel ruhte auf dem Dach des Wagens vor ihm. Nichts hatte ihn davon abgelenkt, als er sich plötzlich erinnerte, wie sein Vater bei King's Parade auf ihn zugekommen war. Er hatte gewusst, dass sein Vater irgendwo in England unterwegs war, und wie er ihn kannte, würde er bestimmt versuchen, in Cambridge »mal kurz vorbeizuschauen«, aber in dem Moment hatte er ihn dann doch nicht erwartet. Er sah, wie er rasch einem Ladenbesitzer auswich, der einen Kasten mit Sportartikeln vor die Tür stellte. Er trug seinen alten grünen Mantel und den Hut, der im Lauf der Jahre etwas die Form verloren hatte. Er grinste jungenhaft, schon im Voraus zufrieden, seinen Sohn zu überraschen, und hob kurz die Hand, ohne sie ganz zu öffnen. »Bonjour.« So würde sein Vater ihn an den unwahrscheinlichsten Orten der Welt begrüßen, als wäre er zufällig gerade in der Gegend. Ohne viel zu sagen, lotste er seinen Vater zu einem Antiquitätenladen gleich beim Fitz-William-Museum. Der Antiquitätenhändler war Experte auf dem Gebiet von Truhen, die sich bei näherem Hinsehen als Schreibtruhen erwiesen. Trotz des hellen Herbstwetters brannten die Lampen im

Laden, der unter dem Straßenniveau lag. Die Sonne kam hier nicht bis zum Sockel der Häuser, und die Antiquitäten standen hier und da sogar im Halbdunkel. Das Ganze war wie ein luxuriöses Grabgewölbe. Die kleinen Truhen waren aus makellosem Mahagoni oder Ebenholz. Wenn man den Deckel aufklappte, zog man ein kleines schräges Schreibpult mit hervor, Tintenfässer und Schreibmaterial waren in das Holz eingebettet. Es waren Reisetruhen, auf denen in früheren Jahrhunderten Offiziere und Kaufleute ihre Briefe geschrieben hatten. Sein Vater nahm sie gründlich in Augenschein, kontrollierte die Beschläge, spähte nach Spuren von Restaurierungsarbeiten und Holzwurm. In manchen der Truhen fanden sich noch alte Briefe und Quittungen. Schließlich sagte er: »Manchmal sehne ich mich heftig nach einer langen Reise durch die Welt, nach Zeiten, in denen man derlei mit einer Truhe wie dieser im Gepäck tun konnte.« Er kaufte an Ort und Stelle eines der schönsten und schlichtesten Exemplare, holte seinen Wagen, den er am Market Place zurückgelassen hatte, und zusammen trugen sie das gute Stück aus dem Laden. Sie schoben es auf den Rücksitz, und von der Straße aus spähten sie durch die Scheibe. Der Beschlag auf dem Holzkistchen funkelte.

Zum Rednerpult hinaufzusteigen dauerte nur Sekunden, dann sah er auf Hunderte von Menschen hinab, die in dem muschelförmigen Saal zusammengedrängt waren. Er kannte fast alle. Nach dem Tod von K.s

Mann hatte er auch in so einem Saal gestanden. Man hatte ihn gebeten zu sprechen, über K., über ihren Mann, über eine kurze Liebe und einen schnellen Tod. Über eine Freundschaft, die sieben Jahre gedauert hatte. Als er geendet hatte, begleitete er K. an den zahllosen Zuhörern vorbei. Irgendwo mitten in der Masse stand unvermittelt ein Mann auf. Schüchtern, ergeben, ernst stand er da, sein Vater. Im nächsten Moment erhob sich eine Mauer von Menschen. Die Geräusche, die sie dabei machten – das Rascheln der Kleider, das kurze Scharren von Stuhlbeinen und Schuhen –, stürzten auf ihn ein. Alles geschah in vollkommenem Schweigen. Er hatte das Gefühl gehabt, sich hinlegen zu müssen, um nicht mitgeschleift zu werden.

In knappen Skizzen schilderte er das Leben seines Vaters. Am Vorabend hatte er sich in seinem Kutschenhaus eingeschlossen. Dort hatte er bald das Gefühl gehabt, in einem Theater zu sitzen, oder in einem Kino. Die Bilder von seinem Vater, die wirklichen Bilder, waren in aller Klarheit über ihn gekommen, und schreibend hielt er eins nach dem anderen fest. Die Vorhänge hatte er offengelassen, der Garten und der Rest des Hauses lagen im Dunkel. Nur die Lampe auf seinem Schreibtisch brannte.

Er war bis an die Grenzen seiner Spannkraft gegangen, aber mühelos, ohne eine Hemmung. Nirgends hatte er sich zurückhalten können, nirgends gab es eine Stelle, wo er dem Verlust hätte ausweichen können. Der Tod seines Vaters beanspruchte ihn uneingeschränkt – vergleichbar nur mit seiner Liebe zu K. Später sollte er manchmal das Gefühl, wie sehr sein Vater ihm fehlte, und die Liebe zu K. nicht mehr deutlich unterscheiden können.

Er sprach, und in der wachen Konzentration des Augenblicks sah er die kleinsten Einzelheiten bei den Menschen, die ihm zuhörten. Die Spitze eines Taschentuchs, die aus einer Handtasche herausragte, die Hülle eines Regenschirms, lose über einem Bein. Er entdeckte Leute, die er lange nicht mehr gesehen hatte. Er sah K., ihr bleiches Gesicht ihm zugewandt, reglos und mitfühlend. Er nickte ihr kurz zu, als gehörte sich das so. Einen Moment lang glaubte er seinen Vater zu sehen, irgendwo weiter hinten zwischen einigen seiner Kollegen – lächerlich natürlich, aber er konnte es nicht unterdrücken.

Schließlich schwieg er und hörte die Stille, die jetzt alle erfasst hatte. Dann erhoben sich die vielen Menschen wie ein Mann, um zu gehen. Er hatte gewusst, dass es so sein würde. Es gab eine Welle von gedämpften Geräuschen. Er blickte auf, aber es war diesmal nicht sein Vater, der den monumentalen Gruß angestimmt hatte.

Please come in«, sagte der Mann, der ihm öffnete. »I am the first secretary« – die Rs rollten wie Brandungswellen durch sein Englisch, und Licht glitzerte auf seinem glatten osteuropäischen Jackett. Er betrat die Botschaft, in der sich die Kulturleute aus Den Haag schon ums Büfett drängten. Hier sollte er Ellen treffen, die ihn der ungarischen Botschafterin vorstellen wollte. Ellen, die sich wie ein Blutsauger auf ihn gestürzt hatte, seit er in einer Zeitung ein paar nette Worte über Ungarn geschrieben hatte. Ellen, die ihm einen Kongress aufdrängte, einen internationalen Kongress für Wissenschaftler, Künstler und Journalisten. Er gehörte zu keiner dieser Kategorien und hatte das Gefühl, nur indirekt damit zu tun zu haben. Nie gehörte er irgendwo wirklich dazu. Er wartete auf etwas, sammelte Eindrücke für später. Ein völlig ungewisses, unfassbares und inhaltsloses »Später«. Manchmal dachte er, dass er seine Welt schon längst überlebt hatte.

Es war unangenehm voll, man sprach laut, zum Glück kannte er niemanden. Dann sah er die Frau, die ihn zum Kommen gedrängt hatte, und im gleichen Augenblick rief sie: »Darf ich Sie alle um Ruhe bitten, das Sebő-Ensemble aus Budapest wird jetzt für uns spielen!«

Man drängte von allen Seiten in den Raum, Gläser

und Häppchen in den Händen. Aber er ging gegen den Strom in einen kleinen Nebenraum, in dem niemand war. Von dort sah er zu, wie drei junge Männer in Jeans und locker herabfallenden Blusen ihre Instrumente auspackten. Das vergessene Zimmer war dunkel, der Platz, an dem sich das Ensemble aufstellte, fast zu grell beleuchtet. Er sah, wie eine junge Frau auf die Männer zuging, mit vorsichtigen Schritten und sehr kontrolliert.

Sie drehte sich dem Publikum zu, und die Musiker begannen in bedächtigem Tempo zu spielen. Ihr Blick ging ins Leere, sie sah niemanden an. Aber auf einmal tanzte sie, ebenso unbeteiligt wie ihr Blick. Die Musik hinter ihr brach aus der anfänglichen Trägheit aus. Ihre Füße klopften nun auf den Boden, sie bog sich im Rhythmus der Musik, aber es war, als geschähe alles ohne ihr Zutun. Er konnte seine Augen nicht von ihr abwenden. Das willenlose Tanzen, ihre Ruhe in dem Getümmel, dessen Ursache sie war, der Kontrast berührte ihn tief. Er hoffte, sie würde nicht aufhören, es sei denn, um mit ihm wegzugehen. Einer der Musiker legte seine Violine hin, fasste die Frau um ihre Taille und drehte sie herum. Sie überließ sich ihm, drehte sich schneller und schneller.

Die Musik setzte abrupt aus, im gleichen Augenblick stand sie still, bewegungslos, nicht ein bisschen aus dem Gleichgewicht gebracht. Sie lächelte verlegen. Die Zuschauer applaudierten laut, zu laut für seinen Geschmack, und verteilten sich wieder. Die Tänzerin blieb jetzt bei der Gruppe der Geiger. Ellen umarmte sie kurz.

Was er gesehen hatte, brannte sich in ihn ein.

Lärmend rollte das Flugzeug über die Startbahn. Überall klapperte etwas. In allen Fugen krachend, löste sich die Maschine vom Beton und kroch auf die vorgeschriebene Höhe.

Er war auf dem Weg nach Ungarn, mit Ellen und einer hohen Dosis Zweifel an dem ganzen Unternehmen. Dichter, Gelehrte, Zeitungsleute, was sollte er zwischen ihnen.

Es wurde schon dunkel, als sie auf dem Budapester Flughafen landeten. Resolut und hastig lotste ihn sein Führer am Zoll vorbei. Ein Dolmetscher vom Kongress holte sie ab, und Ellen, gebürtige Ungarin, redete auf den Mann ein. Eine Sprache, die von allem losgerissen schien, er konnte keinen einzigen Laut mit irgendetwas verbinden, kein Wort bot Halt. Ein Taxi erwartete sie, und die zuschlagende Autotür schnitt mitten durch das Gespräch. Budapest, die ersten Straßen eines Außenbezirks, dann immer schneller dem Zentrum entgegen. Eine mörderische Fahrt. Es war, als sei der Fahrer ein gerade aus dem Ring herausgerissener Boxer, der jetzt auf die anderen Autofahrer losging. Ihn interessierte das nicht sehr. Was ihn beschäftigte, war die Frage, ob er die junge Frau aus der Botschaft wiedersehen konnte. Ungarn sagte ihm kaum etwas, er kannte das Land nicht, verstand die Sprache nicht, nur der

Name Budapest rief etwas in ihm wach. Einmal war er einem ungarischen Jungen begegnet, der am Aufstand teilgenommen hatte. Ein kleiner Junge von zwölf Jahren wie er selbst damals, und er hatte mit einer Pistole in der Hand Wache gehalten – romantischer ging es fast nicht mehr. Ein Junge mit einer geladenen Pistole und eine junge Frau, die in einem großen Haus in Den Haag tanzte, das war für ihn »Budapest«.

Man hatte ihm Hungaria empfohlen, das am stärksten vergoldete und ergraute Restaurant der Stadt. Etwas aus den Tagen der österreichisch-ungarischen Monarchie war hier noch spürbar, sechzig Jahre nach deren Ende. Manche Dinge wollen nicht verschwinden, wie viel Zeit auch verstreichen mag. Sein Vater war vor Jahren gestorben, aber sein Leben wollte nicht enden.

Um seinen Tisch versammelten sich schweigend die Kellner. Die Bedienung besaß hier die Übermacht. Einer reichte ihm eine schwere Menükarte. Er konnte sich für nichts entscheiden und blätterte hin und her. Von all den Restaurantbesuchen mit seinem Vater fiel ihm der Abend ein, an dem sie zusammen aus Friesland gekommen waren und in Ommen bei einem altmodischen Hotel gehalten hatten. Unter einem gewaltigen Gemälde mit einer Weide und Kühen warteten sie auf ihr Essen. Auf allen Tischen brannten Kerzen, und über der Vechte hing dichter Nebel. Der kleine Saal war leer bis auf einen Kellner, der Servietten faltete. Sein Vater schob seinen Stuhl zurück und trat an das

Fenster, das zum Fluss hin lag. Die Hände in den Taschen, nickte er nach draußen und sagte: »Wetter für ein Mah-Jongg-Spiel.«

Er war zu seinem Vater getreten und antwortete: »Nein, für Bésigue.«

Sein Vater lachte und lehnte seine Stirn leicht gegen die Scheibe, die durch die Wärme etwas beschlug. Unten auf der Terrasse wogte der Nebel um die eingeschalteten Lampen. Zu Hause hatten sie unzählige Male so gestanden, die Hände zwischen die Rippen des Heizkörpers gesteckt, und die Brieftauben des Nachbarn gegenüber beobachtet, die in weiten Kreisen über die Dächer strichen. Mah-Jongg, Bésigue, das waren Urworte für ihn und vielleicht auch für seinen Vater. Das Absetzen der Teller störte ihr Spiel. Sein Vater tippte ihm auf die Schulter: »Zu Tisch.«

Die Kellner zogen mit seiner Bestellung ab, die er schließlich doch hatte aufgeben müssen. Er war jetzt seit drei Tagen in Budapest und passte hierher, lebte sich bemerkenswert leicht ein. Anfang Oktober war es jetzt und zum letzten Mal sommerlich, blauer Himmel, die Bäume vielfarbig, das Licht von leichtem Dunst gefiltert. Den Kongress mied er, soweit es ging. Allerdings hatte er schon in der kurzen Zeit ein paar Leute kennengelernt, mit denen er aß oder im Café Vörösmarty eine Kleinigkeit trank. Unaufhörlich ging er durch die Stadt, die ihm unergründlich wohlwollend vorkam.

»Ihr wisst nicht, was Freiheit ist. Ihr kennt ihre

Grenzen nicht, nichts hält euch auf. Ihr lebt in einem Loch, das Freiheit heißt.«

Er hörte das Pathos in solchen Sätzen, aber er hörte auch, was sie bedeuteten. An diesem Nachmittag war er zusammen mit anderen Kongressteilnehmern in einem Jugendclub gewesen – man hatte sie eingeladen, dort über den Westen zu sprechen. Der Saal war gerammelt voll. Sympathische Gesichter, freundliche Worte. Bis er so taktlos war zu fragen, ob sie Solschenizyn lasen, und warum nicht. Es war totenstill geworden. Die Verlegenheit, die er hervorgerufen hatte, übertrug sich auf ihn selbst. Dann hatte ein junger Mann zu sprechen begonnen.

»Wir leben hier, es ist unser Land, und wir lieben es. Wir haben ein Bruderland – seine Freunde wählt man, Brüder nicht.«

Und der junge Mann sprach weiter, über seine Gedanken und das, was ihn bewegte. Und aus all seinen Worten sprach eine Sehnsucht, eine unsagbare Sehnsucht nach etwas, das es einmal gegeben hatte oder das noch kommen würde.

Der prunkvolle Saal des Hungaria erhob sich über ihm wie eine Kathedrale. Er saß in einer Luxuskatakombe. Von oben bis unten Marmor, Spiegel und goldene Wandlampen und hoch über ihm glänzende Brüstungen. Nirgends war der Raum wirklich ausgefüllt, nicht einmal mit Geräuschen. Hier und dort saßen Leute, aber sie betonten eher noch die Verlassenheit. Er dachte an die junge Frau vom Sebő-Ensemble, er hatte schon seit dem Augenblick an sie gedacht, als er nach Budapest hineingefahren war. Warum, war ihm nicht klar, sie war nicht einmal eine außergewöhnliche Frau gewesen. Sie hatte getanzt, ihr Gesicht und ihr abwesender Blick hatten ihn berührt. Rührung aus dem Nichts. Es geschah ihm immer öfter, dass er ohne erkennbaren Anlass Schmerz empfand, wenn er das Gesicht einer jungen Frau sah. Er hatte nicht gewagt, sie anzusprechen, sie hatte sich so zögernd bewegt, so bescheiden gewirkt, außer in dem Moment, da sie tanzte. Ganz kurz hatte er sie noch vor einem Spiegel stehen sehen, sie ließ – offenbar plötzlich ihrer selbst bewusst – ihre Hände durch ihr Haar gleiten. Er musste Ellen fragen, ob sie in der Stadt wohnte, er wollte sie wiedersehen, wenn es möglich war.

Menschen wie in einem Fanfarenzug, Franzosen, Kubaner, Vietnamesen, ein ganzer Sack von Ländern, ausgeschüttet in der Akademie der Wissenschaften in der Országházstraße. Er saß im Hintergrund eines Saals, einen Kopfhörer auf den Ohren, und wartete auf das Ende eines Vortrags. Es war blühender Unsinn, eine Aneinanderreihung von Klischees, verkündet in einem Ton, der den Enkeln der Revolution eigen zu sein schien. Klischees, Terror, Diktatur – sein Vater hatte in Osteuropa eigentlich keine Gefahr gesehen, Kommunistenfurcht war ihm fremd, aber die Lügen hatte er nicht ertragen.

Vorsichtig legte er seinen Kopfhörer ab und ging zu

dem großen Balkon, der über einem ummauerten Garten hing. Durch die geöffneten Türen sah er Ellen im Gespräch mit einem stämmigen Rumänen, einem Mann, den er auf dem Podium unter anderen Offiziellen gesehen und auf der Stelle für einen Geheimagenten gehalten hatte. Wie viele der Anwesenden hatten wohl Verbindungen zu einem Nachrichtendienst? Würde man ihn auch auf irgendeine Liste setzen, weil er von einem der unreinen Länder eingeladen worden war? Vermutlich schon. Ungarische Botschaft, Budapest, nicht ausgeschlossen, dass der Feind ihm einen Vorschlag gemacht hatte. Sein Freund Steven arbeitete beim niederländischen Geheimdienst, Abteilung Analyse. Manchmal griff er ihn deswegen an. Behauptete, das sei eine unwirkliche Welt, obskure Spieler, die nie wussten, was sie wussten, und nie durchschauten, was sie durchschauten, weil alles angeblich in ein größeres Ganzes passte. Das große Ganze, das sie nicht kannten, an das sie aber glaubten.

Steven verteidigte das Spiel. Wenn man einmal die Existenz von Machtblöcken akzeptiert habe, die über das Treiben des jeweils anderen Bescheid wissen wollen, müsse man sich auch damit abfinden, dass es Nachrichtendienste gibt. Und dann komme man nicht daran vorbei, ein kompliziertes System von Regeln zu akzeptieren. Wirklichkeit? Wer könne überhaupt sagen, dass er ihr auf den Grund komme, wer bestimme, was Illusionen seien und was nicht? Beim Geheimdienst werde einem erst klar, dass es gar keine Wirklichkeit gebe.

Wenn man im Hinterhalt liege, erkenne man erst richtig, dass die sogenannte Wirklichkeit eine zufällige Ansammlung von Fragmenten sei. Niemand verstehe irgendetwas, niemand. Auch der kleinste Bruchteil des eigenen Daseins passe nirgendwo in ein größeres Ganzes. Es gebe kein größeres Ganzes, gerade die Vorstellung, es gebe ein Ganzes, sei eine Illusion. Im Nachrichtendienst arbeite man streng isoliert, es gebe keinerlei Verbindung zu einem anderen, und das sei auch gut so. Stevens Argumentation war oft logisch und intelligent, aber es fehlte ihm doch etwas darin. Der Traum, den er immer geträumt hatte: dass es in seinem Leben wesentliche Zusammenhänge gäbe, die er irgendwann entdecken würde. Die vage Hoffnung, dass irgendwie Spuren eines Plans zu finden wären. Aber er stieß bei sich allein auf alte Spuren, eine Wildnis aus Erinnerungen. Budapest war eine Gedächtniskulisse, in der er immer wieder seinem Vater begegnete. Sein Vater war die konstante Größe, die Erinnerung an ihn bildete die einzige Verbindung in seiner Anhäufung von Träumen und Gedanken. Es war, als würde ohne den Tod seines Vaters nichts mehr übrig bleiben.

»Ich habe dich gestern überall gesucht! Wo warst du?«
Ellen stürzte sich auf ihn, als er den Balkon betrat.

»Im Hungaria, eurer eigenen bourgeoisen Vergangenheit«, antwortete er, und es klang fröhlicher, als es hatte klingen sollen. Er wich Ellen ein bisschen aus, seit sie sich auf der Tanzfläche ihres Hotels beunruhigend nah an ihn gedrängt hatte.

»Weißt du, wen ich ausgerechnet in der U-Bahn getroffen habe? Vera, das Mädchen von den Sebős, das du so gern wiedersehen wolltest. Sie hat mir ihre Telefonnummer gegeben.«

Jetzt fiel ihm ein, dass er mit Ellen im Flugzeug über sie gesprochen hatte. Er nahm den Zettel mit der Nummer.

»Und ich hab auch das Interview mit dem Kulturminister für dich verabreden können. Das wolltest du doch?«

Sie war wirklich durch nichts aufzuhalten, eine unermüdliche Zigeunerin. Er dankte ihr und beschloss, in die Stadt zu gehen. Er nahm den kürzesten Weg zur Donau, ging über die Erzsébetbrücke und stieg ziemlich schnell zu einer alten Burg hinauf, die teilweise zu einem Café umgebaut worden war. Draußen am Geländer standen Stühle. Schräg unter ihm strömte der Fluss in vollkommener Ruhe dahin und nahm das Getöse der Straßen und Kais in sich auf.

An Tagen wie diesem, Oktobersonne in einem Vakuum zwischen Herbst und Winter, rückte der Horizont ins Unendliche. Auf der Anhöhe, auf der er haltgemacht hatte, konnte er von der Aussicht nicht genug bekommen. Er schaute und spürte, wie Vergangenheit und Gegenwart ineinanderzufließen begannen. Es gab keine Zukunft, er beherrschte die Zeit.

Mit den Händen schirmten sie die Augen gegen die grelle Sonne und das Flimmern des Wassers ab und spähten zum Ufer gegenüber. Sein Vater hatte eine Glocke geläutet, die in einem Holzkasten hing; in dieser Art von Kasten war, nur etwas weiter südlich, ein Kruzifix befestigt. Sie wollten sich über den Waal übersetzen lassen, ihren Waal, sie kannten alle Dörfer an seinen Deichen. Sie hatten auf seinen Buhnen geangelt und an den überraschend weißen Stränden gebadet. Sein Vater war in Gorkum aufgewachsen, Maas und Waal waren der Jordan, in dem er auch seine Kinder getauft hatte. In der Ferne lag die Ziegelbrennerei. Die Fähre löste sich vom Ufer, ein Arm winkte hinter dem Fenster des Steuerhauses, innerhalb von fünf Minuten würde das Boot da sein. Er blickte zur Seite. Das Gesicht seines Vaters war alt geworden, von seiner hartnäckigen Krankheit gezeichnet. Der Rauch seiner Zigarette kräuselte sich zwischen ihnen.

»Lass uns noch mal Loevestein besuchen. Die Touristen sind weg, es ist jetzt wunderschön dort.«

Sein Vater nickte. Das Wasser stand hoch. Die Fähre, die sie an Bord genommen hatte, fiel mit dem Strom zurück und beschrieb einen weiten Bogen zum gegenüberliegenden Landungsplatz. Sie fuhren über den Deich an Brakel vorbei, Richtung Loevestein. Das Vieh war noch draußen. Ziegen drehten am bewachsenen Winterdeich ihre Runden. Manchmal hoben Bauern irgendwo auf Feldern oder Weiden langsam eine Hand zum Gruß. Er hätte den Weg im Schlaf gefunden. Quer durch die Felder über einen Sandweg voll riesiger Löcher, der nach und nach in einen Asphaltweg überging.

Auf beiden Seiten davon überall kleine Weiher und Tümpel, mit Teichrosen bedeckt. Pferde liefen in kurzem Galopp neben ihrem Wagen her, bis sie am Ende ihrer Weide haltmachen mussten. Ganz in der Nähe des Schlosses kreuzte ein schmaler verrosteter Schienenstrang den Weg. Und dann, in einem weiten Ring aus Pappeln und Buchen, Loevestein. In der Straße mit den halb restaurierten Häusern innerhalb des Walls herrschte Totenstille. Ihre Schritte hallten. Niemand war zu sehen, nicht einmal der Wärter zeigte sich. Ein Maulbeerbaum mit Früchten, aus denen Blut spritzte, wenn man sie drückte, markierte das, was er seinem Vater zeigen wollte. Ein Turm, nicht mit dem Hauptgebäude verbunden, mit freier Sicht auf den Fluss. Sie stiegen nach oben bis zum Fuß einer Leiter, die zu einer Luke im flachen Zinkdach führte.

»Ich hoffe, die Sache bleibt ein Vergnügen«, meinte sein Vater.

»Wirst schon sehen. Nimm am besten deinen Hut ab, es ist eng hier.«

Er öffnete die Luke, trat auf das Dach und reichte seinem Vater die Hand, um ihn auf dem letzten Stück hochzuziehen.

Einmal hörte er ihn »großartig« murmeln, aber sonst schwiegen sie, minutenlang. Die Landschaft, die sie sahen, war ihre Heimat, hier gehörten sie hin. Auf zwei Seiten der Fluss, das Hochwasserbett mit seinen Buhnen, die wie Zeigefinger ins Wasser ragten, die eintönigen Rufe eines Kuckucks in der Nähe. Sie lauschten dem Schweigen zwischen den Lauten, sie hörten Schiffe mit einem kurzen Gruß des Signalhorns aneinander vorbeifahren.

Sein Vater hatte den Hut wieder aufgesetzt. Der Rand warf einen Schatten auf sein Gesicht. Trotz des hellen Tageslichts sah es so aus, als wäre sein Vater auf dem Weg ins Dunkel. Sie sahen Gorkum in der Ferne liegen, Woudrichem, Brakel, Vuren, Poederoijen. Einige Möwen segelten träge vorbei. Plötzlich nahm sein Vater ein paar alte Kekse aus der Manteltasche und warf sie den Möwen mit einer schnellen Bewegung genau in den Schnabel.

»Gehen wir.«

Vor einigen Tagen war der Kongress beendet worden. Festreden, Empfänge, Diners. Mátyás Pince, Fekete Holló, Bajkèl, das waren die unaussprechlichen Namen von Cafés, in denen sie bis tief in die Nacht saßen. Er bildete sich ein, dass die paar Leute, mit denen er losgezogen war, so ungefähr die einzigen außer ihm waren, die sich nichts vormachen ließen. Ein Engländer, ein Ostdeutscher, ein Ungar und zwei Niederländer. Es war vor allem der Ostdeutsche, der jedes Gespräch unter Spannung setzte. Ein unauffälliger Mann, aber unmissverständlich in all seinen Äußerungen. Jemand, der beschlossen hatte, mit fünfundfünfzig Jahren keine Umwege mehr zu gehen, sondern zu sagen, was er zu sagen hatte. Ihn schüchterte man nicht mehr ein. Das bedeutete allerdings nicht, dass er sich für den Westen entschieden hätte, er wollte einen anderen Osten. Dieser Mann verunsicherte ihn mehr, als er sich selbst eingestehen wollte. Er bewunderte das Unbeugsame an ihm, merkte, wie er seine Vergangenheit beiseiteschob und vorwärtsging, bis an die Zähne bewaffnet. An einem der Nachmittage, an denen sie auf einer Terrasse am Kossuthplatz Tee tranken, sagte er: »Man darf nicht vergessen, dass im Leben irgendwann mal ein Augenblick kommt, in dem man all seine Freiheit aufgeben muss, um eine Wahl zu treffen. Und wenn dieser Augenblick nicht kommt, braucht man nicht mehr zu sterben, dann war man schon tot.«

Die Predigt eines Kommunisten? Freiheit, Tat, Tod, in welchen Kategorien dachten diese Menschen? Der Verkehr um sie herum tobte weiter, er beobachtete das Treiben von Tauben zwischen geparkten Autos, und dabei überlegte er, wie weit er von dem Leben entfernt war, von dem dieser Deutsche sprach. Einem Leben ohne Ausflüchte, ohne Melancholie, ohne zärtlich gehegte Vergangenheit.

Auch die anderen am Tisch hatten geschwiegen.

Die Kongressteilnehmer waren wieder in alle Richtungen auseinandergegangen, er war als Einziger in der Stadt geblieben. Ellen hatte ihm eine Handvoll Zettel mit Adressen gegeben. Budapest wirkte jetzt noch schöner. Der Nachsommer hielt an, und er durchwanderte die Innenstadt auf festen Routen. Für weite Entfernungen nahm er die Straßenbahn.

Wie an dem Abend, an dem er in den Staatszirkus

wollte. Es war dämmerig geworden. Er bestieg eine Straßenbahn, und alles, was er sah und berührte, war ihm durch und durch vertraut. Es gab nur wenige Fahrgäste, die Fahrerin, stehend im Fahrerstand, war durch einen Vorhang vom Rest getrennt. Es war eine exakte Kopie der Straßenbahnen, mit denen er früher manchmal zur Schule gefahren war. Die kahlen Lampen an den Seitenflächen, die Sitze mit lädiertem schwarzem Kunstleder – diese Straßenbahnfahrt rüttelte ihn mühelos in seine frühesten Jahre: Ladenstraßen, an einem Gemüsegroßmarkt vorbei, einem Markt mit schon halb abgebrochenen Ständen, auf dem man noch schnell etwas kaufte. Dämmerlicht, lange Reihen von Häusern, farblos, offene Fenster, aus denen sich Frauen lehnten, um mit den Nachbarn zu reden. Unwandelbar, zeitlos, vorbei, bevor man es gesehen hatte, ein kleiner Kosmos von Gebärden. Es wirkte sinnvoll, wie es da am Auge vorbeischoss, und ließ einen in Ruhe.

Er fuhr bis zur Endhaltestelle mit und fand sich beim Aussteigen auf dem Gelände eines Straßenbahndepots. Der verlassene Wagen wartete mit ausgeschalteten Lampen auf die Rückfahrt. Der Schaffner hatte ihm gezeigt, in welcher Richtung der Zirkus lag, und er ging los. Der lange Weg, der vor ihm lag, gab ihm plötzlich das Gefühl, allein zu sein in einer fremden Stadt. An dem Außenbezirk, in dem die Straßenbahn ihn abgesetzt hatte, war nichts Freundliches. Das Behagliche der schaukelnden Bahn war verschwunden. Düstere Häuser wechselten sich mit zugemauerten Läden und kleinen Fabriken ab. Auf der anderen Straßenseite konnte er den erleuchteten Eingang eines Krankenhauses erkennen. Langsam ging er weiter, und Gedanken an die Erlebnisse dieses Nachmittags nahmen ihn mit unwiderstehlicher Kraft in Beschlag.

Um zwei Uhr hatte er sich von einem Taxi zum Kulturministerium bringen lassen, wo er den Minister interviewen sollte. Er betrat das Gebäude, aber auf der Suche nach jemandem, der ihm den Weg zeigen könnte, landete er immer wieder in Fluren, die nicht weiterführten. Es wunderte ihn, dass es keinen Pförtner gab, der ihn hätte ankündigen können. Er war noch immer nicht viel weiter, als ihm eine Frau in einem grauen Kostüm entgegenkam. Sie nahm ihn mit und öffnete irgendwo eine Tür. Sie war, wie sich herausstellte, die Dolmetscherin bei dem Gespräch.

Ein Mann kam hinter seinem Schreibtisch hervor, einem leeren Schreibtisch in einem fast leeren Zimmer, das die Ausmaße eines Saals hatte. Die Ledersofas, in denen sie sich niederließen, schienen gerade aus einem Schaufenster geholt worden zu sein.

»In Prag ist soeben ein Prozess gegen Mitglieder der Charta 77 eröffnet worden, wie stehen Sie dazu?«

Er hatte einen längeren Anlauf zu dieser Frage nehmen wollen, aber jetzt stellte er sie sofort, als hätte er Angst, sie zu vergessen. Der Ungar blickte ihn freundlich nichtssagend an.

»Woher haben Sie diese Nachricht, ich weiß davon nichts.«

»Aus der *Herald Tribune* von gestern.«

Er kaufte die Zeitung meistens im Astoria, wo er jeden Tag Kaffee trank. Das Astoria war ein Zentrum unkommunistischer Umtriebe. Schwarzhändler, Prostituierte, Geldwechsler, reiche Araber, die dort Geschäfte machten, ein interessantes Hotel.

»Ach, die *Herald Tribune*. Und Sie glauben das ohne Weiteres? Ich nehme an, dass es nicht stimmt, aber wenn ein Prozess geführt werden sollte, läge die Verantwortung ganz bei den Tschechoslowaken, wir haben damit nichts zu tun.«

Er stellte sich die Wut vor, die seinen Vater bei solchen Ausflüchten überkommen hätte.

»Amnesty International schätzt die Zahl der politischen Gefangenen in Ihrem Land auf zweihundert. Wie reagieren Sie auf diese Vorwürfe?«

Der Minister wollte gerade antworten, als ein dröhnendes Rattern das Zimmer füllte. Direkt vor dem offenen Fenster bohrte jemand Löcher in den Asphalt. Es war das Geräusch eines Maschinengewehrs. Der Minister stand auf und schloss die Fenster, aber der Lärm wurde dadurch kaum schwächer. Als er zu seinem Platz zurückging, kam die vorgekaute Antwort: »In Ungarn gibt es keine politischen …«

Es gelang ihm nicht mehr zuzuhören, seine Konzentration verlagerte sich auf einen tief im Gedächtnis verborgenen Abend, den er nur ganz selten bis ins Bewusstsein vordringen ließ. Sicher lag es an diesem dröhnenden Bohrer. An dem Minister, der redete und redete.

Das Telefon klingelte. »Für dich«, jemand überschrie die monotone, aber eindringliche Musik aus *Butch Cassidy and the Sundance Kid*, »für dich!«

Er nahm den Hörer und bedeckte sein anderes Ohr mit der Hand. Er hörte eine Frauenstimme.

»Ein Glück, dass ich dich endlich gefunden habe, ich konnte dich zu Hause nirgends erreichen. Vater ist ins Krankenhaus gebracht worden, er wollte, dass du kommst. Fahr bitte direkt zum Hafenkrankenhaus, es scheint mir ziemlich ernst zu sein.«

Jemand bot ihm lächelnd ein Glas Bier an, man sah ja, dass er keine Hand frei hatte. Er erwiderte das Lächeln, schüttelte den Kopf, und es wurde ihm klar, dass er hundert Kilometer von der elterlichen Wohnung entfernt war.

»Was ist denn, ist er tot?«

»Nein, nein, genau weiß ich es nicht. Ein Rettungswagen hat ihn vor einer halben Stunde abgeholt. Im Treppenhaus hat er zu mir gesagt, ich soll euch anrufen. Er lag auf einer Trage und sah ruhig aus.«

Innerhalb einer Minute saß er in seinem Wagen. Es war kalt. Alte Schneereste lagen noch im Wald von Austerlitz, durch den er jetzt raste. Die Auspuffgase hingen wie große weiße Schmetterlinge in seiner Spur. Überall in seinem Innern spürte er ein Klopfen. Er redete laut mit seinem Vater, hämmerte mit den Händen aufs Lenkrad, hieb mit der Faust aufs Armaturenbrett und wiederholte während der ganzen Fahrt den einen Satz: »Halt durch, halt durch.« Und darunter, auf der ruhigen Fläche seiner Intuition, das Klopfen der Worte: Er ist tot, er ist tot, als sei dies gewiss. Austerlitz – Rotterdam, eine Todesfahrt. Ein Rennen gegen die Zeit, eine Unmöglichkeit. Er fuhr durch die Kurve am Oostplein, das Hafenkrankenhaus tauchte im abendlichen Dunst auf. So viele Male war er hier schon gewesen, um seinen Vater zu besuchen, der hier Stammgast war. Er riss die Tür seines Wagens auf, rannte zum Haupteingang und sah als Erstes seinen Bruder, der ihm ein paar Schritte entgegenkam und seine Hände in einer hilflosen Geste in die Höhe hielt. Er sah die Tränen auf seinem Gesicht, sah die hellerleuchtete Halle mit einem geschlossenen Blumenstand. Er sah seine Mutter, still und bleich. Sie nahm ihn zu einem Zimmer gleich hinter der Pforte mit. Eine Schwester sagte: »Sie dürfen ganz kurz hinein.« Da lag sein Vater, still und bleich wie seine Mutter. Er legte ihm eine Hand auf die Stirn. Sie war kalt, erschreckend kalt. Das Gesicht über dem Laken drückte eine Entschuldigung aus. Dass er den Tod nicht hatte aufhalten können, dass er jetzt nicht mehr sprechen konnte, dass seine Hände … Die Schwester ließ sie nicht länger bleiben. Merkwürdige Regeln, nun waren sie gerade hier, und wen konnten sie eigentlich stören?

Am Nachmittag war ihm so heiß, so schrecklich heiß geworden, erzählte seine Mutter. Das war der Klagegesang, der Totengesang, der letzte Tag, die letzte Stunde, der letzte Augenblick. Er hatte einen Spaziergang gemacht, um die Hitze loszuwerden. Er sollte für immer die Kälte in sich aufnehmen. Beim Essen hatte er nicht viel gesagt. Die Hitze war verschwunden, aber er wollte sich doch lieber ins Bett legen. Und dann, diktiert aus unbekannten Regionen, Übelkeit, Schmerzen, noch einmal widersetzte sich der Körper. Er hatte den Notdienst rufen lassen. Als Männer mit einer Tragbahre ins Schlafzimmer gekommen waren, hatte er ihnen noch geholfen, war kurz von der Trage gestiegen, die sie schräg halten mussten, um durch die Türöffnung zu kommen. Seine letzten Schritte. Im Treppenhaus hatte er den Kopf gehoben und gesagt, dass man seine Söhne verständigen solle. Seine letzten Worte. Er wurde in den Rettungswagen geschoben, vielleicht lebte er da schon nicht mehr. Einer der Sanitäter hatte mit den Händen heftig auf sein Brustbein gedrückt, gedrückt, gedrückt. Dabei können Rippen brechen. Das Durchwalken eines Körpers, der nichts dagegen tun kann. Er hörte seiner Mutter zu, dem Totengesang, dem Klagegesang aus heiligen Formeln, bis zum Endpunkt. Ihre Erzählung brach ab. Er blickte sich im Wohnzimmer der elterlichen Wohnung um und sah, dass der Weihnachtsbaum nadelte. Es roch leicht nach Mandarinen, Schalen lagen auf dem Rand seines Aschenbechers. Es war der 29. Dezember, ein Tag, der nirgends hingehörte, eine Atempause im Jahreslauf. Oder ein Tag, an dem man nicht mehr weitermachte. Er zündete willkürlich ein paar Kerzen an und sprach etwas, das einem Gebet glich. Zaubersprüche eines Regenmachers, Kaddisch eines Juden, lateinische Formeln eines Katholiken, nichts anderes als ein Wort, ins Dunkel hineingestreckt: Vater, hier bin ich, wo bist du?

Der Minister gab risikolose Antworten auf die Fragen, die er ihm vorlegte. Das ununterbrochene Dröhnen und Rattern hatte ihn ganz klar und alarmbereit werden lassen. In seinem Inneren lief der Film vom Sterben seines Vaters ab, und gleichzeitig blickte er den Minister an und befragte ihn mit einer gewissen Schärfe. Der Besuch hatte eine Stunde gedauert, er hatte sich ernst seine Notizen gemacht und die Dolmetscherin ab und zu eine Bemerkung wiederholen lassen. Alles war wie bei einem richtigen Interview, aber er wusste, dass er nichts daraus machen würde. Der Mann ließ sich nicht aus seiner Reserve locken, er reihte Phrase an Phrase. Als er das Ministerium verließ, stellte er fest, dass der asphaltierte Platz vor dem Gebäude ein einziges großes Loch war.

Der Abend war auffällig dunkel in diesem abgelegenen Bezirk. Er ging durch die ausgestorbene Straße und hatte jedes Gefühl für Richtung verloren. Das Gespräch mit dem Minister, der Todestag seines Vaters, alles verwirrte ihn. Er blieb einen Moment stehen und sah, dass schräg hinter ihm ein Wagen vor dem Eingang eines Krankenhauses hielt. Ein Mann ging ohne Hast hinein, er konnte ihn durch die Glastüren noch ein Stück gehen sehen. Der Zirkus, zu dem er unterwegs war, kam endlich in Sicht, aber er musste sich zwingen weiterzugehen. Zum ersten Mal sehnte er sich, nach

Hause zu kommen. Als er das Zirkusgebäude erreichte, beschloss er, Vera anzurufen, er hatte keine Lust mehr, sich die üblichen Spielchen mit Tigern und biegsamen Damen anzusehen. Am nächsten Morgen würde er nach Amsterdam zurückfliegen, bis zuletzt hatte er geschwankt, ob er mit der jungen Frau aus der Botschaft Kontakt aufnehmen sollte. Er wählte ihre Nummer, und eine Stimme sagte etwas Unverständliches. Er nannte seinen Namen. Es war Vera. Ja, sie hatte von ihm gehört und würde ihn gerne treffen. »Ich übe heute Abend mit einer Tanzgruppe im Gymnasium in der Kondorstraße, wirst du das finden?«

Er würde schon hinkommen. Ihre Stimme hatte freundlich geklungen, manchmal hatte er ihr Englisch laut ergänzt. Es war halb neun, sie hatten sich für zehn Uhr verabredet. Die Eingangshalle, in der er telefoniert hatte, war leer, ein paar verspätete Besucher hasteten die Treppen hinauf. Die Vorstellung musste angefangen haben, denn er hörte gedämpftes Trompetenschmettern.

Er bog in eine Straße ein, die abwärts führte. Der Zirkus lag auf einem Hügel, auf dem Hinweg hatte er das nicht gemerkt. Es war windstill, der Himmel schwarz und ohne Sterne. Anscheinend wohnten wenig Menschen in diesem Bezirk, die schlechte Beleuchtung ließ alle Umrisse verschwimmen, und wo die Straße aufgerissen war, musste er aufpassen, um nicht zu stolpern. Er hielt sich an einem eisernen Geländer am Rand der Straße fest. Dahinter fiel der Hügel plötzlich steil ab, wie weit, konnte er nicht erkennen. Die Sträucher, die auf dem Rand der Böschung wuchsen, waren verwildert. Er kam zu einem Weg, der von der Straße wegführte, und ein Restaurant in einem Holzhaus lag vor ihm. Über der Tür hing das Reklameschild einer lokalen Biermarke, das im Licht eines kleinen Scheinwerfers deutlich zu erkennen war. Er hatte Hunger und ging hinein. Ein kahler Raum mit ein paar Stühlen und gedeckten Tischen auf einem Podest. Er nahm sich einen Stuhl und wartete regungslos auf die Bedienung. Seine Reise war zu Ende, Budapest war für ihn zu einer Vaterstadt geworden. Später würde er wohl wiederkommen und versuchen, alles noch einmal zu erleben. Seine Leidenschaft für die Vergangenheit beherrschte auch seine Zukunft. Das musste er endlich ändern, er konnte sein Leben doch nicht immer weiter vor sich herschieben, indem er nur auf das zurückblickte, was gewesen war.

Er sah sich den Mann, der aus der Küche auftauchte, genau an. Ein Ungar, den er nie mehr sehen würde, ein Fremder, der einen Augenblick im Licht eines Scheinwerfers stand und sich wieder in Schatten auflösen würde. Menschen gehörten zur Ausstattung der Welt, sie waren da, aber man kannte sie nicht. Sie existierten, aber man hatte keine Verbindung zu ihnen, sie hatten keine bleibende Form oder Gestalt. Es war ein großes Schattentheater mit einer Sonne und einem Mond darüber. Illusionen, ein Wayang-Spiel. Morgen würde er nach Hause reisen, mit nichts als Empfindungen.

Die Stewardess der Malév-Linienmaschine nickte ihm zu. Er nahm es als Ermutigung. Ein ähnliches Propellerflugzeug wie beim Hinflug, nur noch klappriger, wenn das überhaupt möglich war. Aber es flog. Er hatte Vera gesucht, Vera, die er vor Monaten hatte tanzen sehen. Es war eine jener zahllosen Szenen gewesen, die auf der Netzhaut landen und früher oder später wieder verschwinden, so stark der Eindruck auch sein mag. Aber so unvernünftig wie jemand, der seinen Verlust nicht ertragen kann, hatte er die alte Rührung zurückholen wollen. Er hatte ein Taxi zur Kondorstraße genommen. Der Fahrer wusste nicht genau, wo das Gymnasium lag, und hatte ihn mitten in der Straße abgesetzt. Schon bald sah er ein Gebäude, das nichts anderes als eine Schule sein konnte. Ironie der Verhältnisse, dass es etwas wie ein Gymnasium gab in einem sozialistischen Land. Die hohe Dosis an elitärem Stoff, die da zu verarbeiten war, fand man in seinem eigenen Land schon fragwürdig. Aber kein Zweifel, das Gymnasium existierte, und im Treppenhaus roch es unverwechselbar nach Schule. Nirgendwo brannten Lampen, sein einziger Orientierungspunkt war ein rotes Lämpchen mit der Aufschrift »Exit«: Ableitung aus dem Lateinischen, es zeigte an, dass er am richtigen Ort gelandet war. So hoffnungslos er sich im Kulturministerium verirrt hatte, so mühelos fand er den Weg durch diese Schule. Er öffnete die Tür zu einem Raum, der wie ein Aquarium in rosafarbenes und blaues Licht getaucht war. Auf den Bänken saßen Jungen und Mädchen, die Popmusik hörten. Jemand rief ihm etwas zu. Als er neben den ansteigenden Sitzreihen weiter nach oben ging, hörte er das Klopfen von Füßen auf einem Holzboden. Die Treppe führte zu einem kurzen Flur. Er sah eine Turnhalle in hellem Neonlicht, Sprossenwände, Gitterleitern, Ringe und Sprungbretter. Im Schatten des Durchgangs blieb er stehen, das Licht aus der Halle kam nicht bis zu ihm. Und da, zwischen Dutzenden von Tanzenden, entdeckte er sie. Auch sie tanzte. Sie tanzte wie in der Botschaft, nur diesmal ohne Musikbegleitung. Ihre Beine waren nackt, sie trug ein Ballett-trikot mit weiten Ärmeln. Er fand sie schön, schöner, als er sie in Erinnerung hatte. Während er ihr zusah, spürte er wieder diesen unbestimmten Schmerz. Das kalte Licht der Neonröhren konnte ihr nichts anhaben. Sie schien sich selbst auszuweichen, bewegte sich fast träge, aber ohne jede Verlegenheit. Und er, im Dunkel des Flurs, hob langsam seine Hand und winkte. Sie sah ihn nicht. Er drehte sich um, schloss einen Moment die Augen und ging hinaus.

Zurück.

Später kannst du dann erzählen, dass du Piggott noch hast reiten sehen«, rief Terpstra ihm zu, während überall um ihn herum das Geschrei zunahm.

»In Holland weiß niemand, wer das ist, und wenn du ihn mir jetzt nicht zeigst, weiß ich es auch nicht«, antwortete er; seine Stimme überschlug sich.

Als große ovale Schleife lag die Rennbahn in der englischen Landschaft. Schon in einiger Entfernung begann alles auf heiligen Boden hinzudeuten. Straßen näherten sich behutsam aus verschiedenen Richtungen, aber nirgendwo nagte der Verkehr am Herrschaftsbereich der Pferde.

Goodwood, Sussex. Der Duke of Richmond wohnte dort seit Menschengedenken, das heißt seit ein paar Jahrhunderten. Noch nie hatte er ein Rennen aus der Nähe erlebt, und gerade darum war es für ihn eine besondere Sensation. Mitten unter lässigen Männern und Frauen standen Terpstra und er auf der Haupttribüne. Ein flinker kleiner Mann telegrafierte mit zirkusreifen Händen einem Kumpel in einiger Entfernung den Stand der Wetten. Zu Beginn jedes neuen Rennens bewegten sich die Massen diszipliniert zum Rand der Bahn. Und das Geschrei begann, Namen von Pferden, Namen von Jockeys. Es schwoll an, das dumpfe Trappeln der Hufe, das große Schnauben. Er schrie mit, ohne Verlegenheit, verfolgte mit den Augen gespannt seinen Favoriten. Es gab ein Stoßen und Ziehen, ein Peitschenschlagen, es wurde ausgespuckt und geschimpft. Die Pferdeleiber schwitzten, Schaum auf den Flanken, die Knie bandagiert. Dann das Ziel, das die enorme Geschwindigkeit sofort abbremste.

Terpstra blickte ihn an. Seine von Natur aus roten Wangen waren fast blau. »Verloren.«

Er trat ins Park House Hotel. Zu Hause. Terpstra hatte ihn mit dem kleinen Austin abgeholt und zurückgebracht. Er mochte ihn, ganz ohne Grund. Ein etwas grobschlächtiger Mann, Gutsbesitzer in Südengland, lachte zu laut, schlenkerte zu viel mit den Armen, verbarg seine Gefühle. Er fuhr wie eine gesengte Sau. Vor jeder Kreuzung gab er Gas, statt zu bremsen. Dem Anschein nach ein kerngesunder Typ.

Die Tür mit dem runden Knauf fiel hinter ihm zu. Park House, Bepton. Er kannte dieses Landhaus aus der Zeit Edwards VII. bis in die kleinsten Details. »Details sind die Nervenbahnen des Wahren. Beschreibe das Haus, beschreibe die Pflanzen, beschreibe die Vögel. Sag nicht ›da fliegt ein Vogel‹, lerne ihre Namen, lerne ihre Stimmen kennen, ihre Farben, lerne zu unterscheiden – das ist das oberste Gesetz des Schreibens.« Ione O'Brien erzählte von einem englischen Autor, der ganze Abende lang solche Vorträge gehalten hatte. Sie war die Eigentümerin des Hotels, und dies war eine der wenigen Gelegenheiten, bei denen er sie von einem ihrer Gäste sprechen hörte.

Es war sieben Uhr abends. Alles, was im Hotel zu Gast oder zu Hause war, fand sich im Zimmer mit der Bar ein. Die Wände waren von oben bis unten vollständig mit Fotos bedeckt. Eingerahmtes Leben. Gäste, Verwandte, Besucher, Indien, Churchill, Prince Charles, ihr Mann, »the Major«, Kricketmannschaften, Polospieler: das britische Empire hinter Glas.

»Im letzten *Spectator* steht ein brillantes Plädoyer für die Vergrößerung unserer Atomflotte« – der Satz blieb in der Luft stehen wie ein Kolibri.

»Solange der Klempner es nicht schafft, unseren Abfluss zu reparieren, bin ich, glaube ich, nicht dafür«, meinte die Gastgeberin. Der kleine Raum füllte sich. Jeder wurde jedem vorgestellt, Neuankömmlinge fanden sich in eine blitzschnell zusammengefügte Familie aufgenommen. Ione war fünfundsiebzig. Breit, massig, mit Kleidern aus verflossenen Jahren, der Lippenstift nicht immer genau an der richtigen Stelle. Sie kochte mit einem Glas Whisky in der linken Hand und hatte eine feinsinnige Art, die Menschen miteinander zu verknüpfen. Ihre dicken krummen Finger hatten früher einmal eine Konservatoriumsausbildung genossen. Aber aus Indien zurückgekehrt, nach der Unabhängigkeit, mit einem Mann verheiratet, der von den indischen Kolonialtruppen in Pension geschickt worden war, hatte sie Park House gekauft. »Wir mussten doch irgendetwas tun, wir hatten kein Geld, keine Stelle, liehen uns Geld von meinem Vater und machten das Hotel auf.« Stimmen mit exotischen Akzenten füllten den Raum. Jedes Jahr andere Stimmen, andere Gesichter, neue Geschichten, neue Kurzzeit-Freunde. Wo Ione auftauchte, im Speisezimmer, im After-Dinner-Room, am Tisch mit Tee und Kuchen, verschwand die Alltagsabneigung gegen Kontakt mit Fremden. Der Geruch des Mobiliars, die blassroten Wände, die antiken Esstische, die Zeitschriften im Aufenthaltsraum, die Tennisschläger in der Eingangshalle – alles gab einem das unbeschreibliche Gefühl des Nachhausekommens. Er kam schon seit fünfzehn Jahren in dieses Hotel, hatte hier alle Jahreszeiten erlebt. Sein angestammtes Zimmer lag im oberen Teil des Hauses.

Nach den Drinks, vor dem Essen, saß er noch ein bisschen an seinem Fenster. Der warme Spätsommer lag über dem Garten, die Sonne war hinter den Hügeln versunken. Direkt unter ihm lagen zwei Tennisplätze, Rasenplätze, von Netzen statt von Hecken umgeben. Rosen wuchsen neben einem Rasenstück, auf dem Krocketpflöcke und -tore eine ferne Jugendzeit heraufbeschworen. Hotel und Garten lagen zwischen Getreidefeldern und Mais eingeklemmt. Generationen von Gärtnern hatten hier schon das Gras gemäht. Die Stille wurde durch den unhörbaren Flug eines Bussards über den Weiden noch betont. Er folgte dem dunklen Vogel mit den Augen von Baum zu Baum, scharf hob sich der Greif vom schwarzblauen Horizont ab. Zwischen Licht und Dunkel, Nachmittag und Abend, der zögerlichste Augenblick des Tages, Gleichgewicht zwischen Ergebung und Entfremdung.

Sein Vater hatte im letzten Sommer seines Lebens im Park House gewohnt. Ione und sein Vater hatten sich gleich gefunden, erzählte sie ihm Jahre später.

Rasche Integration ins englische Landleben. In langer weißer Tennishose organisierte er zusammen mit dem Major Wettkämpfe für die Gäste. »Okker« nannte ihn der Major, oder »Dutchman«. Terpstra war auch dabei gewesen, aber der hatte eine englische Frau und zählte deshalb nicht als Niederländer. Wer nicht spielte, saß auf Bänken entlang der gekalkten Linien des Platzes. Der Major feuerte alle an, und die Spieler gingen bis an die Grenze ihrer Kraft, um den Zuschauern zu imponieren. Weiße Hüte, Spazierstöcke, geflüsterte Gespräche und der dumpfe Klang des Tennisballs. Aus der Ferne war das Rasseln einer Mähmaschine zu hören, hinter den South Downs stieg die Sonne ihrem höchsten Stand entgegen. Hochsommer, die Welt zusammengeballt in eine knappe Stunde Tennis auf einem Rasenplatz in Südengland. Sein Vater lachte, wischte sich mit einem Taschentuch die Stirn und brachte den Ball mit einem Stopp knapp hinters Netz. »Well done, Okker, well done!«, der Major stand auf und verordnete Tee. Er winkte den Dutchman herbei, der sich kaum noch auf den Beinen halten konnte. Sein Vater hielt sich am Netz fest, entschuldigte sich, setzte sich auf eine Bank, offensichtlich erschöpft. Eine unnatürliche Müdigkeit, Hitzegefühle in Hals und Gesicht. Er war jetzt neunundfünfzig. Zu früh zum Sterben.

Er saß einfach da, starrte aus dem Fenster. Die Szenen, die dem Tod seines Vaters vorangegangen waren, die Signale, die Vorzeichen, die unverhofften Anläufe, er rekonstruierte sie an Orten, von denen er wusste, dass sein Vater dort gewesen war. Kleine Teile eines Puzzles, einer Wirklichkeit, die es vielleicht nie gegeben hatte, bestimmt nicht gegeben hatte. Erinnerungsfetzen, unnütze Träume. Unten öffnete sich eine Tür, und einer der Gäste ging mit einem Golfschläger zu einem millimeterkurz geschnittenen Fleckchen Rasen, um Einlochen zu üben. Nach einiger Zeit hörte er das leise »Plock« eines Golfballs im Loch. Er kannte das Spiel, genoss es, verabscheute aber die dazugehörige Atmosphäre. Er hatte früher in Noordwijk aan Zee auf einem Platz in den Dünen gespielt. Und einmal, während eines Turniers, hatte er ihn näher kommen sehen. Er konnte es kaum glauben. Mitten über das riesige Gelände, die Hand an seinem Hut, kam sein Vater, um zu sehen, wie sein Sohn spielte. Er ging quer über die Bahnen, gegen alle Regeln, manchmal verschwand er hinter einer Düne, kam er aus Gesträuch hervor. Er selbst stand auf einem der höchsten Dünengipfel und konnte seinen Vater mit den Augen verfolgen, hügelauf, hügelab. Er sah ihn kommen, nicht ahnend, dass er die affige Etikette mit Füßen trat. Die ganze Landschaft zog sich auf einen einzigen Punkt hin zusammen: seinen Vater, wie er da auf ihn zukam.

»Läuft's?«, fragte er nur, als er, etwas außer Atem, den Abschlagplatz erreicht hatte. Die Mitspieler sahen ihn verärgert und verblüfft an.

»Scheint mir ein schönes Spiel zu sein«, fügte er noch hinzu.

Prompt gelang ihm kein guter Schlag mehr. Sein Vater merkte es, klopfte ihm auf die Schulter und sagte: »Wenn es mal besser klappt, musst du mir Bescheid sagen«, und machte sich auf den Rückweg, genau so, wie er gekommen war. Über Dünen, quer über die Bahnen. Es hatte angefangen zu regnen, und er hatte einen Schirm aufgespannt. So entfernte er sich aus seinem Gesichtskreis, einmal noch ragten Hut und Regenschirm hinter Gebüsch hervor, dann nichts mehr. In diesem Moment wurde ihm bewusst, dass sein Vater einsam gewirkt hatte. Einsam? Sein Vater einsam? Der unmögliche Gedanke setzte sich fest, das Leben seines Vaters gewann dadurch eine neue Farbe hinzu. Einsamkeit ist der unvermeidliche Schatten des Glücks. Es war die Dickköpfigkeit in seinem Blick gewesen, das verlegene Lächeln beim Weggehen. Dieses Gesicht war ihm vertraut, auch in den Krankenhäusern, in denen er ihn besucht hatte, hatte er es gesehen. Er hatte es sehen können, wenn er unerwartet ins Zimmer gekommen war und seinen Vater in seinem Sessel antraf, wie er vor sich hin blickte, die Lampen noch nicht angeschaltet, Dämmerung um sich herum. Einsamkeit, ein verbrauchter Körper, jahrelange Krankheit, die ihn erschöpfte, ohne dass er je davon gesprochen hatte. Webfehler im Stoffwechsel, mehr wollte er darüber nicht sagen. Eine Folge des Hungerwinters, glaubte der Hausarzt. Im Badezimmer ihrer Wohnung stand ein Schrank voller

Arzneimittel, vor denen er als Kind schon ehrfürchtige Scheu empfunden hatte. Eines der ersten Wörter, die er lernte, war »Apotheke«. Trotzdem kannte er niemanden, der mehr Talent zum Glücklichsein hatte als sein Vater.

Genau über den Downs war, ohne dass er es bemerkt hatte, der Mond sichtbar geworden. Der Anblick gab der Umgebung einen glaubwürdigen Schein von Sicherheit. Alles war völlig offen, grenzenlose Möglichkeiten taten sich auf.

Es war ein kleiner Lastwagen gewesen, mit dem Muscheln vom Strand transportiert wurden. Zwanzig Jungen standen und lagen auf der Ladepritsche. Übermütig, manche mit einem Glas in der Hand, einen Kasten Bier zwischen sich. Man sang, brüllte, hörte nicht die Brandung, sah nicht den Mond.

Der Strand bei Katwijk war voller Löcher, sie wollten zwei Kilometer fahren und mit einer anderen Gruppe zusammentreffen, die von Noordwijk aus unterwegs war. Es war gegen Mitternacht. Der laue Wind blies kräftig. Aufrecht stand er am Rand der Pritsche und trank nur wenig. Als der Wagen einen plötzlichen Schwenk machte, riss es ihn unversehens über die Ladeklappe. Er hing über dem Hinterrad, Arme nach unten, die Kniekehlen um den hölzernen Rand der Ladeklappe geklemmt. Er hing, der Sand scheuerte an seinen Händen, und im gleichen Augenblick zog er sich auch schon wieder hoch, wie bei der Übung am Reck.

Aber er hatte den Schrei gehört, er wusste, dass jemand vom Wagen geschleudert worden war und irgendwo dort auf dem dunklen Strand liegen musste. Er sprang ab und rannte. Hinter ihm tönte das Chaos, vor ihm tauchte eine zusammengeduckte Gestalt auf, verdreht, die Knie angezogen. Zerfetzte Kleider hingen an ihm, ein abgerissener Kragen stand schräg vom Nacken ab. Er kniete sich bei dem Jungen hin, hielt ihn fest, als er zweimal mit wütender Überzeugung schrie: »Ich sterbe!«

Im Rettungswagen drückte er nach Anweisung eines Sanitäters auf einer Sauerstoffpumpe herum. Sinnlos, es zeigte sich keinerlei Reaktion. Später vom Wartezimmer aus sah er den Vater des Jungen durch den Krankenhauseingang kommen. Sah, wie der Mann zögerte, stehen blieb, wie ein Arzt auf ihn zuging. Und wie die Betäubung über den Vater kam, die Hand des Arztes auf seiner Schulter. Es war vor allem der Vater, an den er sich immer erinnern sollte.

Nicht lange nach diesem Geschehnis standen sie auf dem Waaldeich bei Brakel. Das Hochwasserbett war überflutet, das Wasser reichte bis an den Deich heran, ihren Deich. Das kleine Fischerhaus, das sein Vater in den fünfziger Jahren gekauft und in dem sie unvergessliche Sommer verbracht hatten, würde verschwinden. Das erste Opfer der Deichverbreiterung. Ins Haus zurückgekehrt, standen sie am Fenster, die Hände in den Taschen, und blickten über den Fluss. Im dunkelgrauen

Wasser trieben Bretter, die gegen den Deich stießen. Möwen wurden vom starken Wind manchmal ein ganzes Stück zurückgeworfen und versuchten vergebens, das verlorene Gelände wieder wettzumachen. Es stürmte, aber kalt war es nicht.

Sein Vater redete, erzählte, wie er an Waal und Maas bei Gorkum aufgewachsen war. Die Familiengeschichten, das große Bürgermeisterhaus, in dem sie wohnten, wie seine Mutter Liszts *Liebestraum* spielte, wie sein Vater ihr schönstes Service auf einen langen Tisch stellte und mit seinen Söhnen drübersprang. Langsam, aber sicher füllte die Vergangenheit seines Vaters das Zimmer. Nichts deutete darauf hin, dass ihm sehr viel an seinen Erinnerungen lag, er erzählte, was er noch wusste, ohne viel Aufhebens davon zu machen, ohne es zu dramatisieren. Ab und zu versorgte er seinen Vater mit Fragen und Bemerkungen, denn er sprach nicht oft von dem, was hinter ihm lag. Der Börsenkrach hatte in den dreißiger Jahren das Kapital seiner Eltern aufgezehrt, er hatte studiert, er hatte den Krieg näher kommen sehen.

»Wir wohnten zu sechst an einem alten Ringgraben. Auf dem großen Balkon über dem Wasser lasen wir in der Zeitung von der Flucht von Juden aus Deutschland. Mehr als eine unbestimmte Unruhe hat das nicht ausgelöst. In meinem fünften Studienjahr starb mein Vater. Alles, was ich davon noch weiß, ist, wie ich seine Stimme hörte, die laut meinen Namen rief. Der Ruf hallte durch das wartende Haus – mein Name. Ich rannte nach oben, wo Vater im Bett lag. Er sah mich erstaunt an, er war sich nicht bewusst, mich gerufen zu haben. Er war gerade aus einem kurzen Schlaf erwacht. Am Tag darauf war er tot. Ich hab mich immer gefragt, warum er mich damals gerufen hat, es klang so dringlich, so viel Kraft lag in dieser Stimme. Was hat er wohl geträumt, woran dachte er, warum mein Name.«

»Hast du je Angst gehabt zu sterben?«, fragte er seinen Vater. Diese Frage hatte er ihm schon manches Mal stellen wollen, seit der Junge verunglückt war. Jetzt, mit dem Wasser überall um sie herum, auf dem Dachboden ihres zum Untergang verurteilten Deichhauses, ging es ganz von selbst.

»Ja, schlimme Angst. Ich erinnere mich an eine Art Panik, wenn ich meine Mutter Klavier spielen hörte. Abends konnte ich nicht einschlafen, ich konnte mich nicht konzentrieren, ging oft einfach so auf die Straße und blieb stundenlang weg. Sie kam immer wieder mal, diese Angst, dagegen half nichts. Aber sie ist verflogen, weg. Der Gedanke ans Sterben ist schon schrecklich, aber die panische Angst ist verschwunden. Das hängt damit zusammen, dass dein Bruder und du gekommen seid. Das hat die losen Fäden, an denen ich hing, straffgezogen. Ihr haltet mich an meinem Platz. Ich bin jetzt verankert zwischen meinen toten Eltern und meinen lebenden Kindern.«

Sein Vater schwieg und blickte zur Seite. In seiner Stimme war kein Pathos gewesen. Was er gesagt hatte, klang logisch und selbstverständlich. In der Ferne sah er einen Bauernhof und dahinter Schloss Loevestein. In einem entlegenen Winkel des Bommelerwaard, in dem kleinen Haus gerade noch außer Reichweite des Wassers, blickten sie in den Sturm hinaus.

»Denken gibt es gar nicht, Denken ist ein Ideal. Unser Leben ist so restlos zersplittert, dagegen kann kein Denken an. Früher hatten Philosophen noch einen gewissen Überblick, aber das ist lange vorbei. Wir sind zerstückelt, der Horizont ist außer Sicht. Musik ist das letzte Echo von Religion. Wir sind auf dem Weg in vollkommene Finsternis.«

Er hatte den Mann vorher nicht bemerkt. Nach dem Essen stellte Ione ihn vor, er hatte den Namen nicht richtig verstanden, aber etwas in seinem Gesicht zog ihn an. Sie saßen auf einer der Bänke am Tennisplatz, auf einem Tischchen vor ihnen Kaffee, den sie noch nicht angerührt hatten. Lampenlicht fiel in langen Bahnen aufs Gras, verlor sich im Dunkel des Gartens. Der Unbekannte machte keine Umwege, teils sprach er mit großer Bestimmtheit in Behauptungen, teils in provozierenden Fragen, auf die er keine Antwort erwartete.

»Was vorbei ist, existiert erst wirklich. Wenn man weitergeht und sich umblickt, sieht man Spuren und das Gelände, durch das die Spuren führen. Die Vergangenheit ist das Einzige, das Halt bietet. Es geschieht nichts, was nicht schon viel früher in Gang gesetzt worden ist. Authentizität, Originalität, das sind Phrasen, und Identität kann man ruhig auch noch dazusetzen, das bedeutet alles nichts. Alles nur Gerede mit geschlossenen Augen. Wir sind Batterien, die mit dem geladen worden sind, was wir in unseren Genen mitbekommen haben. Was in all den Jahrhunderten vor uns entschieden wurde und verpfuscht und auf ewig verflucht, das schiebt uns vor sich her. Wirklichkeit – die kann man vergessen, und ganz besonders Wahrheit, und Zukunft erst recht. Die Zukunft ist für dich und mich der Tod. Wenn man nach vorn blickt, erreicht man damit nur eins: man entdeckt ein Grab.«

Während der Mann neben ihm sein Bestes tat, um möglichst viele Behauptungen in möglichst wenige Wörter zu zwängen, sah er seinen Vater vor sich, im Cut. Jahrelang ging er im Cut zur Kirche, es war eine Gemeinde der liberalen Richtung, aber mit vornehmen Sitten. Mitglieder des Kirchenvorstands sollten sich vor den anderen auszeichnen, fand man. Ab und zu begleitete er seinen Vater, dann gingen sie zusammen durch die kaum erwachte Stadt. Einmal, an einem Sonntagmorgen, kam sein Vater enttäuscht zurück. Die Predigt hatte vom reichen Jüngling gehandelt. Es ärgerte ihn, dass dieser Reiche, der so sehnlichst wünschte, Jesus nachzufolgen, betrübt wegging, weil er alles verkaufen sollte, was er hatte. Es verstimmte ihn, dass hier jemand betrübt in die Irre laufen musste, und er kam nicht darüber hinweg, dass Jesus so einen Mann traurig hatte ziehen lassen.

»Religion versucht uns in den Schlaf zu wiegen, die Wissenschaft versucht uns wach zu halten, und die Kunst ist völlig durchgedreht.«

Der Mann ging aufs Ganze und bemerkte nicht, dass sein Nachbar trotz der Gewalt seiner Offenbarungen vor sich hin träumte. Gestikulierend, fast wütend wartete er jetzt auf eine Reaktion, die nicht kam.

Welches waren seine eigenen hartnäckigsten Erinnerungen? Schnee auf dem Schulhof und das Warten darauf, dass man endlich aus dem Klassenzimmer durfte, einer nach dem anderen. Die mäuschenstille Klasse, ein Universum der Erwartung, der Finger des Lehrers, der immer wieder auf ein Kind zeigte. Schließlich war auch man selbst endlich dieses Kind, das nach draußen durfte, aus dem Klassenzimmer, auf den Flur, Mantel an, die Tür zum Schulhof geöffnet und hinein in die ehrfurchtgebietende Freiheit des Schnees.

Wenn ihm die Pistole auf die Brust gesetzt würde, wäre es vielleicht diese Erinnerung, die alle anderen in den Schatten drängte. Ein paar Minuten wird das Warten gedauert haben, eine halbe Stunde werden sie wohl gespielt haben, und als er nach Hause kam, war er wahrscheinlich ganz rot von der Schneeballschlacht. Niemand dürfte gemerkt haben, was da vor sich gegangen war. Das Klassenzimmer im Halbdunkel, vier Uhr nachmittags, noch niemand draußen. Er war höchstens zehn. Nichts existierte bis dahin, kaum Vergangenheit, kaum Zukunft, Aussicht auf zehn mal zehn Meter frisch gefallenen Schnee. Krieg, Krankheit, Tod, Liebe, Literatur, Religion: Es gab sie noch nicht, sie hatten sich noch nicht zu einer Geschichte zusammengefügt, es war noch nichts geschehen. Er träumte noch und glaubte alles, was er sah und nicht sah.

Das war die Erinnerung, die immer wiederkam, ohne Höhepunkt, ohne Tiefe. Das gespannte Warten auf den Augenblick, da er gehen durfte, die Schneeluft, die die hohen Fenster hereinließen, die Ecken der Fensterbänke voller Schnee, die großen kugelförmigen Hängelampen mit ihrem kalten Licht. Hier gab es nichts Doppelbödiges, nicht einmal Rührung. In jeder Hinsicht einfach, nicht komplex, ohne Raum für Nachdenklichkeit. Es hatte ihn durch die Zeit begleitet, unberührt, die vollkommene Empfindung.

Der unbekannte Mann hörte auf zu reden. Der Kaffee war kalt geworden, er wollte wieder ins Haus.

»Ich muss mich entschuldigen, dass ich keine adäquate Gesellschaft für Sie gewesen bin. Mir sind ganz andere Dinge durch den Kopf gegangen.« Sie schlenderten zurück, und Ione fing sie ab und lotste einen Neuankömmling in Richtung des Mannes.

»Wer ist das?«, fragte er sie.

»Der Schriftsteller James Winter, ich dachte, du würdest ihn kennen. Er trainiert auch Pferde.« Nein, er kannte ihn nicht. Vielleicht Terpstra, der hatte mit Pferden zu tun. Er musste ihm übrigens noch einmal sagen, wie sehr er das Rennen auf Goodwood genossen hatte. Das Donnern der Hufe hatte er noch in den Ohren. Rennen gegen die Zeit, Rennen gegen die Erinnerung, auf dem Rücken eines Pferdes. Er ließ die Gesellschaft im Aufenthaltsraum zurück und ging nach oben. Das

Licht war aus, und er blieb mitten im Zimmer stehen. Grillen zirpten unten im Garten, ein abschwellender Laut des Entbehrens. Die Hügel lagen wie dunkle Flecken in weiter Entfernung, obwohl ein Wanderer von hier aus nicht mehr als eine halbe Stunde brauchte, um sie zu besteigen. Jemand hatte ihm erzählt, dass die Römer hoch oben auf den South Downs eine Straße angelegt hatten, vor zweitausend Jahren. Mit Pferden und Sklaven über Hunderte von Kilometern, eine Straße aus Felsblöcken, mit der Peitsche durch die Landschaft geschlagen. Immer noch lag sie da, diese Straße. Halb überwuchert, voller Löcher und im Lauf der Jahrhunderte eingesunken. Aber es gab sie noch. Sein Vater war wie ein Römer gestorben, überlegte er. Was war in ihm vorgegangen, an diesem letzten Tag? Er war in sich gekehrt gewesen, still. Ein paar Mal war er aus dem Haus gegangen, um spazieren zu gehen. Unter seiner gepeinigten Haut hatte das Gefecht begonnen. Er hatte niemandem etwas von seiner Angst gesagt. Er muss es gewusst haben.

Er ging zum Fenster, um es zu schließen. Das Galoppieren hat etwas, das wie ein Zauber wirkt. Auf eine Ziellinie zurennen. Das Ächzen, das Knarren von Leder, die angelegten Ohren.

Er hatte die Namen seiner Söhne genannt, leise.

Der Tumult kurz vor dem Ende, die brüllenden Tribünen.

Bis es abbrach.

Im Garten hörte er nur die Grillen.

Sehnsucht nach Kapstadt

1

Er lehnte sich über die Reling der *Cape Town*, des Schiffs seiner Flucht. Unten dröhnten Motoren, er sah das Wasser zu Schaum werden. Los. Auf dem Kai winkte man. In der Gruppe, die ihn begleitet hatte, standen sein Vater und seine Mutter ganz vorn. Sie versperrten ihm die Sicht, er musste weg, raus, er wollte verschwinden.

Das Winken wurde heftiger, das magische Winken, dem sich niemand entziehen kann. Er hörte seinen Namen: »Rob, Wiedersehn!« Es war seine Mutter, die rief. Sein Vater sah schweigend zu, nahm, beinah feierlich, den Hut ab und setzte ihn energisch wieder auf. Er selbst wollte die Hand heben, aber aus einer plötzlichen Regung heraus griff er in seine Innentasche. Das kleine Bündel Briefe; Adressen, an die er sich wenden konnte, Referenzen, Leute, die sein Vater kannte. Sorgfältig riss er sie durch; nicht wütend, eher erleichtert.

Im kalten, trüben Januarlicht segelten die Schnipsel in die Tiefe. Ob sein Vater verstand, was er sagen wollte? Er konnte nicht ahnen, dass die kleinen Papierstücke von nun an durch die Träume seines Vaters taumeln würden. Dass seine Mutter ihr Leben lang diese Hand vor sich sehen würde, die die Briefe zerriss. Wer weiß schon von einem anderen, was er denkt und begreift.

Zwei Welten schoben sich auseinander.

Januar 1935. Das Ufer war nun zu weit entfernt, als dass man noch etwas hätte erkennen können. Rotterdam verschwamm im Dunst, die grenzenlose wogende Weite kam. Er drehte sich um, Fremde gingen vorbei, es wurde dunkel an Deck. Wind brachte Kälte aus England. Aber er war auf dem Weg nach Südafrika, in den Sommer. Die alte *Cape Town* hatte diese Fahrt schon viele Male gemacht, er noch nie. Südafrika war sein Ausweg, seine Chance, der Abenteurer zu werden, der er war, der Soldier of Fortune seiner Wunschträume. Ruhelosigkeit hatte ihn schon als Kind beherrscht. Eigensinnig, nicht bereit, sich ins Übliche hineinzufinden, wollte er nicht, was alle zu wollen schienen. Nie hielt er sich an die gewöhnliche Ordnung. »Ducken!«, rief er seinen Klassenkameraden zu, zog eine Luftpistole und schoss durchs offene Fenster eine Krähe aus dem Baum auf dem Schulhof. Kurz vor der Reifeprüfung, die er mühelos bestanden hätte, warf er alles hin. Immer folgte er Impulsen, schon früh hatte niemand Macht über ihn. Einmal kletterte er aus dem Abteilfenster eines fahrenden Zuges und blieb bis zum nächsten Bahnhof auf dem Dach des Waggons liegen. Einfach so, ohne besonderen Grund. Er kaufte sich ein Motorrad, fuhr die ganze Nacht durch, um ein Mädchen am anderen Ende des Landes zu sehen. Sie wechselten ein paar Worte, dann wendete er und fuhr zurück. Er sammelte Freundinnen, Clark Gable am Rhein. Seine Unruhe steigerte sich nur.

Die Wochen auf See wiegten ihn in den Schlaf, ins Nichtstun, in lästige Erinnerungen. Aber sobald das

Schiff einen Hafen angelaufen hatte, zog er mit der Besatzung in die Stadt. Hunger nach dem Unbekannten, Lissabon, Casablanca, Dakar; Durst nach den Geschichten des Schiffs. Nach dreißig Tagen war es vorbei. Mit Seemannsgang, abgehärtetem Magen und zwei Koffern kam er nach Kapstadt. Er kannte dort niemanden. Die Wärme umarmte ihn, eine nie gespürte, bleischwere Wärme. Das Weiß der Häuser blendete ihn. Beim Zoll hielt man ihn lange fest, endlos lange für sein Empfinden. Warum er ins Land wolle, wohin er gehe, wen er kenne – die Briefe, verdammt, er hatte die Briefe zerrissen. In dem halbdunklen Raum des Hafenamts mit dem langsam rotierenden Ventilator an der Decke glaubte er etwas Feindseliges zu spüren. Er strengte sich an. Er musste und würde es schaffen, in dieses Land zu kommen. Er sagte, dass er schon seit Jahren von Afrika träume. Nein, er könne nicht ohne Weiteres einreisen. Nein, nur wenn er Arbeit habe, dürfe er bleiben. Er wollte in Johannesburg sein Glück versuchen, in den Goldminen arbeiten. Er hatte doch nicht Wochen auf See verbracht, um sich zurückschicken zu lassen, zurück nach Europa, in die Krise. Er hatte sich doch nicht jahrelang nach einem anderen Leben gesehnt, um im erstbesten Zollamt alles zunichtemachen zu lassen. In seinem Schulenglisch und mit viel Charme redete er sich über die Grenze. Aufgescheucht von den Worten des Zollbeamten, ging er zum Bahnhof und kaufte eine Fahrkarte nach Johannesburg; nach weniger als einer Stunde war er unterwegs.

»Gut gefahren, Lokführer«, hörte er seinen Vater jedes Mal sagen, wenn er nach einer Zugfahrt an der Lokomotive vorbei den Bahnsteig verließ. Sein Vater, der die Welt zu beherrschen schien, großer Mann in kleiner Stadt. Sein Vater, der ihm Zügel anzulegen versuchte und gegen den er sich immer mehr aufgelehnt hatte.

Johannesburg, Goldstadt – fünfzig Jahre zuvor nicht mehr als ein Zeltlager von Männern, die sich mit Spitzhacken in die Erde gruben. Langsam folgte er der Menge vom Bahnsteig zum Ausgang, kleiner Mann in großer Stadt. Dies war der Moment, hier würde er leben, in freier Wildbahn, ohne Referenzen, heimatlos, allein. Aber noch beschützte ihn das Bahnhofsgebäude, noch schien es, als könnte er zurück. Dann war er auf der Straße, in einem Chaos aus Geräuschen. Wieder überraschte ihn die extreme Hitze, wie in Kapstadt. Überall schwarze Menschen, schwärzer als die wenigen, die er in Holland gesehen hatte, Inder, Weiße mit hohen Hüten. Manhattan Afrikas, er kannte den Beinamen der Stadt, aber als er nun durch die Straßen ging, begann sich Johannesburg um ihn zu schließen. Hörte er eine Falle zuschnappen? Das Meer kam ihm plötzlich ganz unwirklich vor, so abrupt hatte die lange Reise geendet. Seine Koffer wurden schwer wie Goldbarren. Geld hatte er aber kaum noch.

»He, Boss, kann ich dir helfen?«, fragte ein vielleicht fünfzehnjähriger Junge am Eingang der Mine. Er drehte sich nach ihm um, musterte ihn kurz und fragte ihn nach seinem Namen. »Yoshua, Boss.« »Gut, komm mit, aber bleib hinter mir, du kennst dich unten noch nicht aus.« Yoshuas nagelneue Schuhe, eisenbeschlagen, glänzten in dem spärlich beleuchteten Förderkorb, mit dem sie einfuhren. Innerhalb weniger Minuten stürzten sie anderthalb Kilometer in die Tiefe.

Als er selbst zum ersten Mal einfuhr, war er erschrocken gewesen, wenn auch nicht ängstlich. Die ungläubige Bestürzung, als der Förderkorb immer weiter fiel, eine Ewigkeit. Es konnte einfach nicht sein, so tief konnte niemand graben, das gab es nicht. Die vollkommene Finsternis, aus der Zeit vor der Schöpfung. Sein Mund wurde trocken, der Schweiß brach ihm aus. Es war eine umgekehrte Geburt, lebendig in ein Grab. Das elektrische Licht, in das er beim Aussteigen trat, hatte ihn noch mehr verwirrt. Langsam, halb blind, war er seiner Schicht gefolgt, durch Stollen, weiter durch andere Stollen und nach einer Abzweigung wieder andere. In die Haarrisse der Mine hinein, kletternd, dann kriechend. Bis es kein Licht mehr gab außer dem seiner eigenen Lampe. Seine ersten acht Stunden unter Tage brachten ihn völlig durcheinander. Das Dunkel umschlich ihn, in der Ferne war das Rattern von Maschinen zu hören, das Stoßen von Förderwagen auf ihren Schienen, die Rufe von Kumpeln. Fortgeschleudert in ein verbotenes Universum, zerschlagen, beschmutzt. Betäubt war er gewesen wie bei der irrsinnigen Motorradfahrt durch die holländische Nacht. Mechanisch auf, mechanisch ab, acht Stunden Schicht, acht Stunden frei, acht Stunden Schlaf. Seine ersten Wochen, seine ersten selbst geplanten Tage, sein verstörendes neues Leben.

Unten angekommen, ging er dem Jungen voran. Er spürte Yoshuas Verwirrung, und als er sich umblickte, sah er seine vorsichtigen Bewegungen, die große Frage in seinem Jungengesicht. Ruhig und zielsicher führte er ihn zu ihrem neuen nächtlichen Einsatzort. Die Beleuchtung hatten sie hinter sich gelassen, die Kumpel hatten sich verteilt, in dem engen Querschlag lagen nicht einmal mehr Schienen. Er stellte seine Lampe auf einen Felsbrocken.

»Wo wohnst du, Boy?«

Yoshua antwortete in kurzen Sätzen, erzählte in einer Mischung aus Englisch und Bantu von seiner Familie. Zeitweise verständlich, meistens nicht. Fünfzehn Jahre ganz unten, immer draußen, ohne große Erwartungen, das Leben eines jungen Schwarzen; stolz auf die Schuhe, die er bekommen hatte, um arbeiten zu können. Sein Vorhaben war geglückt, er hatte einen weißen Boss gefunden, das bedeutete Schutz und ein bisschen Geld.

Yoshua war geblieben. Jeden Morgen stand Yoshua am Tor und erwartete ihn. Und jeden Morgen gab er Yoshua die Lampe, Zigaretten und etwas Wasser. Der kleine schwarze Junge gehörte zu ihm. Die Pförtner winkten sie mit einer Geste durch, die sagte: gut gemacht, Dutchman. Aber er hatte nichts dafür getan, der

Junge hatte sich bei ihm gemeldet, war auf einmal da gewesen. Von einem Vorarbeiter als zusätzlicher Gehilfe geschickt. In den Wochen und Monaten, die folgten, entstand eine zerbrechliche Freundschaft. Yoshua trug das kleinere Arbeitsgerät und das Wasser für beide. Er machte sich in der Nähe seines Herrn zu schaffen und schoss herbei, wenn der sich eine Zigarette anzünden wollte. »Gunschani, Boss?«, war sein täglicher Gruß am Eingang der Mine, »wie geht's?« Er zeigte ihm, wie die Acetylenlampe funktionierte, und schärfte ihm ein, nie ihre Streichhölzer fallen zu lassen. Streichhölzer waren äußerst wichtig, die Dunkelheit war einer ihrer Feinde. Die Mine wurde ihre gemeinsame Widersacherin, die sie beinah erwürgte mit ihren zahllosen Stollen. Die lebensfeindliche, die tödliche Mine, das lauernde Tier. Aber mit Tieren war Yoshua vertraut. Er kannte die Berge um Johannesburg, war mit seinem Vater durch die Ausläufer der Kalahari gestreift. Er war Giftschlangen ausgewichen und durch Schluchten gegangen, in die niemals Sonne kam.

Er erzählte seinem Boss, dass sein Vater immer auf Reisen war, manchmal länger als ein Jahr. Und dass seine Mutter bei Weißen arbeitete.

Sie redeten, wenn sie auf einem Felsstück saßen, wenn sie aßen, wenn sie auffuhren. Früh am Morgen schwiegen sie meistens, rüsteten sich innerlich gegen einen Tag unter der Erde. Sie lernten die Gewohnheiten des anderen kennen, respektierten das Schweigen des anderen. Und wenn er auch der Boss war, nie vergaß er, dass der Junge mehr in dieses Land gehörte als er. Seine eigene Jugend in der Provinzstadt am Fluss war durch Abgründe von ihm getrennt. Was hätte er Yoshua erzählen können? Von seiner wachsenden Angst davor, mitmarschieren zu müssen, durch ein geordnetes Dasein. Seine Brüder studierten und würden zweifellos nützliche Mitglieder der Gesellschaft werden. Sein Vater beherrschte die Stadt. Und seine Mutter, seine geliebte, liebe Mutter? Er wollte nicht an sie denken. Sein Leben in Südafrika und sie passten nicht zusammen, er konnte sie nicht bei sich dulden, sie war seine empfindlichste Stelle. Yoshua fand diese Stelle immer wieder.

»Meine Mutter weckt mich morgens, Boss, und jeden Tag sagt sie, ich soll nur ja gut aufpassen. Sie hat Angst vor der Mine. Aber wir nicht, oder?« Sie verließen gerade den Förderkorb, und Yoshua schaute ihn an.

»Wir nicht, Boy.«

Der Junge hielt ihm ein Päckchen Zigaretten hin, so dass er sich eine herausnehmen konnte. Das Streichholz brannte hell, und wie sie so dastanden, Hände um das Streichholz und die Köpfe nah beieinander, warfen sie einen einzigen großen Schatten. Sie waren in einem Schattenreich, das man sich ertasten musste. Einer rauen Grottenwelt, von Explosionen erschüttert. Immer, wenn er die Lampe hob, sprühte das Eisen an Yoshuas Schuhen Funken. Yoshuas Mutter machte sich offenbar Sorgen, seine eigene Mutter natürlich auch. Er hatte noch nicht viel von sich hören lassen, seit er in Johannesburg lebte. Seine Arbeit als Goldkuli ließ ihm wenig Zeit, und wenn er frei war, ging er lieber zu den Hunderennen im Wembleystadion. An den Mittwochabenden waren dort Tausende von Wettern, die Rennen waren der Höhepunkt der Woche. In seiner holländischen Naivität hatte er Yoshua gefragt, ob er nicht einmal mitgehen wolle. Der hatte ihn verständnislos angeschaut und nicht einmal geantwortet.

Das Gefühl der Verbundenheit wurde stärker. Er sah dem Jungen nach, wenn sie ihre tägliche Arbeit hinter sich hatten und sich am Tor trennten. Yoshua war anscheinend kaum müde zu bekommen. Mit federndem Schritt, fast hüpfend, ging er jeden Abend nach Hause. Manchmal wäre er gern mitgegangen in Yoshuas schwarze Welt, um seiner Mutter die Hand zu geben und ihr zu sagen, wie gut ihr Sohn in der Mine zurechtkam, dass er umsichtig wie ein Großwildjäger die Stollen betrat. Aber es kam nicht mehr dazu.

»Vorsicht, Boss!«

Sie hatten einen frisch ausgebauten Querschlag zugewiesen bekommen. Das Donnern der Implosion hallte in seinem Kopf, als er fortsprang. Der scharfe Warnruf hing in der Stille, die folgte, und er wusste nicht gleich, ob der Junge vor oder nach dem Einsturz geschrien hatte. Dann hörte er das Ächzen. Er rief, fand seine Lampe, tastete um sich, stieß auf Yoshua. In dem Licht, das er angezündet hatte, sah er ihn liegen. Die Hand des Jungen umklammerte krampfhaft die

Streichhölzer. Der Kopf unnatürlich schief, die Arme weit ausgebreitet, ein Felsbrocken quer auf dem Rücken. Er öffnete die Augen. »Gunschani, Boss?«, fragte er, aufs Höchste besorgt. Aber der Tod war schneller da als das Wort, mit dem er Yoshua beruhigen wollte.

Am Ausgang nickten die Pförtner, als er neben der Trage hinausging. »Bad luck, Dutchman.« Die Mine arbeitete weiter. Yoshuas Mutter bekam nur für den Morgen der Beerdigung frei. Sein Vater war auf Reisen.

Vor allem auf den langen Märschen von Ban Pong zum Kwai sollte er immer wieder an diese Augen denken, und an diese unbeschreiblich freundliche Frage.

Hunderennen am Mittwochabend wechselten sich ab mit Zeitungslektüre, meistens in der Star Beer Hall in der Rissik Street. Die Stadt nahm ihn allmählich auf. Wenn er im Strom der Passanten zum Stadion ging oder in seinem Viertel das Restaurant betrat, in dem er täglich aß, schien er dazuzugehören. Doch was ihn antrieb, war nach wie vor der Gedanke, unabhängig zu sein, endlich er selbst. Die Zimmer, die er mietete, waren kahl. Zu Hause hatte jeder Tisch und jeder Lampenschirm eine Geschichte, fast nichts war gekauft. Hier gab es nichts Überliefertes, hier hingen keine Vorfahren an der Wand, Tafelgeschirr und Silber glänzten nur in seiner Erinnerung. Aber er machte die beunruhigende Entdeckung, dass Dinge eine Bedeutung hatten. Manchmal zeichnete er, was er zurückgelassen hatte. Holländisches, dem er hier nirgends begegnete. Sein altes Zimmer in Honk, das stattliche Haus mit den Säulen, die breite Freitreppe und das Efeu bis an sein Fenster. In verlorenen Stunden mechanisch aufs Papier gekritzelte Zeichnungen, die er schnell wegwarf. Den Gedanken an die Menschen in dem fernen Haus unterdrückte er am liebsten, auf die Dauer auch den an die Dinge. So blieben seine Zimmer leer. Holland kam nicht mehr in seine Nähe, es hätte die Illusion von Abenteuer nur zerstört.

Soldier of Fortune nannte er sich in Gedanken gern. Aber als das Telegramm mit der Nachricht vom Tod seines Vaters auf dem Tisch lag, war er nahe daran, allem Lebewohl zu sagen und Hals über Kopf zurückzukehren. Und doch gewann sein Widerwille die Oberhand, er wollte nicht zu der düsteren Feierlichkeit, in das düstere Land. Lass die Toten ihre Toten begraben. Er hatte Angst, dass seine Mutter ihn bitten würde zu bleiben. Er wollte sich nicht mehr verlieren. Und er kehrte nicht zurück. Er ließ sein altes Leben, wie es war, er ließ seines Vaters Tod auf sich beruhen.

Später in Thailand, an der Bahnstrecke, stellte er sich das Grab seines Vaters vor, eine Zwangsvorstellung, die er ebenso wenig abschütteln konnte wie die zahllosen Urwaldinsekten auf seiner Haut.

Im rauen Heer der Bergarbeiter bekam er das denkbar beste Training. Nacht und Tag wurden austauschbar, Kälte und Hitze bearbeiteten seinen Leib wie ein grober Hobel. Schmerz verbiss er, der Umfang seiner Muskeln verdoppelte sich. Goldgräber in selbstgewählter Freiheit, frei von dem, was er gewesen war oder hätte werden sollen. Ein Jahr, zwei Jahre, fünf – untergetaucht, auf der Jagd, zeitlos, allein.

Johannesburg wuchs mit einer Schnelligkeit, die ihn, die alle überrumpelte. Die Provinzstadt an dem holländischen Fluss wurde immer kleiner und schemenhafter. Die Afrikaner bauten wie Besessene. Turmhohe Gebäude, zwanzig Stockwerke und mehr, Wohnblocks, Kaufhäuser. Politik, Feste, unerhörter Wohlstand – das Land vibrierte. Wogen der Erwartung hoben Südafrika. Gold war immer noch ein Zauberwort, eine Sprache, die man auf der ganzen Welt verstand. Wenn er durch die Straßen ging, träumte er manchmal von einer Konfettiparade, offenen Autos und Tambourkorps in einem Sturm aus Papier.

Ein Leben weiter, in Manila, als einer, der nur noch Haut und Knochen war, einer unter Hunderten von Männern, sollte er so empfangen werden, mit irrsinnigem Jubel.

## 2

»*Dete ike, dete ike, dete ike!*« Immer wieder die gleichen schneidenden Worte in sonst unverständlichem Japanisch – »raus, raus, raus!« Wer nicht von selbst hinausfiel oder -sprang, wurde hinausgeworfen. Fünfundzwanzig Mann in einem Waggon, vierzig Waggons, ein endloses Echo von Befehlen. Unempfindlich gegen plötzlichen Wechsel von Dunkel zu Helligkeit, sah er sofort die von der Zugfahrt angerichtete Verheerung. Fünf Tage und Nächte im durchdringenden Rattern zwischen den Blechwänden eines Güterwagens. Die Drillbohrer in der Mine hatten weniger Lärm gemacht. Fünf Tage und Nächte Durst und Staub und Rauch von der Lokomotive. Die ersten unsicheren Schritte, die ersten Schmerzen. Ungläubige Verwunderung darüber, dass er wirklich wieder auf festem Boden stand, und eine Vorahnung von etwas Schrecklichem.

Verladen hatte man sie in Singapur, ausgeladen wurden sie in Ban Pong. Verachtenswerte Europäer, die nicht bis zum Tod gekämpft hatten. Japaner hatten für Überlebende nichts übrig. Thailand, April 1943. Seinen dreißigsten Geburtstag hatte er sich anders vorgestellt. Sie sollten zum Kwai, zweihundertfünfzig Kilometer Fußmarsch in erschöpfender Hitze und Sturzregen. Eine Handvoll Reis, dreckiges Wasser, vom Hungerlager ins Malariacamp.

»Guus!«, rief er, »Guus!«

Ein paar Waggons weiter musste sein Freund sein. Er sah ihn mit kleinen, erstaunten Schritten näher kommen, als hätte er gerade das Laufen erfunden. »Guus, wir müssen zusammenbleiben, egal, was passiert.« Und sie blieben zusammen. Er war ihm in Bandung begegnet, vor einem Jahr. Seine Freundschaft mit Guus sollte ihn nicht mehr loslassen. Sie sollte ihn leichter machen und über manches erheben – und ihn verfolgen, später, in die sinnlose Zeit, in eine dunkle Zukunft. Guus, verfluchter, verdammter Guus. Ein Schatten wurde er, ein bleicher Geselle, ein sonderbar fremder Spiegel, in dem er sich selbst zu entdecken glaubte. Guus, der ihm in allem glich, in allem überlegen war. Der Mann, den er erkannte und der ihn zwang, sich mit seiner Flucht und mit seinen zusammengeharkten Idealen auseinanderzusetzen.

Die Japse hatten den Krieg gewonnen, Tausende von Kriegsgefangenen zusammengetrieben. Bei den Appellen im Lager tauchte Guus immer in der Reihe vor ihm auf. Sein Hinterkopf wurde ihm vertraut, der Mittelscheitel, die zartgliedrige, drahtige Gestalt. Der eine suchte die Gesellschaft des anderen, wo und wann immer es ging. Das Leben, aus dem Guus kam, war nicht weit entfernt von seiner eigenen Vergangenheit: als Freiwilliger hatte er die Fahrt nach Ostindien unternommen, wie er. Freiwillige, seltsamer Ausdruck für Menschen, die sich langsam, aber sicher in einem von anderen ausgebrachten Netz verstricken. Das Vaterland, jedenfalls was noch von ihm übrig war, Ostindien also, musste verteidigt, beschützt werden, es war ihr Land. Die Feinmaschigkeit der von allen und keinem gewobenen Ideen, der großen unbekannten Fangnetze des Unglücks. Sie waren gefahren. Guus von England aus, wo er für ein niederländisches Unternehmen gearbeitet hatte. Er von Südafrika aus, wo er gearbeitet hatte, um sich zu beweisen, dass er anders als seine Brüder war, unabhängiger, reifer. Auf der *Tegelberg* war er nach Java gefahren, mit einer kleinen Gruppe von Niederländern, freiwillig auf dem Weg ins Unvorstellbare. In den letzten Tagen vor seiner Abreise hatte er in einem Hotel in Durban gewohnt. Die Welt war ihm dort durchsichtig vorgekommen. Seit seinem Entschluss, sich zur Armee zu melden, hatte ein federleichter Übermut von ihm Besitz ergriffen. Erregend fremd war das Mädchen gewesen, mit dem er diese Tage verbrachte. Sie hatte ihn auf der Stelle heiraten wollen. Er verließ sie, noch bevor er sie richtig kennengelernt hatte. Vielleicht hatte er sich gemeldet, um ihr zu entkommen, um sie zu verschonen. Heiraten war eher etwas für seine Brüder. Er suchte den Krieg, das Alibi des Verwaisten. Er schiffte sich ein. Im Zickzack verließ der Dampfer den Hafen. Eine schöne Imitation seines Lebenslaufs, dachte er, während er zur Küste Afrikas zurückblickte.

Der Marsch zum Kwai begann und endete im Dunkel. Nachts schleppten sie sich über Elefantenpfade durch einen saugenden Urwald. Tagsüber schliefen sie unruhig, von Mücken umschwärmt, vom Hunger ausgehöhlt. Schon im Lager Bandung hatten Guus und er eine Überlebensstrategie entwickelt. Sie forschten sich gegenseitig aus, über ihr Leben, über ihre Vergangenheit, reihten Geschichten auf. Und der eine berichtete dem anderen von zahllosen alltäglichen Kleinigkeiten, die ihm auffielen. Sie sammelten banale Vorfälle, übertrumpften einander mit kleinen Absurditäten, winzigen Verschiebungen in den Kulissen des Lagers. Das konnte die Anzahl der Stockschläge sein, die sie registriert hatten, oder der Abstand ihrer Stirn zum Boden, wenn sie sich vor dem japanischen Unteroffizier verneigen mussten. Sie zählten die Reiskörner ihrer Hungerration, die Stunden, in denen die Sonne ihre Schlafmatten beschien, die Geschwüre an den Füßen ihrer Kameraden. Alles war erlaubt, jeder neue Einfall wurde geprüft und bewertet. Eine nie abreißende Folge von Erdachtem und Erinnertem, von der ihr Leben abzuhängen schien. Sie schärften ihren Blick, sahen gleich, wenn die Japse ihre Pläne änderten, eine Exekution vorbereiteten, sich neue Strafen ausdachten. Jede Bewegung der Japse wurde im Gedächtnis gespeichert. Sie stimmten ihren Tagesrhythmus aufeinander ab, verloren sich nur selten aus den Augen. Instinkt; nach vorn und hinten gedeckt, der Blick gewappnet gegen eine Übermacht von Gewalt.

Der Urwald war von der Gastfreundlichkeit eines Blutsaugers. Eine grässliche Mauer aus Bäumen und Sträuchern, zwischen denen sich Fluchtwege zu bieten schienen, aber wer floh, war verloren. Auf den Nachtmärschen, zwanzig, fünfundzwanzig Kilometer durch den Tumult der Wildnis, blieben überall Männer liegen. Zu müde, zu krank zum Weitergehen. Stumpf, vollkommen gleichgültig gegenüber dem Tod. Guus und er überlisteten die Zeit mit allem, was sie sich im Lager Bandung beigebracht hatten. Um nicht an den nächsten Tag denken zu müssen, nicht an die nächste Nacht. Zehn Tage dauerte der Ausscheidungskampf. Mit tausend Mann waren sie aufgebrochen, sie erreichten den Kwai mit wenig mehr als siebenhundert, von denen dreihundert am Ende ihrer Kraft waren. Manchmal halluzinierte er vor Übermüdung. Dann beugte sich der kleine Yoshua mit einem Päckchen Zigaretten über ihn. Es kam vor, dass er »Gunschani, Boss« murmelte, wenn er einen Mann neben der lahmenden Kolonne liegen sah. Am schlimmsten waren vielleicht noch die Monsunregen. Die fatalen Regengüsse, die ihre Rippen peitschten. Schlafen auf einer Schicht Wasser, aufstehen aus einem Bett aus Morast. Feuchtigkeit war die nächste Verwandte der Krankheit, der Sumpf der Vater der Malaria.

Der Kwai, sacht fließendes gelbes, fast braunes Wasser. Das Lager, das an den Ufern aufgeschlagen wurde, sollte in den kommenden Monaten das Spielkasino ihres Lebens sein. Die Chance, es lebend zu verlassen, schätzten sie auf vierzig Prozent. Dreihundert Mann unterwegs gestorben, dreihundert Mann krank. Wie schnell würden die Kranken sterben, und wann würden die übrigen krank werden? Roulette war es. Die Croupiers harkten die Einsätze zusammen. Das kleine Feld, auf dem die Toten begraben wurden, wuchs immer tiefer in den Wald hinein.

Appell, vor der Arbeit, nach der Arbeit. Vor allem nach der Arbeit standen sie manchmal stundenlang. Zählen und nochmals zählen. Geschrei, wenn die Zahl nicht stimmte. Noch einmal zählen. Ihre Welt war die Strecke von den Füßen zum Rücken und die Schmerzen dazwischen. Sie waren in Thailand und bauten einen Schienenweg Richtung Birma, Hunderte von Kilometern am Fluss entlang. Bauen und sabotieren, zwei Schritte vor, einer zurück. Guus und er gehörten zur Hack-Kolonne. Mit primitiven Spitzhacken schlugen sie sich durch Felsen, um einem imaginären Zug den Weg zu bereiten. Der Zug verfolgte sie. Mit jeder Strafe, jeder Ansprache, jeder zusätzlichen Arbeitsstunde; der Japs war besessen von diesem Zug. Sie deshalb auch. Ihr Zug nahm groteske Ausmaße an. Sie fantasierten von seiner Länge, von der Anzahl der Waggons, der Farbe der Sitzbezüge. Oder würden es nur Güterwagen sein, mit Panzern, Öl, Waffen? In ihrer Vorstellung rollten Tausende von Zügen, die den Krieg in die Länge zogen. Der Kaiser würde winkend vorbeifahren, quer durch den Dschungel. Die Japse würden sich verneigen, sie selbst bis zum Boden. Der Kaiser war die Parole, alles geschah in seinem verfluchten Namen. Der Kaiser auf seiner fernen Schurkeninsel, vor dem man im thailändischen *alang-alang* salutierte und sich verneigte. Ausgemergelt, halb tot, betäubt von Malaria, ausgehöhlt von Dysenterie, zugrunde gerichtet von Cholera: Wir von der Hack-Kolonne grüßen Euch.

Sie hackten. Morgens gingen sie im Gänsemarsch zu der Stelle, an der sie am Vorabend aufgehört hatten. Spitzhacken auf den Schultern, schwer wie Blei, mit jedem Tag schwerer. Und ohne Schuhe. Seltsamerweise hatte das etwas Erniedrigendes. Keine Schuhe zu haben machte wehrlos, es setzte einen zurück gegenüber dem hochgestiefelten Japs.

Appell, ein Straffall, jemand war außerhalb des Lagers aufgegriffen und des Fluchtversuchs beschuldigt worden. Er selbst stand nur fünf Schwellen von dem Ausbrecher entfernt. Die ganze Nacht aufrecht. Der Mann, der bestraft werden sollte, lag auf den Knien, mit gesenktem Kopf. Er hörte den nächtlichen Wald, das Kreischen von Affen und unbekannten Vögeln, Zischen und Scharren und Knacken. Links und rechts fielen Männer um und wurden wieder hochgeprügelt oder fortgeschleift. In Gedanken spielte er Schach mit Guus. Der König war Kaiser, der Turm aus Bambus, die Königin in England. Alles taumelte durcheinander. Halber Schlaf, halbe Nacht, halbes Leben, halber Mensch. Als die Sonne hervorkam, band der Japs dem Knienden eine Augenbinde um. So sah er das Schwert nicht kommen, hörte auch den Schlag nicht.

»Gunschani, Boss?«

Er musste ihn fortschaffen, zusammen mit ein paar anderen Gespenstern, verwirrt vom Stehen, in dumpfem Schweigen. Hinter ihnen wurde der Appell beendet, und der Arbeitstag begann. Sie brachten den Toten auf das Gräberfeld, das grau war im Licht des frühen Morgens, und bastelten ein notdürftiges Holzkreuz zusammen. Mit Blut an den Füßen.

Tage und Nächte wie diese. Guus und er wehrten sich gegen den drohenden Zusammenbruch. Trotzig, berauscht von der Sonne, zogen sie hinter den Japsen her. Durch Thailand, fast bis zum Drei-Pagoden-Pass. Ihre Überlebensspielchen waren auf Dauer nicht durchzuhalten. Ihre Augen entdeckten nichts Neues mehr. Sehen wurde zur Gefahr, Überraschung zur Bedrohung für ihre Widerstandskraft. Die entdeckten Kleinigkeiten bewiesen, dass es mehr gab als die graue Wirklichkeit des Stehens, Hackens, Gehens und Schlafens. Der Zug war ihre Obsession, die Bahnstrecke ihr Halt, der Japs ihr Dämon. Sie lebten wie Schildkröten, zogen sich jeden Augenblick unter ihr mitgeschlepptes Schutzdach zurück. Daher glaubten sie nichts zu sehen, nichts zu fühlen, nichts zu hoffen. Sie ertrugen die Toten, die Verbrechen, ihre vollkommene Ohnmacht. Guus und er. Oder besser gesagt: Guus. Und er. Jeder für sich, der Kaiser für alle. Ihre Zweiheit war zeitweise aufgelöst. Was ihnen erst Kraft gegeben hatte, machte sie nun verletzlich, wenn auch, unausgesprochen, das Band zwischen ihnen blieb – für den Fall, dass sie es unbedingt brauchten.

Das unaufhörliche Sterben, die sinnlose Zeit. Nach den Monsunregen kam der Wind. Tagsüber Sonnenglut, der man nicht entkam, nachts eisige Kälte. Und dann war der Tag gekommen, an dem die letzten Felsen weggehackt waren, die letzten Schwellen gelegt. Der Zug würde fahren, die Gefangenen aus dem Dienst entlassen werden. Die Arbeit war getan, der Kaiser konnte zufrieden sein mit dem Heer schäbiger Europäer, dem Abschaum seines Reichs.

Wieder begann das Warten, wie in Bandung. Bis irgendwo ein Verwaltungsbeamter die Befehle seines Vorgesetzten zu Papier gebracht hatte: Lager am Kwai räumen, Gefangene ins Vaterland verlegen. Nach Japan also, auf die Schurkeninsel, ans Ende der Welt, wo das Böse zu Hause war. Sie gingen, wie sie gekommen waren. Nur mutloser, Leibeigene, die an nichts mehr glaubten und sich überallhin schicken und zurückschicken ließen. Zu Fuß oder per Bahn, und noch schwächer, noch apathischer, noch weniger zu gebrauchen für den Japs.

Sie wurden in Singapur eingeschifft. Dort fand er Guus im Bauch der *Bungo Maru* wieder. Seit dem Rückmarsch aus dem Inneren Thailands hatten sie sich nicht mehr gesehen. Die Auffanglager um den Hafen waren überfüllt, die Überlebenden von der Birma-Eisenbahn hatte man planlos hineingezwängt. Aber die Bürokraten eroberten verlorenes Terrain zurück und verschickten das ihnen zugeteilte Kontingent an Männern. Ziel: Kyushu, die südlichste der japanischen Hauptinseln. Er dachte an die *Cape Town* und die *Tegelberg*, die Schiffe, die er kannte; jene ausgelaufen in

Richtung Freiheit, diese in die Niederlage gedampft. Und die *Bungo Maru* fuhr zweifellos auf das Ende zu. Als er über die senkrechten Leitern tief ins Innere des Truppentransporters hinabstieg, sah er ihn. Mager, fast schneeweißes Haar, immer noch in der Mitte gescheitelt.

»Guus!«

Sie umarmten sich kurz, fast ohne erkennbare Gefühlsbewegung, sie hatten genug damit zu tun, einen Platz zu ergattern. Neben einer der Leitern bezogen sie Stellung, liegen war dort nicht möglich. Aber Guus wollte unbedingt nah an einem der Fluchtwege sein. Er kannte die Gerüchte von torpedierten japanischen Transportschiffen voller Kriegsgefangener. Die Amerikaner und Engländer machten Jagd auf jedes Schiff.

Und tatsächlich, ihr Zickzackkurs half nicht. Mit ohrenzerreißendem Knall brach das Meer ins Schiff. Trotz des unvorstellbaren Chaos waren sie nach wenigen Schritten auf der Leiter. Oben wurde gekämpft. Zwei, drei Körper stürzten mit rudernden Armen herunter, die Japse hatten sie von der Leiter getreten. Die Unterbrechung dauerte nicht lange. Das Schiff heulte und nahm schnell Wasser auf. Sie sprangen auf gut Glück. Nie vergaß er den Augenblick, als er Guus springen sah. Es war vielleicht eine halbe Minute, bevor er sich selbst von der Reling abstieß und neben einem Floß aufkam. Das steinharte Wasser gab kaum nach, er schrie vor Schmerz. Er klammerte sich an dem Floß fest und rief Guus' Namen. Aber im dichten Gedränge der Schwimmer ringsum entdeckte er ihn nicht. Er rief, bis er keine Stimme mehr hatte.

Wind direkt aus Sibirien jagte über die Bucht von Nagasaki. Der Winter war auf dem Tiefpunkt, dreißig Grad unter Null. Die Kawanami-Werft, in der er herumhantierte, lag unter einer steinharten Schneeschicht begraben, und die schmutzfarbenen Rümpfe unfertiger Schiffe machten die Trostlosigkeit vollständig. Er lebte mechanisch. Der Kälte entkam man nicht. Der eine lange Mantel über seiner Tropenkleidung verhinderte gerade eben das Erfrieren, aber es kam ihm so vor, als hätte er Eis in seinem Schädel. Es ging alles immer langsamer, seine Hände konnten kaum noch etwas festhalten, alle Bewegungen hatten etwas Zufälliges. Das Schiff, an dem er täglich arbeitete, lag am Rand des Wassers, nach allen Seiten offen, ein Gerippe aus Platten und Schraubenbolzen. Trotzdem war man in seinem Inneren noch halbwegs geschützt. Das Blut strömte dort etwas schneller, der Kopf taute ein wenig auf, aber sehr viel Leben war nicht darin. Die Vergangenheit war ein dunkler, formloser Brei. An eine Zukunft war nicht zu denken, dafür hätte man Hoffnung gebraucht, und Mut. Beide hielten Winterschlaf. Nur der Augenblick zählte.

Schwerfällig bewegte er die Hand, die den Hammer umklammerte. Bei jedem Schlag zögerte er, weil das Prickeln vom letzten noch nicht vorbei war. Mitten am Tag legte sich Dunkelheit um das Gerüst, auf dem er arbeitete. An diesem Vormittag schien die Talsohle erreicht zu sein. Die Temperatur sackte auf Rekordtiefen, selbst die Japse bewegten sich kaum. Verzweiflung packte ihn. Die Jahre der Hitze und Krankheit, die Jahre von Mine und Eisenbahn, die Jahre der vollendeten Barbarei drückten ihn mit ihrem ganzen Gewicht nieder. Verzweiflung wegen seines Freundes, des schmächtigen Guus, der ins Meer gesprungen und verschwunden war. Er wollte einfach nicht glauben, dass er ertrunken war. Die Szene wiederholte sich endlos. Nichts deutete darauf hin, dass ihn unten der Tod aufgefangen hatte. Es war ein entschlossener Sprung gewesen, sicher, vorbildlich. Die Arme fast lässig am Körper, als ginge es um ein Spiel im Schwimmbad. Elastisch, elegant; sein weißes Haar war bis zuletzt zu sehen gewesen. »Bis gleich im Meer, Rob!«, hatte er gerufen. Ein absurd sachlicher Ausruf inmitten der Panik. Was konnte ihm passiert sein? Die See war nicht rau gewesen; wohin war er geschwommen, wer hatte ihn gepackt? Er hatte Guus nicht gefunden, als er später von einem japanischen Frachtschiff an Bord genommen wurde. Er wusste, dass auch andere Schiffe Ertrinkende aufgenommen hatten, und er redete sich ein, dass Guus gerettet worden sei. Gerettet, das bedeutete ohnehin nur, vorläufig gerettet zu sein, eine Galgenfrist zu haben. Man hielt sie als Gladiatoren am Leben, im Land der aufgehenden Sonne wartete neue Arbeit.

Vom Rand des eisernen Arbeitsgerüsts schaute er hinunter, lustlos und immer lockerer hielt seine Hand den Hammer. Schnee auf dem Boden des Schiffs und dumpfes Gehämmer um ihn herum. Männer schlurften hin und her, richtungslos. Seine verlorenen Jahre. Er durfte einfach nicht daran denken, und doch tat er es. Sein Widerstand schwand. Was er zusammen mit Guus so gut gekonnt hatte, im Augenblick aufgehen, gelang ihm jetzt nicht. Guus mit seinem feinen Gespür dafür, wann er die Vergangenheit an sich heranlassen durfte und musste, und seiner Fähigkeit, es auch nur dann zu tun. Sein altes Leben. Das ungeheure, schattenhafte Reservoir, seine holländische Vergangenheit. In Beton gegossen oder versunken oder heimlich versteckt. Eisgang am Deich seines Gedächtnisses. Mitten in der Nacht war es gewesen. Leise hatte er sein Motorrad aus der Garage gerollt und erst in der nächsten Straße angetreten. Die Februarnacht war bitterkalt, und bei Geschwindigkeiten von achtzig, neunzig Kilometern gefror der Stoff unter seiner Jacke. Er fuhr pausenlos, der Wind schnitt ihm in Wangen und Hals. Stunden dauerte die Fahrt über die Polder und das Weideland, und erst im dämmrigen Frühlicht sah er das Haus, auf das er all seine Gedanken konzentriert hatte. Die Umarmung des Mädchens, das dort wohnte, hatte ihn völlig aus dem Gleichgewicht gebracht. Er wollte sie wiedersehen und überreden mitzukommen – wohin, wusste er nicht, er hatte auch keinerlei Pläne. Ein paar Tage mit ihm auf dem Motorrad wegfahren, irgendwohin reisen und wieder zurück, etwas in dieser Art. Sie wehrte ihn ab, sanft, aber entschieden; verwundert über sein Erscheinen zu so früher Stunde. Wollte ihn auch nicht wieder so umarmen, wie sie es eine Woche zuvor getan hatte, voller Hingabe. »Du musst das vergessen, Rob. Es war ein Augenblick, klammere dich nicht daran, ich will mich nicht binden.« Er hörte sie an und wendete sein Motorrad. Kälte, die nichts mit Temperatur zu tun hatte, stieg in ihm auf. Als er sich im Licht der aufgehenden Sonne auf den Rückweg machte, hatte er das Gefühl, in einen Trichter zu rasen, in ein sich verengendes Netz. Um neun Uhr morgens war er wieder zu Hause. Seine Mutter sah besorgt aus, sein Vater schwieg. Er hatte Wut erwartet. Aber sein Vater sagte schließlich nur einen einzigen Satz: Welchen Schnitt bist du gefahren? Nein, kürzer noch: Welcher Schnitt?

Der Hammer fiel ihm aus der Hand, das Rauschen im Kopf wurde stärker. Ihm wurde schwindelig, das war die Unterernährung, und die Kälte. Er musste sich aufrecht halten, musste versuchen, sich aus dem Bann des Vergangenen zu lösen. »He, du da!« Ein Wachmann schrie und zeigte auf ihn. »Sofort runterkommen.« Das rettete ihn wahrscheinlich. Der Japs hielt ihn für einen Saboteur und steckte ihn in die Strafkolonne, die als Letzte in die Baracken zurückkehren durfte. Bestimmt rettete es ihn. Er sperrte seine Erinnerungen wieder sicher weg. Hämmerte bis in den Abend.

Die Monate zerbröckelten. Merkwürdigerweise war das Sterben in seinem Lager fast zum Stillstand gekommen. Es war, als wären diejenigen, die bis Japan durchgehalten hatten, immun gegen den Tod. Es konnte eine Ewigkeit so weitergehen, sie hatten fast keine Reserven mehr, aber in diesem Zustand schien ihnen wenig mehr als nichts zu genügen. Von den fünf Schiffen, an denen sie arbeiteten, war noch nicht eines vom Stapel gelaufen. Nach dem Winter kamen die Bombenangriffe, und die Werft füllte und leerte sich mit Arbeitern, füllte und leerte sich. Er hörte den Luftalarm noch vom anderen Ende der Bucht nachhallen. Es war nun nicht mehr zu übersehen, der Krieg würde ein Ende haben. Untereinander gebrauchten sie das Wort Befreiung, als hätte es eine Bedeutung. Aber Befreiung war ein Wort aus einer Zeitschrift, ein Begriff, den man erfunden hatte, damit die Leute fröhlichere Gesichter machten. Er sprach es aus und schämte sich fast dafür. Wie das Ganze auch ausgehen mochte, befreit sein würden sie nicht, nie mehr. Dann kam sogar der Sommer, mit Farben, die kaum zu ertragen waren. Wolkenlose Himmel, nachts Sterne, Japan überall. Nippon, blutroter Sturmball, aufgezogen über Magnesiumweiß.

Die Flugblätter kamen herabgesegelt, Botschaft vom Mars: »*Don't be worried, we'll come.*« 9. August 1945. Die großen Bomber hatte er in den letzten Wochen öfter gesehen. Bei ihrem Brummen hoch über der Werft blickte er schon nicht mehr auf. Auch nicht, als an dem windigen Morgen zwei Maschinen über Nagasaki kreisten und wieder verschwanden. Auch nicht, als sich um 11 Uhr eine B 29 näherte. Die Werft war Kilometer von der Stadt entfernt, er spürte keine Bedrohung.

Don't be worried, we'll come – und sie kamen. Hinter dem Flugzeug tauchte der kleine Fallschirm ab, trudelte wie ein großes weißes Blatt zur Erde. Möglich, dass um 11.02 Uhr viele das Sinken des Fallschirms beobachteten. Er nicht. Er löste eine Reihe von Schraubenbolzen, die er am Vortag angezogen hatte; ein kleines Gesellschaftsspiel. Penelope, die nachts wieder auftrennte, was sie tagsüber gewebt hatte. Ein Fallschirm mit einer versengenden Bombe, langsamer Start der Vernichtung. Die Apokalypse vielleicht. Die vollständige Blendung auf jeden Fall, eine Woge von weißem Licht. Ein Freiluftlaboratorium; nach wenigen Sekunden war die Landschaft pulverisiert. Die Druckwelle rollte über das Wasser der Bucht, auf der Werft knickte alles Hölzerne zusammen. Er wurde flach an die Wand seines Schiffs gepresst und hörte das tiefe Brausen eines unirdischen Sturms. In der kurzen Stille danach erst schaute er hinaus. Weit weg, über den Hügeln der Stadt, stieg eine schwarze Säule in die Höhe, eine träge Fata Morgana. Ein Widerwille gegen diesen Anblick erfasste ihn. Am liebsten hätte er seine Schrauben und Muttern zusammengesucht und weitergearbeitet. Er hatte eine Vorahnung von großem Unheil.

»*Haiwa arimasu* – Es ist Frieden«, der Japs verkündete es mit trockener Bestürzung, ungläubig, der Nachhall eines Befehls war noch herauszuhören. Die Männer um ihn herum standen einfach nur da. Keiner sagte etwas. Die Wachmänner schienen noch kleiner geworden zu sein, als sie ohnehin waren, ihre Gesichter unlesbar wie immer. Ganz vorsichtig füllte sich die Leere zwischen den beiden Parteien mit Lauten, das Reden begann, jemand rief etwas, dann Schreie, anschwellender Lärm. Flugzeuge näherten sich, provozierend langsam. Winken, Rufe. Haiwa arimasu. Die Türen der Baracken standen offen, die Tore des Geländes waren unbewacht. Das Gefühl, verlassen zu sein, die Leere der Freiheit. Alles war offen, und zugleich war es unmöglich, sich darauf einzulassen. Frieden. Fast niemand verließ das Lager, alle warteten. Wo Nagasaki gewesen war, war nur noch kauerndes Leben – wer dorthin ging, tat es, um sich zu bücken, um zu graben. Eine endlose Narbe. An den ersten Tagen nach der Bombe hatten sie in kleinen Arbeitskolonnen mithelfen müssen. Die zerrissene Stadt hatte etwas Heiliges an sich gehabt; ein Gott hatte dort gewütet. Es gab nichts zu helfen.

»*Hello, boys, we'll get you out of here*« – die ersten Worte unverfälschtes Befreiungsamerikanisch. Er sah, wie sie ins Lager gefahren kamen, in Jeeps und schweren Lastwagen, die Arme lässig hinausgehängt, Zigaretten im Mund. Rauchen, essen, Urzeitliches, das man nie verlernt. Mehr als tausend Mann waren sie im Lager gewesen, er kannte ein paar, oberflächlich. Jetzt, da sie es verließen, spürte er unter der Oberfläche ihren jahrelangen Kampf. Von all diesen abgemagerten Männern sollte er nie mehr loskommen. Um zu überleben, hatten sie Rücken an Rücken gestanden, hatten es vermieden, sich in die Augen zu sehen. In ihrem Panzer waren die Augen die einzige schwache Stelle. Wie sie sich nun, im Augenblick des Abschieds, plötzlich sahen, das war etwas, das keiner von ihnen mehr abschütteln konnte. Aneinandergeschmiedet von den ewigen Japsen, gemeinsam verstrickt in eine unerklärliche Geschichte. Guus, wo war nur Guus geblieben? Heimlich hoffte er, ihn aus einem der Jeeps aussteigen zu sehen, so lässig wie bei seinem Sprung ins Meer. Aber das geschah nicht. Sie kletterten auf die Wagen, ihre Körper protestierten gegen Amerika, es war ihnen übel von Schokolade und Tabak. War es möglich, dass er Wehmut über ihren Abschied hier empfand? Schweigend, den Blick auf die Werft in der Ferne geheftet, fuhren sie zum Hafen. Verloren lagen ihre düsteren Baracken im Licht des warmen Augusttags.

Frauenarme um seinen Hals; Frösteln, als er eine Frau so nah vor sich sah. Manila. Sie wurden von Musikkorps und amerikanischen Mädchen empfangen, die sie küssten, ihnen die Arme triumphierend in die Höhe rissen und Konfetti über die Köpfe streuten. Fotografen, Tambourkorps, Jeeps voller Männer aus seinem Lager. Quer durch eine chaotische, auf Bombenkratern gebaute Stadt. Auf der Rizal Avenue stiegen sie aus ihren Wagen und zogen an einer langen Reihe von Honky-tonks, Kinos, Restaurants und Bordellen vorbei. Nirgends brauchten sie zu bezahlen. Als ehemaliger Kriegsgefangener war man überall Ehrengast. Die Abende und Nächte in Bars und Tanzschuppen. Prügeleien und Rausch, Gesang und Essen. Wer am lautesten lacht, hat die meisten Sorgen. Zügellosigkeit, angetan mit der Uniform des Siegers. Er trug ein englisches Hemd, eine amerikanische Hose, einen australischen Uniformhut und passend zu alldem japanische Offiziersstiefel. Soldatenkarneval, lachender Triumph über die Jahre der Beraubung. Aber nach ein paar Wochen lichtete sich der Nebel, und das Interesse an ihnen nahm ab. Die Filipinos machten einen Bogen um sie, die englischen und amerikanischen Frauen waren nach Hause zurückgekehrt. Mit einer von ihnen war er ständig zusammen gewesen. Auch sie war fort. Nach Hause – die Bedeutung dieses Ausdrucks wollte er sich nicht klarmachen.

Das Einschiffen begann wieder. Zuerst nach Batavia. Und dann Singapur, Suez, Durban? Sollte er gehen, wie er gekommen war?

Dezember in Batavia, eine Art Wilder Westen. Alle waren bewaffnet, alle schossen und versuchten zu treffen. In den Bäumen saßen indonesische Heckenschützen, die tot herausfielen, wenn man selbst richtig zielte. Dezember 1945. Er konnte nur in Begleitung auf die Straße, mit geladenem Tommygewehr. Die Bedrohung konnte er nur noch schwer ertragen, auch wenn der Rausch nach Nagasaki noch nicht ganz verflogen war. Mit den ständig wechselnden Gefährten auf dieser Reise musste er zu überleben versuchen. Durch eine Kugel der örtlichen Sukarno-Truppen wollte er nicht sterben. Die Atmosphäre vibrierte vor Gewalt, die

Stadt roch nach Hass und Rache. Eine weiße Haut war die denkbar schlechteste Tarnung. Respektiert wurde nur eine Handgranate oder das Sten Gun. Manchmal ging er in einen Außenbezirk. Die Spannungen schienen dort geringer zu sein. Er irrte sich. Eine Frau wurde vor seinen Augen von ihrem Fahrrad gezerrt, die Angreifer kamen aus dem Nichts. Sie hackten mit Messern auf sie ein, rissen ihr die Kleider auf. Er schoss zu spät, auch wenn ein paar von ihnen liegen blieben. Das unwahrscheinlich warme Wetter, die trügerische Ruhe nach dem blitzartigen Angriff auf das weiße Mädchen. Als Soldaten auf einem Motorrad auftauchten, ging er weiter. Er hatte sie nicht retten können, war zu weit entfernt, zu langsam gewesen. Allmählich hatte er das Gefühl, dass man im Lager sicherer gewesen war als in Batavia nach der Befreiung. Nur fort wollte er, diese ermordete Frau vergessen, diese Stadt, die ein mit Wut voll gesogener Schwamm war. Er musste nach Hause, aber wo war das? Zurück nach Holland, dazu konnte er sich nicht entschließen. Alles würde umsonst gewesen sein, wenn er wieder dort hinging.

Zurück oder nicht. Er überlegte es sich noch einmal, als er die *Oranje* anlegen sah, die zwischen Holland und Ostindien pendelte. Suez, März 1946. Mit der *Alcantara* hatte er Batavia verlassen, um sich ans Rote Meer bringen zu lassen. Endlich hatte er die Inseln Asiens hinter sich gelassen. Die Japse, die Indonesier, enthemmte Idioten mit Hackmessern, er musste sie aus seinem Gedächtnis verbannen. Der Krieg war vorbei, er würde die verlorenen Jahre nachholen, zermalmen, vergessen. Die feigen Jahre der Zwangsarbeit und des gebeugten Rückens. Die Jahre bloßer Selbsterhaltung und des Wartens im Schatten. Ein Schattenleben hatte er gelebt, und selbst diesen Schatten hatte er nicht anzusehen gewagt. Unsichtbar sein, nicht auffallen, und rechtzeitig in die schützende Schale kriechen. Allen Schlingen ausweichen, leben wie eine schwarze Katze im Dunkeln, schleichen. Die mageren Jahre, fünf, alles in seinem ausgehöhlten Inneren war zersetzt, verdampft. Geschickt manövrierte die *Oranje* an den Kai heran. Spätes Licht fiel auf das Schiff, das niederländische Familien zu einem unbekannten Vaterland brachte. An Bord schien keine besondere Fröhlichkeit zu herrschen, es war unnatürlich still. Er stand auf dem Deck der *Alcantara* und musste eine Entscheidung treffen. Morgen lief die *Oranje* nach Holland aus. In einer Woche würde die *Félix Roussel* auf dem Weg nach Südafrika Suez anlaufen. Die Vorstellung, auf der *Oranje* zurückzufahren, war verführerisch. Einen Landungssteg von seiner Mutter und seinen Brüdern entfernt. Er konnte sie überraschen. Oder in Verlegenheit bringen. Auf der *Oranje* zum Land seines Vaters, dem Land der Referenzen, der geraden Wege. Die Provinzstadt mit seinem Elternhaus würde er dort nicht mehr vorfinden. Er war dem entwachsen, wovor er geflohen war. Sehnsucht war keine geblieben, beim Gedanken an Holland wurde ihm eher kalt als warm. Und seiner Mutter blieb er lieber fern, ihr Alter hätte ihn entwaffnen können. Nein, nicht die *Oranje*. Er war zu sehr ein Fremder geworden, ein Unbekannter. Näher als jetzt wollte er ihnen nicht kommen, niemandem vielleicht. Seine Fähigkeit, aus der Ferne genau zu beobachten, hinter selbst errichteten Barrieren, wollte er sich gern bewahren. Die Japse hatten ihm dabei geholfen, er hatte sich eingegraben in sein Ausgeschlossensein. Überall sein, aber nirgends zu Hause. Das sanft schaukelnde Schiff unter seinen Füßen war eine Wohltat. Der Abend zog sich über dem Hafen zusammen. Er kannte keinen Menschen in Suez. Aber das bedrückte ihn nicht. Auf der *Oranje* hörte er jetzt doch Musik und Singen, jemand hatte Geburtstag. Keine Ausgelassenheit, nur ein paar Hurras. Törichte Sentimentalität, dass er sich von so etwas rühren ließ. Angespannt lauschte er auf das Lied, das in den ägyptischen Himmel aufstieg. Auch auf das Trostlose der Worte: Lang soll er leben. Die Dreistigkeit dieses Wunsches.

Wie lange hatte er dieses Lied nicht mehr singen können? Die Lager waren voll von nicht gefeierten Geburtstagen. Man verschwieg sie, man vergaß sie, man hätte sich lieber hängen lassen, als … Aber allmählich begann die Restauration. Man wünschte einander ein langes Leben, schmückte den Stuhl des Geburtstagskinds, sang. Wer hatte wieder damit angefangen? Wie erlangte das Normale seine Herrschaft zurück, wie vermied man den Rückfall ins altgewohnte Verhalten? Gar nicht.

Das Singen auf der *Oranje* hielt nicht lange an, aber gerade lange genug, um ihn durcheinanderzubringen. Das Vertraute, die Aussicht auf Frieden, alles kam an diesem Abend in Suez zusammen. Er fühlte eine Leere, weil der Krieg vorbei war, die Kameraden verschwunden. Mit unglaublich schnellem Flügelschlag flogen alle davon, außer Sicht. Die Befreiung löste alle Bande, alle Wege standen weit offen. Alle gingen fort, manche in großen, manche in kleinen Gruppen, mancher allein. Machten sich auf den Weg zu Frauen, Kindern, Trennungen, einem anderen Schicksal. Wellen aus dem Roten Meer erreichten schließlich die Kais im Hafen von Suez und ließen die *Alcantara* schaukeln. Sie wiegten ihn, aber nicht in den Schlaf. Die verbotenen Zeiten kamen zurück wie ein stark verlangsamter Bumerang. Holland, sein toter Vater, seine Brüder, seine Mutter. Immer seine Mutter. Die in zehn Tagen seinen Geburtstag feiern würde, er war sich sicher, dass sie es tat. 26. März, jetzt durften sie und er daran denken. Ob der Gedanke an jenen 26. März vor vielen Jahren auch sie beschäftigen würde? An den Vorfall, der den Bruch mit seinem Vater bedeutet hatte, den endgültigen beinahe? Auf den Straßen hatte Schnee gelegen, ungewöhnlich für die Jahreszeit. Der Tisch im großen Zimmer war schön gedeckt gewesen mit Familiensilber, Familiengeschirr, Familienleinen, sein Stuhl geschmückt, dachte er mit einem Anflug von Mitleid. Plötzlich hatte er seinen Vater angeschaut und auf dessen linkes Auge gezeigt, ein Auge aus Glas.

»Wie viele Aceh hattest du ermordet, bevor sie dich niedergeschossen haben?«, fragte er. Er kannte die Geschichten seines Vaters und über seinen Vater, den ehemaligen Offizier der Niederländisch-Indischen Armee. Geschichten, die er so spannend gefunden hatte. Über Märsche durch Aceh, Hilfe für die Bevölkerung, Strafexpeditionen gegen Extremisten. Er hatte seinen Vater rückhaltlos bewundert. Oppositionsgeist ließ ihn diese Frage stellen, entgegen seiner Bewunderung. Die Frage hatte von ihm Besitz ergriffen, und er stellte sie in schroffem Ton. Am Tisch entstand eine Stille wie vor einer Exekution. Aber es fiel kein Schuss. Sein Vater schien überrumpelt zu sein. Sein kleiner, respektgebietender Vater schwieg. Hilflos gegenüber einer Frage, die eine Beschuldigung war.

»Ja, ich habe Kerle getötet, die kurz vorher Frauen und Kinder abgeschlachtet hatten. Du nennst das Morden, ich nicht. Wenn einmal eine Zeit kommt, in der du weißt, was Kämpfen und Fallen ist, reden wir wieder darüber. Aber ich glaube nicht, dass diese Zeit kommen wird.«

Geburtstagsstimmung war danach nicht mehr aufgekommen. Es war sein letztes Jahr zu Hause gewesen, das letzte Mal holländischer Schnee, sein Plan fortzugehen hatte schon feste Formen angenommen. Kämpfen und fallen, wenn sein Vater wüsste. Die Ironie eines nie für möglich gehaltenen Lebenslaufs: er selbst in der Ostindien-Armee, Vater und Sohn in der gleichen Uniform, undenkbar damals an seinem Geburtstag. Er hatte inzwischen seine eigenen Toten, drei waren bei dem Mädchen in Batavia liegen geblieben. Das Glasauge seines Vaters, die Kristallkugel des Wahrsagers. Die Geschichte hatte sich wiederholt, und ein Schicksal; Tote auf Tote geschichtet. Mord auf Mord? Mittlerweile zögerte er, in solchen Kategorien zu denken.

Die *Alcantara* lag direkt neben der *Oranje*, und doch war er einen Kontinent von dieser entfernt. Sieben Monate waren seit der Befreiung vergangen. Die amerikanischen Jeeps waren damals gekommen wie Geister aus einer rätselhaft fremden Welt. Man hatte sie fortgebracht, entführt aus ihrem tristen, angeketteten Dasein. Ihre vom Überlebensinstinkt bestimmte Routine war roh durchbrochen worden. Er hatte sich am Rand des Jeeps festgeklammert wie an dem Floß im Meer. Eher ungläubige Verwunderung als Freude; mit dem Mut der Verzweiflung hatten sie das Lager verlassen, die Banditeninsel, das verdammte Kaiserreich, mit gesenktem Kopf. Mit gesenktem Kopf!

Suez ließ den Strom der Erinnerungen wieder fließen. Die letzten Monate hatte er wie unter Narkose gelebt. Alles zog an ihm vorbei, eine Karawane von Ereignissen, ein triumphaler Einzug nach dem anderen, mit Frauen und Festen und Ausgelassenheit. In einer Nummer von *Life* gab es ein Foto von ihm, aufgenommen, als er in Manila an Land ging. Der Fotograf hatte etwas gerufen, was ihn aufblicken ließ. Im Hintergrund der Flugzeugträger, mit dem die Amerikaner sie geholt hatten. Um ihn herum die nach vorn drängende Menge.

»Ihr seid die Ersten!«, hatte der Mann gesagt, als hätten sie an einem Wettkampf teilgenommen. Wenn er das Foto betrachtete, konnte er nicht glauben, dass er selbst der Abgebildete war. Das Stoppelhaar, der magere Kopf, die graue Haut. Er las die nicht einholbare Zeit in seinen Augen. Es war nur eins von vielen Fotos, von einem der vielen Fotografen, die das Magazin mit Bildern belieferten. Die neueste Mode in New York, eine Reportage über einen Bankier, ein Interview mit einem Filmstar, es regnete Neuigkeiten, mit denen man den Leser unterhalten konnte. Life goes on, Fronten verschieben sich, die Welt ist eine Nachrichtenmaschine. Er blätterte die Zeitschrift hin und wieder durch, um sein Gesicht zwischen so vielen anderen auftauchen zu sehen. Auf dem Foto war auch das Mädchen, das ihn Sekunden später spontan geküsst hatte und mit dem er tagelang durch die Stadt gestreift war. Einer völlig unbekannten Frau hatte er von den Jahren in den Lagern erzählt. Sie hörte zu, wie ihm nie zuvor ein Mensch zugehört hatte. Vielleicht nicht einmal seine Mutter. Er redete, zwang sich, Rechenschaft abzulegen über diese furchtbaren, zersetzenden Jahre. Rechenschaft, weil er noch lebte und so viele andere nicht. Er rang nach Worten, fürchtete, sie abzustoßen, den hohlen Klang des Abgrunds zu hören, den er selbst mit seinen Worten öffnete. Taumelte von Erinnerung zu Erinnerung. Fast hätte das Fieber des Erzählens ihn wirklich krank gemacht. Einem Menschen, der einfach nur zuhörte, war er mit seinen so lange unterdrückten Gefühlen nicht gewachsen. Sie hörte ihn an, fragte nichts, hielt ihn fest. Zusammen zogen sie durch die Rizal Avenue, verbrachten endlose Stunden in Bars und Restaurants. Sie tanzten, ließen sich von Kameraden aus dem Lager mitnehmen und fielen in Schlaf, wenn der Morgen schon weit vorgeschritten war. Wechsel von Ebbe und Flut, von Erzählen und gedankenlosem Untertauchen in Befreiungsfesten. Manila war der Rausch – und die Entziehungskur. Der Albtraum war vorbei, aber der Traum ließ auf sich warten. Immer wieder kehrte er zu dem Fluss zurück, dem gelbbraunen. Wie eine schmutzige, träge Viper glitt er durch den Urwald und bestimmte den Lauf seiner Gedanken. Er suchte nach den Bildern, die die Frau ihm gegenüber begreifen konnte. Es gab noch so viele Lücken in seiner Erinnerung, dass er sich schämte, wie wenig er wusste oder wissen wollte. Die sinnlose Zermürbungsschlacht, das Schlagen, die Exekutionen. Seinen Bund mit Guus erwähnte er nicht, diesem Verlust ging er aus dem Weg. In ihrer Nähe verschwand für Augenblicke das Gefühl des Fremdseins in der Welt. Sie gab ihm das Gefühl, dass er sein Leben wieder in den Griff bekommen, dass er wieder dazugehören könnte. Die unvergesslichen Nächte von Manila, die Bedeutungslosigkeit der Zeit, das wilde Tanzen, das losbrach wie ein Sturm von den Bergen. Natürlich konnte es nicht von Dauer sein. Sie kehrte nach England zurück, und auf ihn wartete der nächste Transport, nach Batavia und weiter. Als er sie zu ihrem Schiff brachte, schwieg er, er konnte sie nur ansehen. Das Grün ihrer Augen. Nach allem, was er ihr erzählt hatte, war er auf einmal sprachlos. Ihr Abschied entfachte den Schmerz, der keine Tränen fließen lässt. Er hatte sich einfach umgedreht, und wieder wurde er sich seiner Einsamkeit bewusst, die sich irgendwann an ihn geheftet hatte, er erkannte das Gefühl. Es gab da etwas Unergründliches in ihm, eine Höhlung, ein Echo, das Geräusch eines wendenden Motorrads.

Über das Deck der *Oranje* rannten Kinder, endlich hörte er Lachen und albernes Rufen. Ein paar begannen ihm zuzuwinken, sie konnten gerade eben über die Bordwand sehen. Er winkte zurück, erleichtert durch seinen Entschluss, nicht mitzufahren. Nun kamen noch mehr, die winken wollten, ein ganzer Haufen Kinder, begeistert, weil sie jemanden gefunden hatten, der reagierte. Es brachte ihn nach Suez zurück, zurück aus dem Krieg, und er winkte wieder und wieder. Es kam ihm so vor, als würde er schon ein Leben lang auf Schiffen stehen und winken, wegfahren, ankommen, untergehen. Häfen auf eine Schnur gereiht, und nirgendwo blieb er. Dennoch hatte er es schätzen gelernt, das Sich-Einschiffen war ihm zur zweiten Natur geworden. Öl und Wasser, Möwen und Kais, die Städte waren verschieden, aber Geruch und Geräusche überall gleich. In einer Woche würde ihn die *Félix Roussel* mitnehmen, nach Durban, Südafrika.

Die Tage in Suez brannten das Grübeln aus. Die Hitze war gewaltig, selbst Thailand konnte da nicht mithalten. Er fühlte sich entspannter und leichter als je zuvor.

»*Don't be afraid, jump!*«, sagte der junge englische Marineoffizier zu ihm. Das Motorboot lag an der Kaimauer, nicht weit unter ihm, und natürlich hatte er keine Angst. Er sprang kurz entschlossen und brachte das kleine Boot gehörig ins Schaukeln. Der Engländer hatte ihn nicht so schnell erwartet und hielt nur mit Mühe das Gleichgewicht. Und gab gleich darauf Vollgas. Er wusste nicht, wohin es ging, und es ging auch nirgendwohin. Er saß oben auf dem Bug, unter ihm spritzte das Wasser zur Seite. Die Geschwindigkeit verzauberte ihn. Sie tanzten an Schiffen entlang, die vom Roten Meer in Richtung Suezkanal fuhren. Elegant und wild raste ihr Boot an schwerfälligen Frachtschiffen vorbei, die mit ihren Sirenen grüßten. Das hellblaue Wasser schäumte.

Der Wind, das Dröhnen des Motors – er versank in einen Zustand der Trägheit, in dem er nichts mehr fühlte oder wollte. Eine andere Dimension, etwas Ätherisches, Sanftes, Zeitloses, nur zu vergleichen mit Tagen aus einer fernen Jugend. Wie ein Mönch saß er auf dem Bug, vertieft in nichts. Der Engländer am Ruder sang – Fetzen davon drangen bis in sein Bewusstsein vor und lösten ihn noch weiter von allem ab. Buddha war nicht weit. Allem entkommen, dem Fluss, dem Appell, der Bombe. Verwirrt, verzweifelt und zu guter Letzt, endlich, hier in einem tanzenden Rennboot: durch und durch glücklich. Immer weiter jagten sie, Meile für Meile, in weiten Bögen. Das Land flimmerte in der Sonne, und sogar auf dem Wasser und im Fahrtwind spürte man die Hitze wie etwas Greifbares. Er dachte nicht mit dem Gehirn, er war durchlässig, Haut. Der verliebte Vagabund, der er einmal hatte sein wollen, war er jetzt. In Holland hatte man es nie begriffen: sein Aufbegehren gegen das Unvermeidliche, gegen ein Leben in Fesseln. Das war es, was ihn ins Exil getrieben hatte. Er wollte seine Tage am eigenen Zeichentisch entwerfen. Tage, die dann aber in Minenschächten und Zwang untergegangen waren, das ließ sich nicht leugnen. Selbst gezeichnet, selbst entworfen? Die große Illusion. Freiheit ist ein schönes Kleid an einem plumpen Wesen, das überall aus der Form geht und auf nichts und niemanden hört. Typische Äußerungen von Guus, der sein chronisch wiederkehrendes Ideal kritisierte. Vor allem im Lager Bandung hatten sie noch Zeit und Energie genug gehabt, um sich gegenseitig auf die Probe zu stellen. Oase Bandung, das Villenstädtchen in den javanischen Bergen, wo reiche Holländer und Chinesen ihre Landhäuser bauten.

Das »Nichts« auf dem Bug des Marinemotorboots führte doch wieder zum Denken zurück. Der Skipper verringerte die Geschwindigkeit und riss ihn damit aus seiner Trance. Auf dem Kai dankte er dem Offizier, indem er kurz salutierte. Aber als er fortging, waren seine Schritte unsicher, ein Schwindelgefühl, das er sich nicht erklären konnte. Von den Wellen, von der Erregung dieser Fahrt, von seinem alten Verlangen? In dieser Nacht schlief er zum ersten Mal seit vielen Monaten traumlos.

Die *Félix Roussel* war am Kai vertäut. Ein turmhohes Passagierschiff aus den Roaring Twenties, fast dekadent vor Schönheit und Luxus. Der Krieg hatte einen Truppentransporter aus ihr gemacht, trotzdem hatte sie sich ihre französische Arroganz bewahrt. Es gab eine unerbittlich exklusive Erste Klasse, das Bootsdeck, für Offiziere und ehemalige Kriegsgefangene. Bald würde er Suez verlassen, es waren leuchtende Tage gewesen. Dies sollte sein letztes Schiff sein, Suez–Durban, mit Zwischenstation in Mombasa. Städte, deren Namen man nur in Atlanten las, Laute aus lange vergangenen Erdkundestunden – das Unbekannte nahm die Farbe von etwas Vertrautem an. Etwas so Vertrautem wie der Farbe der Soldaten, die zu Hunderten schwer bepackt an Bord kamen: schwarz. Schwarze Südafrikaner auf dem Weg nach Hause, nach einem Krieg zwischen Fremden, mit denen sie nichts zu schaffen hatten. Er sollte sie bis zu ihrer Ausschiffung nicht mehr sehen. In den Minen arbeiteten sie nebeneinander, auf diesem Schiff waren die Decks streng getrennt.

Dann fuhren sie, ruhige See und heiße Musik. Bands wechselten sich ab, man sang, stieß miteinander an. Im heimatlichen Hafen würden Frauen und Kinder auf sie warten. Durban, Durban. Die Kriegsjahre, wer sprach noch von den Kriegsjahren. Gershwin und Frank Sinatra, Vera Lynn und Marlene Dietrich wollten sie hören. Die *Félix Roussel* erfüllte alle Wünsche, ein fahrender Prospekt aus der Vorkriegszeit. Sein Leben spielte sich zwischen Tanzfläche und Liegestuhl ab. An den Nachmittagen schlief er oft an Deck, obwohl der Ozean kaum Kühlung verschaffte. Das Schiff rollte sanft, und wenn man in den dunstig blauen Himmel blickte, konnte man sich der Illusion hingeben, auf einer Urlaubsreise zu sein. Ein paar Tage, bevor sie Durban erreichten, als die Nachmittagsträgheit auf dem Höhepunkt war, schallte es laut aus dem Bordlautsprecher: Un homme à la mer! Mann über Bord, Mann über Bord! Sie verlangsamten sofort die Fahrt, drehten bei, warfen Rettungsringe aus. Ein Boot wurde ausgebracht, die Besatzung verteilte Ferngläser. Dieses endlose Wasser. Solange man an Bord bleibt, ist die Welt etwas Fassliches, der Ozean erschlossenes Gebiet, man bewegt sich durch etwas, das einen trägt. Aber ein Schritt über die Reling, und der Raum ergreift einen, zerrt einen ins Unermessliche. Wer fällt oder springt, ist dem Horizont rettungslos preisgegeben. Mit offenen Augen ins Netz. Die Suche dauerte Stunden, das Fahren in Kreisen war ein Zeichen ihrer Hilflosigkeit. Die Dämmerung stieg von den Wellen auf, das Rettungsboot kehrte zurück. Der Kapitän gab bekannt, dass das Schiff nun die Fahrt fortsetzen werde. Die Schiffssirene heulte, der Totengruß und sein Echo hallten über die See. Ein Rettungsring blieb leer zurück, die Dämmerung wurde Nacht.

Guus. Während der ganzen Suchaktion hatte er das Gesicht von Guus vor sich gesehen. Mann über Bord. In dem wilden Chaos nach dem Einschlag des Torpedos dieser gelassene Sprung und dieser ruhige Blick. Immer wieder glaubte er im Fernglas einen Kopf über den Wellen zu sehen, und von Neuem verstrickte er sich in die Erinnerung an das Verschwinden seines Lagerkameraden. Hatte er genug gerufen, später genug nachgeforscht? Das Floß, neben dem er gelandet war, war sein Glück gewesen, er hatte die Hand ergriffen, die ihn aus dem Wasser zog. Gerettet, aber Guus war nirgends aufgetaucht. Aufgegeben, vermisst, ertrunken, anderswo gefunden und fortgeschafft, dann in einem anderen Lager zu Tode gekommen, durch eine Bombe oder durch Krankheit? Bei Guus hatte er nie etwas von Unbehagen oder Unzufriedenheit gespürt. Er hatte sein Leben in scheinbar mühelosem Gleichgewicht gelebt.

Equilibrist des Bewährten, Normalen, Sichtbaren. Keine großen Worte, keine Philosophie. Sein Scheitel saß in der Mitte. In Bandung waren ihrer beider Leben untrennbar miteinander verknüpft worden. Der Freiraum war minimal gewesen, die Bewacher rücksichtslos, und doch schien es ihm, als hätten sie dort weniger begrenzt gelebt, seltsam beweglich. In den Monaten, bevor man sie in die thailändischen Wälder jagte, hatten sie ihr Überleben geplant, von ihrer Vergangenheit und ihren Träumen erzählt; wo der eine war, war der andere nicht weit. Guus, der Mann des zielbewussten Lebens, der Familientraditionen, kannte keine Verzweiflung. Urteilte illusionslos und doch nachsichtig. Er dagegen war immer im Fortgehen begriffen, ruhelos, mit großartigen Vorstellungen von Unabhängigkeit und Abenteuer. Die Monate in Bandung waren die Grundlage für seine Rettung gewesen. Ohne Guus wäre er in Raserei untergegangen. Guus hatte seine Leidenschaftlichkeit erkannt, seine Ungeduld, seinen Mangel an taktischem Geschick. Und er hatte Guus gelehrt, eine Gelegenheit zu ergreifen, verwegen zu sein, wenn es sein musste. Ins Meer zu springen beispielsweise, und dabei so zu tun, als spränge man in Scheveningen vom Pier. Voller Vertrauen, ohne Furcht, selbstsicher hatte er das getan – und trotzdem war er verschwunden, vermisst.

An den Tischen im Speisesaal war es still. Das Schiff setzte die Fahrt auf dem alten Kurs fort, bald hatten sie das Seemannsgrab weit hinter sich gelassen. Es war der Pantry-Boy gewesen, ein Junge noch. Schon seit Tagen depressiv, und dann in die Tiefe. Sogar die Musik schwieg an diesem Abend.

Zwei Decks tiefer lehnten sich die Soldaten über die Reling und pfiffen und winkten. Durban war erreicht, das Ufer nah. Eine schwarze Frau sang ein Willkommenslied speziell für sie. Ihre Stimme wehte über das Schiff, niemand entging dem Gesang. Gegen diese Wehmut half nichts, er verlor sich in dem schwarzen Lied, dem wiegenden, gequälten Singen. Wie eine Mutter stand sie am Kai, wartend, voller Verlangen sang sie, aus tiefster Seele, mit erhobenen Armen. Die Männer applaudierten, schrien, stampften. Es war ihre Stadt, hier begann das Land, nach dem sie sich zurückgesehnt hatten. Langsam ging er über den Kai, an den wartenden Frauen und Familien vorbei, Tausenden von Menschen, die ihn und die Offiziere ansahen und grüßten.

Hinter ihm leerte sich die *Félix Roussel*, und als er sich umdrehte, sah er, was er nicht sehen wollte: Männer und Frauen, die sich in den Armen lagen. Die Heimkehr. Eine Explosion von Glück, er wurde an den Rand gedrückt. Wenn er doch ein Motorrad hätte, wenn er doch noch einmal durch die Nacht über das Polderland fahren und sie unerwartet zu Hause besuchen könnte. Ihr Mund auf seinem Mund, Zungen aus Feuer, gottlos heiliger Moment, der nie Vergangenheit geworden war. Er war nach Südafrika zurückgekehrt, zu seinem alten, rußgeschwärzten Traum. Allein.

# 3

Durban verließ er schnell. Fuhr dahin, wo er gelebt hatte, nach Johannesburg. Aber unter Tage durfte er vorerst nicht arbeiten, und die Menschen, die er gekannt hatte, waren nicht mehr dort. Der Krieg hatte das Land gestreift, nicht mehr, und »Birma-Eisenbahn« sagte niemandem etwas. Er war doch nicht fünf Jahre unterwegs gewesen, um wieder hierhin zurückzukommen? So zog er weiter, nach Lourenço Marques in Portugiesisch-Ostafrika. Guus hatte Verwandte dort, erinnerte er sich, und der Klang gefiel ihm: Lourenço Marques. Die Stadt lag mit dem Bauch im Ozean und war ein Schaukasten der Sorglosigkeit. Portugiesen und Spanier, amerikanische Touristen, Bantus, Engländer, ein ganz anderes Afrika als das, das er kannte. Weniger calvinistisch als Johannesburg, fröhlicher. Es gab dort alles, was er brauchte, nichts, das auf Vergangenes verwies, eine Stadt ohne Gedächtnis. Er fand Arbeit im Kasino, dem künstlichen Paradies des Flüchtlings. Um neun Uhr abends fing er an. Und wenn er morgens um fünf oder sechs Uhr gehen durfte, vergaß er oft das Schlafen. Die Nebel über dem Ozean, der noch menschenleere Strand; er im weißen Smoking des Barkeepers, die Füße im Wasser, in den Ohren die Brandung. In den Spiegeln an der Bar des Kasinos bewegte sich ein Unbekannter. Zwischen den Gläserstapeln und bunten

Flaschen studierte er die Abnehmer seiner Spirituosen; Dompteur von Nachtschwärmern und Spielern. Sein Haar war wieder nachgewachsen, sein Gesicht anziehend wie früher, nur seine Augen waren anders. Glasig, matt, dunkel umrandet, als würde er dauernd im Schatten stehen. Es bildete einen auffälligen Kontrast zum Weiß des Smokings, und immer saßen Frauen in seiner Nähe. Bergmannsoverall, Lagerkleidung, Smoking, er sah keinen Fortschritt. Dreiunddreißig Jahre war er jetzt, das war das Alter, in dem Christus Galiläa verließ. Er war noch nicht über das Kasino von Lourenço Marques hinausgekommen. Eine Zeit lang wohnte er in einem Hotel an dem kleinen Boulevard am Hafen. Im Spielpalast war eine Nacht wie die andere. Ein spanisches Orchester spielte in dem Saal, der an seinen grenzte, jeden Abend das gleiche Repertoire. Von seiner Bar aus sah er die Roulettetische und die halbmondförmigen Tische des Baccarat. Das plätschernde Ticken der Kügelchen, das »faites-vos-jeux« und »rien-ne-va-plus«. Stiller Gewinn und noch stillerer Verlust in einem rauchigen Raum, einem Krematorium der Hoffnungen. Alles für die Bank, so endete es meistens. Gewinner waren selten, Verlierer kamen immer wieder, es war genau wie im Leben. Er mochte es, mochte die Rituale und die Erregung, die zum Roulette gehörten. Das Halbdunkel der Säle, den halben Traum, den anmutigen Selbstbetrug. Manchmal, bei Sonnenaufgang, wenn das erste Licht übers Meer huschte wie eine aufblitzende Klinge, sah er den Kopf fallen. Mehr nicht, er sah den rasenden Schlag und das Fallen. Die Männer um ihn herum totenstill, der Kwai am fahlen Morgen noch dunkel. Er schüttete seine Erinnerungen mit Vergnügungen zu, mit möglichst vielen. In Lourenço Marques war das nicht schwierig. Die Mädchen vom Kasino-Cabaret und die Männer vom spanischen Orchester bevölkerten sein Hotel. Wenn sie nicht schliefen, tranken sie in der Lobby ein paar Gläser miteinander. An heißen Nachmittagen drangen die weichen Klänge eines Saxophons seltsam vertraut durch die offenen Fenster. November 1946, eine Ewigkeit von Nagasaki, Lichtjahre von Bandung; Augen zu, und es schneite in Holland. Er hatte für wenig Geld einen Vorkriegs-Citroën gekauft. Gegen fünf verstaute er ein paar Leute darin und fuhr zum Hotel Polana, zu ihrer Lieblingsterrasse direkt am Meer. Die Korbstühle und die makellos weißen Schürzen der Kellner, die Militärkapelle mit ihren Cole-Porter-Songs, die Flaneure, die Mädchenstimmen, Dasitzen und Nichtstun. Die Nächte und Tage von Lourenço Marques, traumlos, frei, die alte Vision von Selbstständigkeit drängte sich wieder auf. Einen Sommer wie diesen hatte er nie erlebt. Hier wollte er versuchen heimisch zu werden, hier würde seine Unruhe vielleicht verschwinden. Aber was er im Kasino tat, konnte er das nicht auch allein? Kurz entschlossen ging er zur Banco Nacional de Portugal und lieh Geld. In wenigen Worten hatte er dem Direktor seine Lebensgeschichte erzählt. Und der Bankier war offenbar der Meinung, wer dreieinhalb Jahre japanische Lager überlebt hatte, müsse genug Ausdauer besitzen, um ein kleines Geschäft führen zu können. Nicht weit vom Kasino entfernt eröffnete er eine American Bar. Touristen aus Amerika mieden das arme, kaputtbombardierte Europa und besuchten die Küsten Afrikas. Wie er ihnen in Japan und Manila zugeprostet hatte, so hoben die Amerikaner nun ihre Cocktails an seiner Theke. Damals hatte man Toasts auf die Freiheit ausgebracht, jetzt zwinkerte man den freien Tagen zu.

Das Rauschen des Deckenventilators war das einzige Geräusch in der Bar, als sie eintrat. Um vier Uhr nachmittags waren noch keine Gäste da, er saß im dunkelsten Teil und las Zeitung. Eine Frau kam zögernd herein, mit ihren noch auf helles Licht eingestellten Augen sah sie ihn nicht gleich. Er stand auf und bat sie, näherzukommen. Und fragte, ob sie etwas trinke wolle. Sie kam auf ihn zu, langsam, vorsichtig beinahe. Aus einem Impuls heraus gab er ihr die Hand. Verwundert über seine unerwartete Herzlichkeit, schaute sie ihn an. Er fragte noch einmal, was sie zu trinken wünsche, und bereitete dann wortlos ihren Tee mit Zitrone zu. Auf der Straße waren um diese Zeit nur wenige Menschen unterwegs. Die Touristen blieben noch im Schatten, die Kundschaft der American Bar traf gewöhnlich erst ab sechs Uhr allmählich ein. In der Zeit davor war er oft allein. Die leersten Stunden des Tages, in denen er am verletzlichsten war und seinen Gedanken nicht immer die gewünschte Richtung geben konnte. Eine plumpe, unterdrückte Sehnsucht nach seiner Kinderzeit. Honk, Leben unter einer Glasglocke. Die schreckliche Sentimentalität, die ihn manchmal lähmte, wenn er an seinen Vater und seine Mutter dachte. All die Jahre des Aufbegehrens schmolzen zu einem Augenblick zusammen. Sprung rückwärts, ein Gedächtnis wie eine Antilope. Er hatte eigentlich nie jemandem erzählt, nicht einmal Guus, wie es dazu gekommen war, dass Afrika eine solche Faszination auf ihn ausübte.

Die Frau setzte sich an einen Tisch nicht weit von seinem eigenen. Die Wärme hing zwischen ihnen, nichts war zu hören außer dem Ventilator. Er sah, dass sie die Fotos betrachtete, die er aufgehängt hatte. Alte Fotos aus dem Lourenço Marques der Vorkriegszeit, lachende Portugiesen neben einer Straßenbahn, Häuser im Kolonialstil, ein Stadion. *Couleur locale* gegen die Kahlheit, Reflex aus der Zeit seines Vaters, der immer und überall »etwas an der Wand« hatte haben wollen.

Ihre Augen waren die Augen des holländischen Mädchens, der gleiche rasche Blick, das Tastende, Herausfordernde darin. Der großartige Moment, als er ihre Hand genommen hatte, der Triumph, als sie ihren Mund nicht wegdrehte, die Stille um sie herum wie ein Gehäuse, das jeden Laut verschluckte. Mit dem Motorrad war er zu ihr gefahren und hatte sie verloren. Wo mochte sie sein? Hier, beinahe, eine Frau wie die, die dort saß, so musste sie geworden sein. Zögernd, elegant, wachsam.

Er hatte ihr den Tee gebracht, und sie schwiegen eine Zeit lang. Immer kehrte das alte Bild des Motorradmädchens völlig überraschend wieder. Alles kehrte wieder, ein Gesicht wurde zur Aussicht in eine ferne Vergangenheit. Ein Blick, ein zögernder Schritt, eine Hand in seiner Hand zu einer vergessenen Stunde: vier Uhr in einer Bar in Ostafrika, und in derselben ungeteilten Sekunde war er zurück, zu Hause, nie fort gewesen, nie in einem Lager, in einem dunklen Zug, einem torpedierten Schiff, im Zenit einer Bombe.

»Gibt es Ihre Kneipe schon lange?«, fragte sie. Das Wort Kneipe tat ein bisschen weh. Er zeigte auf die Gegenstände ringsum, die Theke glänzte noch, die Decke war nicht rauchgeschwärzt. »Vor zwei Monaten eröffnet, ein Grab voller Ideale«, sagte er lachend.

Vor allem ihre Augen waren es, worauf er achtete. Fragen, andere Fragen, ihre Worte klirrten aneinander wie Eiswürfel gegen Glas, wenn er einschenkte. Es klang erwartungsvoll. Sie redeten, zwei Stunden, ununterbrochen. Zwei Stunden, in denen kein Mensch sein Zimmer verließ, um in eine Bar zu gehen. Auf der Straße hin und wieder ein Auto, verschwommene Flecken am Eingang und Stimmen, die sich vorbeibewegten, weit weg die Schreie von Möwen über dem Strand. Seit dem Rausch von Manila, mit der Frau, die nur zuhörte, die wie ein Brunnen war, in dem seine Worte widerhallten und verschwanden – seit jenen Tagen hatte er mit niemandem mehr so gesprochen.

»Afrika, warum Afrika?« Beiläufig hatte sie die

Frage gestellt, vertieft in ihr verschwörerisches Gespräch. Er hatte es selbst nie ganz verstanden, seine unreflektierte Bewunderung für den Mann mit dem Nietzsche-Schnurrbart und dem verwitterten Gesicht. Ein Wunderarzt, ein Organist auf Tournee, auf Einladung seines Vaters gekommen, um zu spielen und bei ihnen zu wohnen.

Er betrat das Gebäude durch einen Seiteneingang und schob sich auf eine der stumpfen Holzbänke. Um ihn herum saßen in sich gekehrte Menschen, hatten die Augen geschlossen oder starrten vor sich hin. Die Musik, in die er eintauchte, sprang in alle Richtungen davon, gehörte zu nichts Bestimmtem. Ein Mann, der vorn an der Orgel saß und die Pedale trat, eroberte mühelos den Kirchenraum. Beeindruckende Klänge, beeindruckender Mann. Spiel für Fromme, natürlich mochte er die Orgel nicht, aber er konnte nicht leugnen, dass dieser Organist ungewöhnlich gut spielte. Das Bleischwere war daraus verschwunden, man hörte nichts von Anstrengung, sah nichts von Schwärmerei. Eigentlich war es Musik für Tote, aber dieses Konzert durchbrach sein Vorurteil.

Der kleine Mann in der ersten Reihe, der einäugige Offizier im steifen Zivilanzug, dankte nach dem letzten widerstrebend verklungenen Ton dem Publikum für seine Aufmerksamkeit. Und dem Organisten für sein Spiel. Kurzes Nicken, rascher Händedruck, sein Vater führte den schnurrbärtigen Musiker durch den Mittelgang hinaus. Die Leute standen auf, die beiden gingen durch ein Ehrenspalier, Inspektion der Truppen, sein Vater und der Orgelspieler. Von der Kirche zum Empfang in Honk, ihrem Haus. Erst lange nach den anderen traf er dort ein. Honk stand wie ein Altar in der Nacht, mit Kerzen in allen Fenstern, Lichtern an der breiten Freitreppe und den Säulen des Eingangs. Aus einiger Entfernung schon hörte er das Summen von Stimmen, eine Violine, Lachen. Er zögerte, scheute das obligatorische Geplauder, die glatt polierte Oberfläche von allem. Er ging weiter in den Garten, um im Schutz der Dunkelheit Mut zu sammeln. Lauschte, sah die Schatten, das eifrige Hin und Her der Bedienung. Er fand einen Liegestuhl, schaute in einen schwarzen Himmel; etwas gärte in ihm, wehrte sich gegen das Leben hier. Sein Vater mit seinen Orden und Beziehungen hatte nur eine Perspektive zu bieten: dass man in seinem Kielwasser segelte. Was sollte er nur tun, er bekam keine Luft, er wollte nicht werden wie die anderen, sein Vater, seine Brüder, seine Freunde. Er widersetzte sich den Worten, die ihn einwickeln und lenken sollten. Den schleichenden Einflüssen, allem, was ihn dahin bringen sollte, eine Laufbahn zu wählen, zu heiraten, ein Knopfloch im Revers zu füllen. Dort im Garten wurde ihm bewusst, wie tief sein Widerwille geworden war. Honk war ein Märchen, ein Pappmascheetraum. Er gehörte da nicht mehr hin, auch wenn später seine Sehnsucht so furchtbar brennen sollte, wenn er daran zurückdachte. Schon seit Monaten sah er voraus, dass er seinen Schulabschluss sausen lassen würde, er war nutzlos für das Leben, das ihm vorschwebte. Reisen würde er, umherziehen, fort von guten Manieren und Traditionen. Freiheit, keine Gewissheiten, sondern Fahrt ins Ungewisse, auf einem Motorrad, auf einem Schiff, fort. Unbändige Ideale, unfertige Vorstellungen vom Meisterwerk seiner Zukunft. In dem Liegestuhl hinten im Garten war er auf eigenem Gelände, einem Beobachtungsposten, von dem aus er eine wilde Unabhängigkeit sehen konnte. Er schwebte, sah seine Flucht aus der beengenden Stadt. Schritte auf dem Kies machten der Trance ein Ende. Seine Mutter kam zu ihm. Zusammen schauten sie zu ihrem Haus hinüber, ihrem vornehmen, stattlichen, seltsamen Honk. Später in seinen Erinnerungen sah er sie in ihrem Haus, am Klavier, mit ihren ruhigen Bewegungen, unberührbar. Sah sie nach Hause kommen, die Hände in ihrer kurzen Pelzjacke, wortlos. Ein Getümmel von Schemen war in seinem Kopf, aber ohne Zusammenhang, ohne Ordnung, ohne Stimmen. Seine Mutter bestand aus Scherben. Noch später, in den dunkelsten Jahren, dunkler noch als die des Krieges, fühlte er nichts als Schmerz, wenn er an sie dachte. Eine sanfte Art von Schmerz, die manche Liebe nennen.

»Komm mit rein, Rob«, ihre Hand lag an seiner Wange. Am liebsten hätte er sie festgehalten, noch eine Weile ihre Stimme gehört. Törichte Sentimentalität, ein kindischer Wunsch. Ihre Stimme, ihr samtenes Halsband wie das eines Kätzchens, ihr leises Klavierspiel: Es drang tief in ihn ein, blieb bis zum Tod.

Natürlich gingen sie zusammen ins Haus, mitten hinein in das Fest, den aufgeregten Grüppchen geladener Gäste entgegen. Da sah er ihn – ein deutscher Bauer, ein polnischer Bergarbeiter vielleicht, wenn er nicht gewusst hätte, dass es Albert Schweitzer war, seit Wochen schon in der ganzen Stadt auf Anschlagzetteln angekündigt. Er stammte aus dem Elsass, einem Land, das niemandem gehörte. Ende fünfzig, sonnenverbranntes, zerfurchtes Gesicht. Knittriges Jackett, helle Hose, eine Lichtung im Wald der dunklen Anzüge. Sein Vater führte den Mann herum, als zeigte er Tulpenzüchtern eine exotische Orchidee.

»Mein Sohn Rob – sucht das Abenteuer wie Sie«: Das Deutsch seines Vaters verblüffte ihn. Schweitzer sah ihn an. »Ich bin kein Abenteurer, wie dein Vater meint. Wenn es nur so wäre. Ich rudere immer über denselben Fluss, im selben Boot, immer zum selben Dorf, das hat nicht viel mit Abenteuer zu tun.« Sein Vater wollte etwas entgegnen, wurde aber von jemandem abgelenkt, der ihn ansprach. Jetzt standen sie eine Weile allein zusammen, und er wagte es, ihm halb auf Deutsch, halb auf Englisch ein paar Fragen zu stellen. Der Mann sprach von Gabun, den Urwäldern und Savannen, ihrer erschütternden Schönheit, aber bevor er richtig in Schwung gekommen war, führte sein Vater ihn weiter. Der Offizier und der Orgelmann, der Bürgermeister in seinem Zweireiher und der Armenarzt. Sein Vater mit seiner Trophäe. Sein tapferer, kleiner, unerreichbarer Vater. Wie er langsam von seinem Vater forttrieb, wie er ihn unbedingt verletzen, ihn abschütteln, ihn sich entfremden wollte. Ein unbeherrschbares Verlangen hatte ihn erfasst, von ihm wegzulaufen und seinem Blick zu entkommen, dem einen Auge. Der einäugige König der Stadt. Auf Patrouille in Aceh einen Kopfschuss erhalten, ein Auge gerettet, und im Lazarett aus dem Bett gesprungen, als der General zu Besuch kam. Salutieren im Pyjama, Hand am Saum der schlottrigen Jacke, Hand am schwerverwundeten Kopf: zur Stelle, immer zur Stelle, niemals abwesend, niemals Furcht. Bei der Brotrevolte in seiner Stadt hatte die Menge zum Haus des Bürgermeisters gedrängt. Er erinnerte sich noch, wie seine Mutter und sie, die Kinder, sich hinter die Heizung setzen mussten, sie war aus Eisen, bot Deckung. Rohe Kerle vor der Tür riefen nach seinem Vater: Sie würden ja wohl Brot im Haus haben, die hohen Herren hätten bestimmt genug zu fressen! Dieser Ton. Und dann, wie sein Vater, von Polizisten umringt, die größten Aufwiegler aufforderte, ins Haus zu kommen und nachzusehen, wo dort das Brot war. Die Wut, dass sie nichts fanden, und wie sie wieder hinausgingen und riefen: Auf sein linkes Auge zielen, Jungs! – das war natürlich das gesunde. Und dass sein Vater den Polizeioffizier ansah, mit diesem gesunden, scharfen Auge, und nur ein Wort sprach: Angriff.

Er kannte die Geschichte in- und auswendig, er hatte sie mit seinen Brüdern nachgespielt, er hatte sie seinen Freunden erzählt, er träumte davon: Angriff, sein Vater auf ein paar Buchstaben reduziert.

Der Offizier und der Pazifist, Dolch und Gänsefeder, Degen und Verband, er sah sie an den Beigeordneten vorbeigehen, den Direktoren und Räten, dem Pfarrer, dem Notar. Alle waren sehr interessiert, ein bisschen höflicher, ein bisschen fröhlicher als sonst. Die beiden zogen wie Bienen von Blüte zu Blüte, aber den Honig brachte sein Vater mit. Angriff, und touché.

Der Empfang dauerte nicht lange. Zufrieden, erleichtert trat man in den windstillen Abend hinaus. Man hatte den großen Mann gesehen, mit ihm gesprochen sogar, ihm die Hand gegeben. Der Geiger blieb bis zuletzt und spielte bescheiden weiter, fast unhörbar. Schweitzer und sein Vater und er saßen in einem kleinen Nebenzimmer, im Kamin brannte ein Feuer. Kaminfeuer im Frühjahr, typisch sein Vater. Portwein, Aufräumgeräusche, Stuhl- und Tischgeschiebe. Der Orgelmann erzählte. Afrika leuchtete auf. Nie zuvor hatte er jemandem so zugehört. Gabun, der Name des Landes klang wie eine Herausforderung. Gabun, der entlegene Winkel, in dem er sich niedergelassen hatte. In Booten flussaufwärts, auf dem unberechenbaren Fluss quer durch den Urwald. Preisgegeben war man dem Strom, den Felsen, den Engpässen und den Wasserfällen. Die Reise zu einem immer weiter vorrückenden Außenposten, tief in einem gottverlassenen Wald. Er wurde zum Wunderarzt befördert, zum Zauberer, wurde ein Magnet der Erwartungen und der Hoffnung. Und sie kamen, aus allen Ecken und Löchern, aus anderen Wäldern, Tagereisen entfernt. Verkrüppelt, krank, halb tot, aber nie, ohne ein Lied vor sich hin zu summen. Der Fluss war sein Leben, das Dorf, das er baute, seine Zukunft. Das Heimweh nach dem schwarzen Kontinent war übermächtig. Jeder Aufenthalt in Europa brachte ihn durcheinander. Orgelspiel half ihm dann, sich zusammenzunehmen, so gut es ging. Musik für Rituale, entstanden aus dem Trieb, den Tod zu überlisten, und dem anderen Trieb, einfachen Liedern ein Fundament von weiteren Stimmen zu geben. Er gab Konzerte, um neues Geld für sein Krankenhaus zu beschaffen.

»Philosophie dahinter?«, fragte sein Vater, aber es klang wie ein dienstlicher Befehl.

Der Elsässer zögerte nicht: »Mangel an Argwohn, Zuviel an Energie, Gefühl, dass das Gleichgewicht in der Welt verloren gegangen ist. Zwangsvorstellung, dass ich daran etwas ändern muss.« Er grinste, als er das verdatterte Gesicht des Fragestellers sah, und entschuldigte sich für seine ironische Antwort. Er erklärte, dass er von dem übermäßigen Drang beherrscht sei, seinem Tun einen Sinn zu geben. Und dass es in Deutschland und anderswo in Europa unmöglich sei, einen Gott für seinen Glauben zu finden.

Er sah die beiden Männer an, seinen Vater und den fremden Arzt. Und in diesem Moment entschied er sich für den Orgelmann, für den Gottsucher, den zurückweichenden Horizont. Für die Reise stromaufwärts, das Ungebahnte, das Unmögliche. Dieser Schweitzer schien ihm von einem ganz anderen Kaliber zu sein als alle Menschen, die er kannte. Für ihn gab es kein Leben im Gleichschritt, er stand quer zu allem. Überall hatte das Marschieren angefangen, im Vaterland des Wunderarztes ließ man die Masken fallen und baute man die ersten Lager, aber der Orgelmann hielt seinen eigenen Tritt.

Sein Vater war weniger beeindruckt, zumindest ließ er es sich nicht anmerken. Auch er kannte den Urwald, auch er kannte die tropische Hitze und den unheilverkündenden Ruf des Elefanten. Aber ihm wäre es nicht in den Sinn gekommen, aus der Reihe zu tanzen, er glaubte vorbehaltlos an Führung, Disziplin, Struktur und Hierarchie. Dennoch gab es etwas wie eine Wesensverwandtschaft zwischen den beiden. Der eine erkannte im anderen etwas wieder, er wusste nicht, was. Wie sie von der Nacht sprachen, die über den Urwald fiel – oh, später, später sollte er das besser verstehen als jeder andere. Er spürte, dass es da ein seltsames Einverständnis zwischen ihnen gab. Der Soldat auf der Jagd nach Rebellen, bis an die Zähne bewaffnet, getarnt, gepanzert mit zu Mut geformter Angst. Und der Arzt, Rücken zum Feind, tief im Dschungel zwischen Wasser und Schlafkrankheit, Lepra und Tod, rastlos operierend in einer Blockhütte. Im Nebenzimmer hörten sie, wie der Geiger zu spielen aufhörte und sein Instrument in den Kasten packte. Die Stille, die er zurückließ, glich der Musik, die er gespielt hatte.

Afrika und Aceh saßen nebeneinander, rauchten eine Zigarette und tranken von ihrem Port. Er sagte nichts, wollte nur dabei sein. Er würde seinem Vater sagen, dass er fortging, nach Afrika, vielleicht aber auch nach Ostindien, wer weiß, nur fort. Über Elefantenpfade statt über Treppen zu irgendeinem Büro. Später kam es ihm so vor, als hätte dieser Abend den letzten Anstoß gegeben. Der musikalische Kraftmensch mit dem beinah zärtlichen Anschlag hatte ihn verwirrt und zugleich entwirrt.

»Eines Tages fuhr ich auf dem Ogowe nach Norden. Um sechs Uhr springt dort die Nacht wie ein Leopard aus den Bäumen. Links und rechts zogen Nilpferde vorbei, ruhige Kolosse, die uns nicht bedrohten. Es war gerade noch hell, aber die Dunkelheit sammelte sich schon. Die Hitze war etwas erträglicher geworden, Wind war aufgekommen, Vögel kreischten, an den Ufern sah man ihre Farben schimmern. Und plötzlich empfand ich eine grenzenlose Verehrung für alles, was lebte. Ich sah nur noch Leben um mich, alles wollte da sein. Das besinnungslose, ziellose Ringen um Selbsterhaltung, das langsame Vorüberziehen der Nilpferde, wehrlos beinah, all das flößte mir eine überwältigende Ehrfurcht ein. Bekehrt von einem Nilpferd, wenn das nur in Deutschland niemand hört!« Er lachte, der Zauberer. Sein Vater auch, er hob sein Glas: »Auf das Nilpferd, auf die Freiheit, auf die Zukunft.«

Lourenço Marques würde bald aus dem Nachmittagstraum erwachen. Jeden Moment konnten Gäste in die Bar kommen, und er würde die Frau, die ihm gegenübersaß, allein lassen müssen. Muriel hieß sie, und sie wollte wiederkommen. Wo sie wohne? Sie schaute ihn wachsam an und gab keine Antwort. Seine Geschichte und das, was er nicht erzählt hatte, waren der ausgeworfene Köder, auch wenn er sich darüber selbst nicht im Klaren war. Was sie nicht sah, war der Haken unter seinen Worten. Jetzt war sie es, die ihm die Hand reichte, dann ging sie, diesmal ohne Zögern. Auf dem Gehsteig blieb sie noch kurz stehen, als müsse sie sich erst orientieren. Aber sie sah sich nicht um, verschwand ruhigen Schrittes aus seinem Blickfeld.

## 4

Er hatte ihn nicht gefunden. Die paar Niederländer in der Stadt hatten nie von ihm gehört, niemand kannte Verwandte von Guus. Manchmal, wenn er aufs Meer hinaussegelte, allein oder mit Muriel, wäre er am liebsten immer weiter gefahren, den Wellen gefolgt. Immer schmerzlicher empfand er den Verlust, wenn er sich von Wasser umgeben sah, es machte ihn fast krank. Man suchte nach ihm, jemand rief ihn, ein Kopf ragte aus dem Wasser, ein Arm winkte, ein Floß stieß gegen sein Boot. Er hatte es so geträumt, er fantasierte es in der Hitze des Tages.

»Die Sonne ist dein schlimmster Feind«, hatte Guus oft gesagt. Und es stimmte, der unfairste Kampf seines Lebens war der mit der brüllenden Sonne von Java und Thailand gewesen, einer Sonne, die lärmte, dass es in den Ohren rauschte und knackte. Der Kopf knirschte, die Hitze tobte im Körper und fand keinen Ausweg. Guus hatte sie besser vertragen als er. *Lekas, lekas*, schnell, schnell, in die Reihe, endlose Stunden warten, stehen. Das dumpfe Klatschen, wenn in der Nähe jemand in Ohnmacht fiel. Es war streng verboten, den Kopf zu drehen oder sich umzuwenden, was Guus einmal vergessen hatte. Er hatte sich halb umgedreht und flüsternd gewitzelt, sie dürften nur ja nicht in Ohnmacht fallen, weil die Japse einen dann in ein anderes

Lager verlegten. Bandung 1942. Sie sahen den Schlag nicht einmal kommen. Der kleine Unteroffizier fällte Guus, noch bevor er den Kopf wieder hatte zurückdrehen können. Zusammengerollt lag er auf dem Boden, leblos. So wirkungsvoll kann ein Schlag in den Nacken sein. Man liegt da wie tot, aber nach ein paar Minuten steht man wieder. Seine Angst, dass der Soldat Guus ermordet haben könnte, das Gefühl der Ohnmacht, weil er ihm nicht helfen durfte. Dann sah er, wie sein Freund die Augen aufschlug, etwas verwundert, und sich langsam erhob. Unnatürlich gleichmütig, fast aufreizend korrekt nahm er seinen Platz in der Reihe wieder ein, ein Wunder an harmonischer Bewegung. Mit einer Hand fuhr er sich durchs Haar, strich sein Hemd glatt, damit war die Unebenheit in den Appellreihen beseitigt. Selten hatte er einen Mann so reagieren sehen. Von da an waren sie unzertrennlich, sein Leben mit Guus hatte begonnen. Guus, der nie den Drang verspürt hatte, sich so radikal von allem zu lösen wie er. Aristokratisch, selbstsicher, aufgewachsen in einem Haus mit den gleichen Gewohnheiten und Traditionen wie in Honk. Aber ohne seine Querköpfigkeit, ohne seine Wut. Guus hatte angefangen zu studieren, als bei den östlichen Nachbarn die Feuer geschürt wurden. Aber darauf achtete man nicht weiter. Ohren zuhalten. Juden, Sudeten, Österreicher, das waren unbestimmte Gerüchte. Konzentrationslager, Flüchtlinge, Japaner in China: zur Kenntnis genommen. Wien, München: nicht in Ordnung, aber was konnte man schon dagegen tun.

Nürnberger Gesetze, Bücherverbrennungen, Kristallnacht: Zeitungsberichte. Und doch war er nicht unsensibel, im Gegenteil. Es schwelte, er roch die Gefahr. Und im letzten Augenblick, bevor es zu spät war, hatte er eine Stelle in England angenommen. Das Londoner Büro von Shell in einem Außenbezirk der Stadt ernährte eine ganze Reihe von jungen Akademikern. Als der Krieg schon in Sicht kam, fuhren sie auf die andere Seite des Kanals, in der Hoffnung auf Arbeit und Abenteuer. Guus hatte ihm die Atmosphäre beschrieben, die tödliche Gleichförmigkeit der Büroarbeit und die flimmernden Tage des Sommers 1940. Sandsäcke vor dem Parlament und den Ministerien, Zeppeline über der Stadt, Truppen auf den Straßen. Der Krieg drang in alle Ritzen, erhitzte jedes Gespräch. Und doch, dieser Sommer sollte ihm als Oase der Freiheit in Erinnerung bleiben. Der überfüllte Pub, in dem er jeden Abend nach der Arbeit diskutierte, war das Barometer der Zeit. Noch war es ruhig nach den Schlachten auf dem Kontinent und der Flucht aus Dünkirchen. Die Sonne schien über einem wartenden und wachenden London, grellblaue Himmel im Juli, gefiltertes Licht im August. Im Büro arbeitete er als Jurist für ein Unternehmen, das über Europa hinausblickte. Kein Krieg ohne Öl, kein Angriff ohne Benzin, so lautete die neutrale Feststellung eines großen internationalen Konzerns. Die Kinos waren immer voll, wie die Jazzclubs und Theater; die Zeitungen brachten laufend Extrablätter heraus. Man ist Schauspieler und lernt seine Rolle auswendig, man ist Journalist und schreibt seinen Artikel, man ist Wirt und zapft Bier. Draußen spukt es, draußen lauert etwas, draußen rollt der unsichtbare Zug. Guus passte sich mühelos ein in diese Stadt, die sich auf das Schlimmste vorbereitete. Die Luftschutzräume, die jetzt im Eiltempo gebaut wurden, waren eine Warnung, aber Angst hatte er nicht. Er war siebenundzwanzig, frei, ohne Frau oder Kind. Sein Apartment in Camden Hill wurde von Shell bezahlt, und den Flügel hatte er gebraucht kaufen können. Abends spielte er, das geöffnete Fenster ging auf den ovalen kleinen Park vor seiner Tür, auf dessen Bänken tagsüber Leute Zeitung lasen oder einfach nur dasaßen. Er spielte, als hinge sein Leben davon ab. Musik, die aus ihm selbst zu kommen schien – es gab Augenblicke, da konnten bestimmte Akkorde ihn fast zum Weinen bringen. In diesen Monaten versuchte er sich an allen Stücken, die er je geübt hatte. Rachmaninow, Chopin, Mendelssohn lockten ihn aus der Reserve. Es waren Monate der Entsagung und Monate der Hingabe. Aus jedem Radio schallten Churchills Reden, er saugte sie begierig auf. Meldungen über die bevorstehende deutsche Invasion, Verlautbarungen zur Entschlossenheit der englischen Armee, abwechselnd mit den letzten Ergebnissen im Kricket. Guus lebte wie nie zuvor. Sein ausbalanciertes holländisches Dasein war weit weg. Musik, Krieg, Öl, Pub und der unausweichliche Angriff auf London, Guus hatte das Gefühl, Teil eines großen geschichtlichen Augenblicks zu sein, der nun rasch nahte. Er liebte es, alles im Licht der Historie zu sehen. Was man später wohl über die Zeit sagen würde, die er jetzt und hier erlebte? Er verstand es sehr gut, sich aus seiner eigenen Zeit wegzudenken. Am liebsten wäre er mit einer Zeitmaschine gereist, in die Zukunft allerdings, vorwärts, nicht zurück. Im Widerspruch dazu stand sein Klavierspiel. Musik ist Erinnerung, Wehmut, von der man sich nicht befreien kann. Wenn er am Flügel saß und spielte, war er wieder zu Hause, sah er, wie er früher gewesen war, noch bevor die Welt sich geöffnet hatte, vor den Büchern und der Musik, vor Freundschaft und Verwirrung: Dann sah er den Urzustand, das Geheimnis seines Gleichgewichts.

Beim ersten großen Tagesangriff auf die Stadt nahm er an einer Sitzung teil, Überstunden mit ein paar anderen Männern aus dem Büro. Es war Samstag, der 7. September, Nachmittag, Tassen mit Tee standen vor ihnen, man dachte daran, essen zu gehen oder ins Kino. Der Luftalarm heulte in den Straßen, aber niemand reagierte. Autos fuhren weiter, der Bus nahm Fahrgäste mit, kein Mensch rannte. Luftalarm war für andere, weiter weg, es musste ein Irrtum sein. Die Illusion hatte nicht lange Bestand. Stoßwellen breiteten sich durch die Stadtviertel aus, bis zum äußersten Ring. Die Hafenanlagen standen in Flammen, es hagelte Bomben, das Zentrum rauchte und kochte. Später im Pub hörte er, dass es mindestens tausend Flugzeuge gewesen seien, ein Wolkenbruch zerstörerischer Gewalt. Schon beim nächsten Angriff, am selben Abend noch, war kein Hund mehr auf der Straße, als der Alarm einsetzte.

In einem Zustand gespannter Aufmerksamkeit erlebte er die wachsende Gefahr. Vor allem nachts, zu den unwirklichsten Stunden, schwirrten die Bomben herab. Das Zufällige eines Flugzeugs, das seinen Bombenschacht öffnet. Auf ein Zeichen drückt der Bombenschütze einen Knopf, und sofort zieht der Pilot die Maschine weg, aus den Lichtkegeln der Suchscheinwerfer. Ein Schattenreich hoch über seinem Haus. Eine ohrenbetäubende Welt aus Sturzflügen, ratternden Maschinengewehren, Stichflammen. Manchmal saß Guus im Dunkeln auf seinem Balkon und sah hinauf, die Stadt ringsum war verdunkelt. Er verabscheute die fremden Piloten, die nach Lichtern am Boden suchten. Auf gut Glück warfen sie ihre Bomben, manchmal weit vor oder hinter ihrem Ziel, London. Zugeklebte Straßenzüge, überall schwarzes Papier an den Fenstern, Menschen in Luftschutzräumen und den Gewölben der U-Bahn. Sich verkriechen; wer mich nicht sieht, kann mich nicht treffen. Aber er hörte in den August- und Septemberwochen von Zehntausenden Toten und Verletzten. Unbekannte, nicht sichtbar für die Angreifer, dennoch umgekommen unter Schutt, zu Asche verbrannt, pulverisiert. Die Nächte ohne Schlaf in Camden Hill. Morgens ging er todmüde ins Büro, in der Hoffnung, dass das Haus noch stand. Immer wieder nahm er andere Wege, um nicht trübsinnig zu werden vom Anblick all der zerstörten Häuser. Aber nach einiger Zeit ging er immer denselben Weg, weil er dann wenigstens dem Ausmaß der Verheerung nicht ins Auge zu sehen brauchte.

Erst der Alarm, der heranwehte. Dann die unheimliche Stille, das Warten auf das Brummen der Flugzeuge. Anschwellender Lärm. Er saß auf dem Balkon, draußen hing noch die Septemberwärme. Hin und wieder heulte eine Sirene, die ebenso abrupt wieder aussetzte, auf ein geheimes Zeichen oder einfach durch irgendeine Störung. Die Bombe schlug hundert, vielleicht zweihundert Meter entfernt in eine Häuserreihe ein. Gerade hatte er gedacht, dass es nun doch zu laut wurde und dass er besser hineinginge. Halb aufgestanden, wurde er auf seinen Stuhl zurückgeworfen, die Echos dröhnten ihm in den Ohren. Sofort loderten Flammen auf, er rannte zu dem getroffenen Haus, konnte aber nichts tun, die Hitze war enorm. Feuerwehr, Polizei, Krankenwagen, ein Betrieb wie am helllichten Tag. Durch Zufall war niemand ums Leben gekommen. Die Leute, die in dem Haus wohnten, waren nicht in der Stadt. Er starrte auf das brennende Gebäude, auf die Geschichte seiner Bewohner, die im Knistern und Prasseln verschwand. Fotoalben, sorgsam aufbewahrte Kinderzeichnungen, Erbstücke, das erste gekaufte Service. Reglos verfolgte er das Schauspiel des Feuers und konnte sich nicht davon losreißen. Es war nichts von Panik zu spüren, stattdessen der zähe Wille, sich nicht einschüchtern zu lassen. Man ging auf in diesem Willen. Der Widerstandsgeist steckte einem bald in den Knochen wie eine ansteckende Krankheit. Schwäche und natürlicher Fluchttrieb verschwanden. Man wollte mitmachen, bei den Fliegern dort oben oder bei der Flugabwehr. Aber es war klar, dass das für einen Holländer nicht ohne Weiteres möglich war. Vielleicht konnte man ihn bei der Feuerwehr gebrauchen, später würde er sich dann zur niederländischen Armee melden, um mitzukämpfen. In dieser Nacht, in einer Straße in London, ging sein Klavierhocker in Flammen auf, seine Freiheit nahm die Farbe einer Uniform an, die Linie seines Lebens machte einen Bogen. Ganz ruhig war er; ganz sicher, die richtige Entscheidung zu treffen. Zu Hause schrieb er einen Brief an seinen Vorgesetzten. Sprung in das Dunkel, das vor ihm lag. Und ein Sprung ins Tiefe, ins dunkelgrüne Wasser der Straße von Formosa.

Das Wasser spritzte auf seinen Rücken, die Sonne brannte, der Indische Ozean lag einladend offen vor dem Bug. Weiterfahren? Seine Freundschaft mit Guus war zur Kompassnadel all seines Tuns und Lassens geworden. Vermisst, schlimmer als tot. Verschwunden, spurlos, in ein paar Quadratmetern Meer. Als ob er auf einer Bühne wäre, hatte sich Guus von der Reling abgestoßen, in einem verwegenen Versuch, die Welt als Spielplatz zu nehmen. Sein eigener Sprung war effektiver gewesen, so weit wie möglich weg von der Schiffswand. Das Fallen spürte er jetzt noch, sekundenlang einem schwarzen wogenden Spiegel entgegen, der unter seinem Gewicht zersplitterte. Ein paar wilde Schläge, ringsum nach Halt suchen, das Floß packen, die Sache einer Minute. Scheinbar einfach, dieses Von-Bord-Gehen, wie aus dem Lehrbuch. Springen, Floß suchen und so schnell wie möglich fort vom Schiff. Die *Bungo Maru* sank schweigend, empört. Schiffe sind Menschen, sind weiblich. Von seinem schwankenden Plankendeck aus rief er Guus' Namen, verfluchte ihn, schrie hemmungslos, in alle Richtungen, immer wieder den Namen. Bis die drei anderen auf dem Floß fanden, dass es genug sei, und ihn beruhigten. Sie trieben ab.

Das Segelboot, aus einer plötzlichen Anwandlung heraus gekauft, hatte er in *Diroha* umgetauft. Es klang wie Swahili, meinte man. Aber es waren einfach die Anfangsbuchstaben seines Vornamens und der Namen seiner Brüder, vor langer Zeit eigenhändig auf das Kanu gemalt, das sie als Kinder besessen hatten und mit dem sie in dem kleinen Hafen ihrer Heimatstadt herumgepaddelt waren. Mit Muriel segelte er, sooft es ging. Aufs Meer, nirgendwohin und wieder zurück. Eine Woche nach ihrem ersten nachmittäglichen Besuch in seiner Bar (»Kneipe hast du gesagt, Muriel, Kneipe!«) war sie wiedergekommen. Die gleiche Zeit, die gleiche Leere, die gleiche Bestellung, eine andere Empfindung. Er nannte es den Earl-Grey-Zwischenfall. Er stellte den Tee auf ihren Tisch, sie stand auf, schaute ihn an. Alles, was er ihr in der Woche davor erzählt hatte, war zwischen ihnen wie die Erinnerung an eine Umarmung. Seine Arme um ihren Leib, ein Kuss auf ihren

Mund, sie waren wie in einem Bild gefangen, ihre Hände lagen ineinander, ihr Blick wurde dunkel in der Vertrautheit des Augenblicks. So fremd, so nah; so unsagbar traurig war ihre Umarmung. Er hatte das Gefühl, fortzugleiten in eine Vergangenheit, die er doch verworfen hatte, aber Muriel hielt ihn zurück und sagte: »Mein Tee wird kalt.« Muriel, Wiedergängerin des Motorradmädchens. Der Sternenhimmel über Drenthe, wo sie in der Frühe vor ihm stand und ihn zurückstieß. Ins Abenteuer, den Morgennebel, die Heimfahrt mit dem Schnitt, auf den sein Vater stolz gewesen war. Sein Vater, der Bürgermeister, in seiner Abwesenheit begraben, tot und nicht wieder auferstanden. Nicht auferstanden, um mit ihm über die Kolonialarmee zu sprechen, die Geheimnisse des Überlebens in einem Urwald. Sein energischer Vater, den er aus dem Gewebe seines Lebens entfernt, den er verbannt hatte. Nach dem Abend mit dem Orgelmann hatte er kaum noch mit ihm gesprochen. Mit unverhohlener Bewunderung hatte er zugehört, damals. Das Feuer in den Augen der beiden alten Soldaten, Bajonette in Aceh, Spritzen in Gabun. Das Rätsel, dass er seinen Vater von sich abgeschüttelt hatte. Das Rätsel seiner hartnäckigen Querköpfigkeit. Er suchte nach den Ursachen der Wende in seinem Leben, nach den Wurzeln seiner Unangepasstheit – und stieß immer wieder auf das Mädchen, das den Blick abwendete.

Segeln mit Muriel, hinter sich Lourenço Marques und das weiße Kasino direkt am Strand, vor sich der klaffende Ozean. Weiter, weiter, nie mehr anlegen. Segel in Reserve, Wasservorrat, Zwieback und Obst, genug für Wochen. Früher würde er nicht gezögert haben, hatte er jedem Impuls nachgegeben. Pistole in die Schule mitgenommen, und er schoss. Motorrad aus dem Schuppen geholt, und er raste los. Zug in voller Fahrt, er kroch aufs Dach. Ein Schlag, er schlug zurück. Immer wachsam, jede Gelegenheit ergriffen, nie verlegen, immer der Erste in der Gefahr, nie zurückgeblieben, nie abseits gehalten. Die Jahre, in denen er sich endgültig für die Wildnis entschied, wenn er auch nicht ahnte, dass dieser Weg ihn buchstäblich in die Wildnis führen sollte.

Muriel zog die Vorschot an, er die Großschot, Ruder locker in einer Hand, Blick nach oben. Die langsamen Wellen schoben sich unter ihnen durch, flaschengrüne Dünung einer unwirtlichen See.

Guus hatte gar keine Verwandten in Lourenço Marques. Er bildete sich ein, dass Guus diese Stadt erwähnt hatte, oder hatten sie vielleicht nur Städte aufgezählt, die sie irgendwann gern sehen wollten? L. M., wie die amerikanischen Touristen Lourenço Marques abkürzten, L. M. war *wonderful.* Er war sich nicht so sicher. War es wirklich so schön dort? Wenn er Guus nicht fand oder wenigstens Verwandte von ihm, was band ihn dann noch an den Ort? Muriel, ja, aber sie war ebenso heimatlos wie er. Mitte Dreißig, geschieden, keine Kinder. Ihr Leben richtete sich nach dem, was sich anbot; nicht sklavisch, sie taxierte es mit dem

Nicken der Kennerin. Bei ihr keine Spur von Zorn oder Aufsässigkeit, sie hatte sich für ein Leben ohne viel Heimweh entschieden, immer bereit weiterzureisen, wenn es sich so ergab.

Wind und Wasser, und sie beide dazwischen. Der Raum faltete sich um sie herum, es war kein Platz für Zeit, die Stunde erstarrte. Wenn es nur irgendwie ging, fuhren sie hinaus. Segeln, er kannte sich aus, hatte als Kind auf den flachen holländischen Gewässern alles gelernt, es war ihm zur zweiten Natur geworden wie Schlittschuh laufen. Mit raschen Griffen legte er die Leinen zurecht, machte die Segel klar, holte die Fender an Bord und stieß ab. Sie waren in kurzer Zeit ein Team geworden, segelten um ihr Leben. Benommen und langsam um die Mittagszeit, wenn die Sonne sie versengte. Rasant am frühen Morgen, bevor die Hitze kam. Und schweigend beunruhigt, wenn gegen Abend unerwartet Gewitter aufkam. Dieser Sommer war unvergesslich; abgesehen davon, dass er ohnehin niemals und nichts vergaß. Nicht vergessen zu können ist eine Krankheit, und ihre Symptome hatte er schon so lange. In der Goldmine hatte er kaum sein Heimweh bezwingen können, wenn Yoshua, sein Boy, von seiner Mutter erzählte. Er war dieser Mutter beim Begräbnis des Jungen begegnet, er hatte ihre Hand genommen und an seine Wange gelegt. Sie hatte kein Wort gesagt, ihn gewähren lassen. Yoshua, der für ein paar Monate sein Freund gewesen war und dessen Augen ihn durch den Urwald begleitet hatten. Das Echo seiner letzten Worte in seinen Ohren, der fremde Klang des Todes darin. Diese Mutter. Der Kontrast zu seiner eigenen Mutter hätte größer nicht sein können. Eine Frau, aufgewachsen am Rand der Kalahari-Wüste, und eine Frau, erzogen in einem Haus mit Musiksalon. Aber beide mit einem Sohn, der nicht mehr da war, nie mehr da sein würde. Seine Mutter, die, seit er fortgegangen war, auf Nachricht wartete, auf Briefe, auf ein Telegramm. Der Augenblick, als er fast an Bord der *Oranje* gegangen wäre, um mit ihr nach Holland zu fahren, zu seiner Mutter. Die Gefühle, als er geblieben war und das Schiff verschwand, Gefühle, die er nicht auf ihren Ursprung zurückverfolgen konnte. Ohnmacht, Wut, Erleichterung, immer diese drei.

Die Jahre in Thailand und Japan hatten sein Gedächtnis allmählich ausgehöhlt. Guus war der einzige Zugang zu seiner Vergangenheit. Beim Appell neben ihm zu stehen erschien ihm als Glück, Bandung als hohe Schule der Freundschaft. Die endlosen Tage des Lagers, in dem der europäische Abschaum in Erinnerungen schwelgte.

Während er in Südafrika Gold grub, war Guus also gleichmütig durch die Straßen der Stadt gegangen, in der er studierte. Alles, was er selbst vermieden, manchmal auch verachtet hatte, das hatte Guus getan. Das große Schauspiel des Gentleman-Studenten hatte Guus aufgeführt, als gehöre sich das einfach so, und seine Rolle war die des Clubpräsidenten. Spazierstock, Hut, dreiteiliger Anzug, die Uniform der künftigen Laufbahn. Keine Spur von Verlegenheit, kein falscher oder unsicherer Schritt, makelloser Wortschatz, Weste, Uhrkette. Abende und Nächte verbrachte er im Club, wo seine Autorität unantastbar war. Gebrüll und donnernder Lärm schlugen ihm entgegen, wenn er die zentnerschwere Tür aufdrückte und die Treppen zum schwach erleuchteten Saal hinaufstieg. Von allen Seiten wurde er angesprochen, rief man ihm etwas zu. Sein ständiger Diener hatte ihm einen Stuhl direkt am Kamin freigehalten, in dem immer ein Feuer brannte, Genever und Bier wurden automatisch gebracht. Er rief zwei Jungen etwas zu, die sich würgend an den Krawatten gepackt hatten, und begann seine Nachtwache. Kräftezehrende Monate, die beste Vorbereitung auf das, was später kam.

Aber lieber noch kam er um elf Uhr morgens in den Saal. Sonnenlicht erhellte die eine Hälfte, der Lesetisch, von geöffneten Zeitungen bedeckt, stand im dunklen Teil. Die barbarische Nacht hatte hier und da ihre Spuren in Gestalt von kleinen Häufchen Glasscherben hinterlassen, und es roch nach Bier. Unwirklich still war es, man hörte die eigenen Schritte, der Schanktisch glänzte mit neuen Flaschen und Gläsern. Die Stille, das Gedämpfte. Die Dinge, die im Saal hingen oder lagen, hingen und lagen schon hundert Jahre dort. Die vielarmigen Messingleuchter mit ihrem bleichen Licht, die Trophäen, Fahnen, Gemälde, Reliquien eines geträumten und vergessenen Ruhms. Das alles hielt sich in keinem sehr stabilen Gleichgewicht, hatte aber eine unbestimmbare Grandeur. Niemand rief ihn an einem solchen Morgen, niemand störte ihn in diesem Mausoleum von Optimismus und Erfolg. Ringsum wurden Tischchen fürs Mittagessen gedeckt, die Maschine wieder vorsichtig in Gang gesetzt; die ersten Clubmitglieder trafen schon ein. Guus horchte auf die Geräusche, hörte, wie die Teller hingestellt, Gabeln und Messer sorgfältig dazugelegt wurden; eine dünne Gazeschicht lag über allem, nichts lenkte ihn ab. So fühlte sich Klavierspielen an, Verschwinden in Musik, in einem Meer aus Klang. Präsident eines Clubs, die Äußerlichkeiten eines vornehmen Lebensstils, Guus fand ein oberflächliches Vergnügen daran. Gebahnte Wege oder Musik, am liebsten hätte er sich sowohl für das eine als auch für das andere entschieden. Verankert sein mit einer Uhrkette oder im Schoß eines Komponisten ruhen – beides bitte.

Die Monate, die kommen sollten, in einer verdunkelten Stadt, waren noch fern, aber auch nicht allzu fern. Wer die Zeitung auf dem Lesetisch aufmerksam las, hörte ein Echo aus einem Abgrund, ein widerwärtiges Musikstück, Pauken, Trommelwirbel, Donnerschläge. Guus las, Guus horchte. Aber das Nachtleben eines Präsidenten verlangte sein Recht. Verlangte selbstauferlegte Disziplin, die seine Tage unerbittlich formte. Wirt der größten Kneipe des Landes war er, mit den wildesten Nächten in einer Festung aus Selbstvertrauen. Studieren mit dem Brüllen eines Strohfeuers ringsum, mit täuschenden Schatten auf der rohen

Wand eines übermütigen Männerclubs; Old Boys einer heranschleichenden Zukunft.

Diese Vormittage am Lesetisch waren Landmarken in Guus' Gedächtnis, Landmarken des Glücks und des Unbehagens. Des Glücks wegen der Tage uneingeschränkter Freiheit und sorglosen Vergnügens. Des Unbehagens wegen der Dinge, die sich zusammenbrauten, der Veränderungen. Aber man sprach nicht viel davon. Davon, dass die Juden fliehen mussten, dass in Deutschland nur noch ein einziger Mund sprach, nur noch ein einziger Arm regierte. Der Rausch des Terrors, die Jahre des abgründigen Schweigens.

Der Lesetisch log nicht. Auch wenn Guus mit seinen Freunden nicht viel über all das sprach, es staute sich in ihm auf. Er ignorierte es, aber unter Weste und Uhrkette spürte er, wie es drängte, spürte die Bedrohung. Er bereitete sich vor, studierte, wollte nicht an ein Fortgehen denken. Die Annehmlichkeiten seines Studentenlebens, das Wohltuende der Freundschaften, die harmlosen Bräuche, die vollkommene Harmonie mit seinem Vater: das war sein Schutz.

Den verließ er nur, wenn er Klavier spielte. Er übte viel, manchmal stundenlang, wenn seine Mitbewohner ihre Vorlesungen hatten und es still im Haus war. Der alte Flügel, den er von seiner Mutter geerbt hatte, füllte fast das ganze Zimmer, die Frühstückssachen standen meistens auf dem Deckel, ein kleiner Schreibtisch berührte die Seitenwand. Was an Platz übrig blieb, stopfte er voll mit kleinen Bildern, Antiquitäten, Kuriosa. Auf dem Boden lag ein dunkelroter Knüpfteppich, gesäumt von Bücherstapeln. Er hatte Aussicht auf eine Gracht, das Universitätsgebäude, die Kneipe, in die man nach bestandenem Examen ging. Auf die Uhr, die schon seit Jahrhunderten über der Gracht die Stunden schlug, über den Köpfen mit den Baretten, den schlurfenden Talaren. Aussicht auf das leere Denken ohne Leidenschaft, kluge Köpfe, die nichts sahen, Stirnen, die die Zukunft zu gelehrten Manuskripten verrunzelten. Manchmal hasste er diese Welt borniert er Wissenschaft. Niemand rief um Hilfe, niemand schlug Alarm, bis in die hintersten Winkel ihrer Bibliotheken blieben sie still, unwissend, dumm. Und inzwischen hatte es überall angefangen, fuhren in Italien die Züge pünktlich und marschierte in Deutschland die SA.

Er spielte Klavier, um so wenig wie möglich zu hören und so viel wie möglich zu fühlen. Die Pläne für seine Übersiedlung nahmen langsam, aber sicher Gestalt an, er würde fortgehen, bevor die Seifenblase platzte. Alle Nächte im Geschrei seiner Kommilitonen, alle Vormittage in dem stillen Saal, alle Stunden am Klavier: Was herauskam, wenn man Bilanz zog, war ein Gewinn, und, unerklärlich, ein ebenso großes Defizit. Er wollte fort.

Er bestand sein Examen am Tag des Münchener Abkommens, des »Friedens« von München – der Verfall des Wortes Frieden. Unsagbares Leid zog herauf, ein Sturm von Verrat. München, man sieht ihn die Stadt verlassen, sieht ihn in London ankommen, die Gangway herabsteigen, den Triumph im Knopfloch, Eitelkeit wie ein Einstecktuch in der Brusttasche. Er hatte Europa auf seinen Blindenstock gespießt: Chamberlain, Premier aller Briten und Rechtschaffenen, gekleidet wie Guus' Vater in seiner Glanzzeit.

Der Spätsommer hatte feinmaschigen Sonnenschein gebracht. An der Gracht war es wie ausgestorben um vier Uhr nachmittags. 29. September 1938, seine letzten Stunden als Student. Sein Vater war dabei, natürlich. Sie hatten die Kneipe gestürmt, offenbar war er einer der Ersten seines Jahrgangs, die das Examen hinter sich hatten. Die Rituale des Abschieds nach den ungeschriebenen Regeln der Privilegierten, den Gesetzen eingebildeter Solidarität; auf Schultern gehoben, hoch über dem Boden, furchtlos, schrieb er im Universitätsgebäude seinen Namen auf eine Wand. Nie mehr allein, nie mehr ohne Titel, überall willkommen.

»Guus!« – sein Vater saß in der Nähe des Billardtischs, der mit Brettern abgedeckt war. Die Aufregung des Examensumtrunks war vorbei. Abends würden sie alle wieder zusammenkommen, der große Saal im Club würde blau sein vom Rauch; wenn ein Ex-Präsident seinen Abschied nahm, ging einiges zu Bruch, schaukelte man an den Lampen, mussten nachher Möbel ersetzt werden. Vielleicht würde jemand zu Pferd die Treppe heraufkommen; nicht unwahrscheinlich, dass man große Portionen Lärm bestellte, dass stapelweise Geschirr vom ersten Stock in die Tiefe segeln würde. Und er, Guus, würde auf dem Lesetisch stehen und wie eine Walze durch den Saal geschoben werden. Kranz um den Hals, Kragen gelöst, Jackett eingerissen; das Knallen der Sektkorken musste man bis nach München hören. Zu Pferd, Attacke, der Frieden ist ein altes Weib. »Chamberlain, Dilettant« würden sie skandieren. Der zügellose Mut des Bierrauschs, Gelalle der Hoffnungslosigkeit.

»Guus!« Sein Vater winkte ihm zu und zog einen Stuhl für ihn heran. Die Kneipe lag am Rand des Lichts, die tiefstehende Sonne beschien die Gracht. Sie schwiegen viel. Begannen Sätze, die gleich wieder versandeten. Guus und sein Vater, sie saßen einfach nur da und ließen die Dämmerung herankommen. Wie sie es zu Hause so oft getan hatten, in ihrem großen Haus an der IJssel. Aber wenn ihr Gespräch auch oft stockte, wenn, was sie sagten, kurz und unausgeformt war, für keinen von beiden brauchte es viel, um sich in Gegenwart des anderen zu Hause zu fühlen.

»Die Dohle ist wieder da« – Bericht von der Front seines Vaters. Dahinter lag alles, was Guus lieb und teuer war. Ihr Grundstück, der Wald, der an ihr Haus De Kolkhof grenzte, die riesige Trauerbuche beim Kutschenhaus. Wie oft war sein Vater mit einem Reh auf dem Fahrradlenker nach Hause gekommen, mit Enten oder Tauben in Taschen am Gepäckträger. Er half ihm beim Rupfen der geschossenen Vögel, in der Küche, in der das Wasser noch mit einer Pumpe aus dem Boden geholt wurde. Der weiche Flaum an kurzen Federkielen, die Federn sträubten sich noch, wenn man sie aus dem Vogel zog; die geriffelte Taubenhaut unter den Fingern, der zerbrechliche Hals. Sein Vater war ein ausgezeichneter Jäger, als Kind war Guus schon mit ihm auf den Hochsitz geklettert. Stundenlanges Warten am Abend, ohne sich zu bewegen. Und nicht an den Augenblick des Schusses, sondern an den rätselhaften Wald mit den Geräuschen unsichtbarer Tiere erinnerte er sich gern. Wenn er dann schließlich vor ihnen stand, der alte Bock, am Ende seines Lebens angekommen, in der Verlängerung des schimmernden Gewehrlaufs: Nie verfehlte der Schuss das Ziel.

»Ich wusste gar nicht, dass sie weg war.« Er hatte das Tier vor Jahren selbst gezähmt. Der Vogel saß auf seiner Schulter, wenn er im Tümpel fischte. Die Idylle war für ihn normal, er kannte es nicht anders. Leben auf eigenem Land, mit Jagdrecht, Hunden, die meistens auf der Schwelle der Waschküche lagen. Nirgends hatte sein Flügel so schön geklungen wie in seinem Zimmer zu Hause. Die hohen Wände dämpften den Klang und rundeten ihn ab.

Er sagte seinem Vater, dass er nicht mehr lange in den Niederlanden bleiben würde. »Ich möchte nach England, ich bewerbe mich bei Shell.«

»Du wirst den Flügel wohl hier lassen müssen, fürchte ich.« Raschere Zustimmung war nicht möglich. Sein Vater verstand, unterstützte sein Vorhaben, lebte zu nah an Deutschland, um die Gefahr nicht zu erkennen. Die Kneipe füllte sich allmählich wieder; nachdem die Studenten verschwunden waren, nahmen Stammgäste von ihr Besitz. Man nahm die Bretter vom Billardtisch, holte Queues aus ihren Hüllen, kommentierte Karambolagen. Manchmal mussten sie ihre Köpfe zurückziehen, damit ein Spieler genug Platz für seinen Stoß hatte. So wurden sie in den Alltag aufgenommen, vereint an einem Tischchen mit Bierdeckeln unter den Beinen. Beide am glücklichsten, wenn sie durch ihre Flussauen gingen, mit dem geöffneten Gewehr unterm Arm und den Hunden vor ihnen, im Duft des frischen Heus; beide davon überzeugt, dass sie das sehr lange Zeit nicht mehr erleben würden.

Heuwagen auf der Straße vor ihrem Haus, Männer mit Sensen, das Rattern von Mähmaschinen. Sommer an der IJssel, manchmal in einer Jolle langsam mit dem Strom zur Stadt. Es war sein letzter Sommer zu Hause gewesen, er hatte an einem langen Aufsatz geschrieben und sich auf seinen Abschluss vorbereitet. In dem Haus in der Stadt, in dem nur Studenten wohnten, war es zu laut, die Abende waren zu lang, er kam dort einfach nicht zum Schreiben. Wochen mit seinem Vater, wie es sie nie zuvor gegeben hatte. Seine Mutter war vor langer Zeit gestorben, er hatte nicht viele Erinnerungsbilder von ihr. Aber er litt nicht darunter, er war daran gewöhnt, beim Nachhausekommen nur seinen Vater anzutreffen.

In diesem Sommer studierte er am Schreibtisch seines Vaters, im Zimmer seiner Jugend, dem Raum, von dem er in Bandung sprechen sollte, als wäre es das Zimmer aller Zimmer. Seines Vaters Reich, in dem jeder Gegenstand ein unzerstörbares Leben hatte. Da gab es einen eingebauten offenen Gewehrschrank, mit einer Büchse für die Elstern, einem doppelläufigen Schrotgewehr für Fasane und Enten, einer schwereren Büchse für Reh und Hirsch. Daneben ein Spazierstock mit einer besonderen Raffinesse, einer darin versteckten Angel. Einer Wildererangel. Als Kind hatte er den Stock so oft in die Hand genommen, den unpolierten Messingknauf abgeschraubt und die Angel herausgleiten lassen. Und natürlich schnell wieder zurück, bevor der Förster einen damit sah.

Dunkelgrüne Tapete, dunkelgrüne Veloursvorhänge, kleine Rehgeweihe, jedes an einem Brettchen befestigt, auf dem die dazugehörige Jahreszahl stand. Ein Voerman an der Wand, ein Bücherschrank, der die Tür umrahmte. Lockenten, Patronenschachteln, ein Hundekorb, eine friesische Wanduhr, Stühle und Tische mit dem Glanz des neunzehnten Jahrhunderts. Das Zimmer eines Jägers, der Raum, in dem er in den letzten Wochen vor seinem Examen geschrieben hatte. Sein Vater hatte ihn mit den Worten »da hast du am meisten Ruhe« an ihn abgetreten – ein Ausdruck höchster Zuneigung. Wie in der Höhlung einer Hand hatte Guus dort gearbeitet. Aufgenommen in eine Welt, die für ihn von mehr Wärme erfüllt war als jede andere. Manchmal legte er einen Arm angewinkelt auf den Schreibtisch, bettete den Kopf darauf und schlief zehn Minuten, nicht länger. Die unbeschreibliche Ruhe, wenn er dann aufwachte und den Kopf hob, auf eine unerklärliche Weise zufrieden, dort zu sein, seinen Vater zu hören, der die Hunde trainierte oder an der Straße mit jemandem sprach.

Auch die Gracht lag jetzt im Dunkeln. Die Billardspieler schlichen um ihren Tisch und verneigten sich wie Untertanen vor einem Kaiser. Ihre Augen lauerten auf Chancen, ein trockener Schlag in den Nacken des Elfenbeins, und die Kugel rollte zurück. Guus stand auf und holte an der Theke neue Getränke. Er hob sein Glas und trank seinem Vater zu: Morgen wird es anders sein. Schweigen, ein Blick, zwei Münder, die tranken. Die Augenblicke, in denen sich so vieles zusammenballt, wie erkennt man sie, wie erlebt man sie, wie verschwindet alles wieder, wo ist man dann. Das Ende der Zukunft, eine verstummte Vergangenheit, keine Träume mehr. Wie war das zu begreifen, Sekunden der Schwerelosigkeit, alles unersetzbar, unwiederholbar. Guus und sein Vater, sie schauten. Es stürmte einen Moment, lautlos wehte der Wind über ihren Fluss, die Trauerbuche zitterte, eine Tür schlug zu. Ein Tag, ein Abend: nicht festzuhalten, Stufen zur Ewigkeit. Sonst nichts, sonst niemand. Sprechende Blicke, zwei gehobene Gläser, dazwischen alles. Wie in der Höhlung einer Hand.

»Wohin gehst du?«

»London.«

»Wann?«

»In ein paar Monaten, spätestens.«

»Miete dir ein Klavier.«

Zwischen Öl und Musik, Shell und Chopin.

»Ich begleite dich zum Schiff, von wo fährst du?«

»Hoek van Holland.«

Jetzt lieber nichts mehr. Jetzt nur noch der Abend, das Geschrei um nichts.

»Kommst du heute Abend auch?«

»Nein, mein Zug fährt um neun Uhr, den möchte ich nicht verpassen. Die Hunde sind allein.«

## 5

Muriel fragte, woran er denke. An nichts, an alles. An Guus' Verschwinden. An den Sprung, der sich im Rückblick als der Wendepunkt in seinem Leben und Überleben erwiesen hatte. Die Bandung-Monate, die unmessbaren Tage, an denen sie vom Japs belauert, getreten und gedrillt wurden. Aber großartig waren sie gewesen. Eine Folge von Bildern, ausgelöst durch die Fahrt auf den Wellen des Ozeans, zog an seinem geistigen Auge vorbei, all die Kleinigkeiten, die ihren Bund ausgemacht hatten. Ein unversiegbarer Strom von Geschichten, die Guus ihm erzählt hatte. Muriel hörte zu, behielt dabei die Segel im Auge, bereit zum Wenden, bereit, über Stag zu gehen, bereit, im Notfall den Anker auszuwerfen.

Aber er konnte nicht mehr, er wollte nicht mehr. Lourenço Marques war eine leere Stadt, seine American Bar nur im Sommer besucht. Die Saison war vorbei, die Touristen reisten ab, nach Amerika. Jeden Nachmittag wartete er auf Gäste, die nicht kamen, den ganzen Winter über; ziellose Abende. Ein Arzt, zu dem er gegangen war, hatte nichts gefunden. Die unklare, dumpfe Empfindung, die ihn an den Hunger in Thailand erinnerte, dieses Gefühl, ausgehöhlt zu werden, konnte er dem Arzt nicht beschreiben. Alles erlitten und ertragen, Minen, Hitze, Stockschläge, und ausgerechnet hier fühlte er sich nun krank, matt, aufgelöst! Mit Muriel zu sprechen half zwar, aber nicht genug. In ihren Armen träumte er, dass er fort sei, wieder auf Java, wieder in Holland. Lange dauerte es nicht. Die Nacht milderte seine Niedergeschlagenheit ein wenig, aber das reichte nicht. Wie sollte er Muriel sagen, dass er Lourenço Marques verlassen würde – und sie? Schon seit Wochen wartete er auf den geeigneten Moment. Der kam nicht, die Monate vergingen mit langem Schweigen.

»Wann gehst du fort?«, fragte sie schließlich.

Er hatte gerade die Großschot festgemacht und blickte sich nach dem Hafen in der Ferne um.

Er hatte den Motor laufen lassen, während seine Hand auf der Schulter des Mädchens lag. Im Hintergrund vage Umrisse von Bauernhöfen, über das Land verteilt. Details ihrer Kleider, die Farbe ihrer Haustür, ein Hund, der angelaufen kam und bellte. Der kurze Wortwechsel, sein Unverständnis und ihre entschiedene Zurückweisung. Die Kälte ihrer Wange, die er kurz berührte, ihre Augen mit den dunklen Brauen. Porträt eines verlorenen Lebens, seines Lebens.

»Ohne mich hast du eine Zukunft. Mit mir nur eine Vergangenheit, Krankheit, Unruhe«, sagte er, ohne Muriel anzusehen. Der Frühlingswind erprobte die Segel, Wasser schlug hoch gegen die Bordwand, sie mussten sich anstrengen.

»Ich will die Bar verkaufen und sehen, ob sich in Johannesburg wieder eine Möglichkeit für mich ergibt.«

Die Rückfahrt, Segel gerefft, alles eingeholt. »Besser, du kommst nicht mit, vielleicht besuche ich dich ab und zu. Wir bleiben doch in Verbindung, nicht wahr, Muriel?«

Sie nickte, schaute hinauf, sagte nichts. Es gab keine Worte für diesen Abschied, auf den sie sich schon seit einiger Zeit einzustellen versuchte. Gegen das, was seinen Leib aushöhlte, konnte man nicht ankämpfen, gegen seine Erinnerungen war kein Kraut gewachsen. Sie hatte kein Gegengift, keine Lösung, nicht so viel Mut, dass er für beide gereicht hätte. Sie würde sich schon durchschlagen.

Johannesburg, Joburg. Furchtbare Stadt, gepeinigt von Arbeitslosigkeit. Stadtviertel voller Armut, hohe Wohnblocks ohne Farbe, verwahrlost, trostlose Wüstenei. Schwarze Geisterstädte unter der Diktatur von Minengesellschaften. Seit er fortgegangen war, vor acht Jahren, war Johannesburg zur »Hölle des Nordens« geworden. Er wusste nicht, wohin. Sein alter Bezirk war aus den Fugen geraten und ohne Zentrum. Die Goldmine, in der er gearbeitet hatte, war von Townships umbrandet. Aller Glanz war verschwunden. Wenn in diesem Land überhaupt irgendwo Gold glänzte, dann jedenfalls nicht hier.

Mitleidig schaute das Mädchen in der Zentrale ihn an. Vor acht Jahren hier gearbeitet? Als spräche er von der Eiszeit. Auf eine Stelle kamen zehn Bewerber, er hatte nicht die kleinste Chance. Der Krieg schien sich weiterbewegt zu haben und in den Außenbezirken von Joburg angekommen zu sein. Schweigend ging er hinaus, zerknüllte die Arbeitsbescheinigung, die er extra mitgebracht hatte, und warf sie fort. Er ging durch das Tor, an dem Yoshua jeden Morgen gestanden hatte. Irgendwo in dem Meer von Wellblechhütten dort hinten wohnte vermutlich Yoshuas Mutter; ob sein Vater wohl noch manchmal nach Hause kam? Immer auf Reisen, Söldner des Horizonts. Bei der kurzen Begräbnisfeier hatte er ein paar Worte über Yoshua gesagt, über die Monate, in denen sie gemeinsam unter Tage gearbeitet hatten. Die Mutter war eine gläubige Frau, ganz in den Willen des Allerhöchsten ergeben. Kein Spatz fällt vom Dach, ohne dass Er es will, keines Menschen Tod ist sinnlos, auch Yoshuas nicht. An sinnlosem Sterben hatte bald darauf kein Mangel mehr geherrscht. Große Portionen Lärm, Zerstörung ohne Ende. Chamberlain, Dilettant. Hoppla, sinnschwer taumeln die Millionen ins Grab.

Yoshuas Mutter hatte am Grab gesungen. Bantu-Psalmen, leidenschaftlich, herzzerreißend beinah. Die Liebe, die gequälte Musik, die Mutter, die sich selbst überzeugte. So hatte die Frau auf dem Kai von Durban der *Félix Roussel* das Willkommen gesungen, dem Schiff seiner Rückkehr und endgültigen Entwurzelung. Wie sie damals von Bord gegangen waren, ein Lavastrom der Gefühle und Umarmungen, ein überwältigendes Wiedersehen; es fröstelte ihn, als er all die Soldatenfrauen und -kinder sah, die weinten vor Glück, die es noch nicht glauben konnten. Er stolperte nach Südafrika hinein, mit einem Seesack, einem Koffer und unbestimmten Plänen.

Yoshua und seine Mutter, seine funkensprühenden Schuhe in dem dunklen Stollen vor so vielen Jahren. Yoshua, sein Gehilfe, sein kleiner Lampenträger. Wie sie da tagaus, tagein den Förderkorb betraten, fünfzehnhundert Meter in die Tiefe sausten. Yoshua, der als Erster die Tür öffnete, vor ihm herging, wach und fröhlich. Auf sein Grab hatte er Blumen gelegt, zusammen mit der Streichholzschachtel, die Yoshuas Hand umklammert hatte. »Nie die Streichhölzer verlieren, Boy!« – »Nie nicht, Boss.« Wieselflink und doch zu langsam für eine dumme Explosion, ausgelöst durch den Atem des Ewigen? Seine Mutter sang, aber nicht mit geballter Faust, sie weinte, aber es war keine Anklage.

Das Büromädchen in der Zentrale konnte das nicht wissen, als sie ihn so fortgehen sah, konnte nicht wissen, wer da ging und wie lange schon. Im Grunde war es auch ein irrsinniger Gedanke gewesen, seine frühere Arbeit wiederaufzunehmen. Schon den Geruch dieses Büros hatte er kaum ertragen. Überall, noch in der Verwaltung, roch es nach Mine, nach Unzufriedenheit, nach muffigem Dunkel. Widerwille vermischt mit Melancholie; grimmige Einsamkeit kündigte sich an. Joburg war eine uneinnehmbare Festung geworden. Er behalf sich mit Gelegenheitsarbeiten, immer nur für einen, höchstens zwei Monate. Bei Muriel meldete er sich noch manchmal, bis sie nicht mehr auf seine Briefe reagierte. Kontakt mit Holland hatte er selten. Seine Mutter schrieb ihm Briefe, die er sporadisch beantwortete, seine Brüder schickten sein Schweigen zurück.

Seine Versuche, Guus aufzuspüren, verliefen im Sande. Bei den zuständigen Instanzen war er als »vermisst« gemeldet, »1944, Straße von Formosa«. Hartnäckig las er vermisst als überfällig, vorübergehend verschollen, noch nicht zurückgekehrt. Es waren Fälle von Männern bekannt, die nach Jahren wiederaufgetaucht waren. Irgendwo im Inneren Thailands oder Birmas oder Japans hängen geblieben, in einem Dorf, einer Frau begegnet, und aus diesen Gründen bis auf Weiteres unauffindbar. Soldaten, die lange nach Kriegsende aus dem Urwald kamen und nicht wussten, ob der Krieg überhaupt zu Ende war! Aber Guus? Angespült, wieder gefangen genommen, in ein Lazarett gebracht, befreit? Er hätte sich doch gemeldet, ganz sicher hätte er sich gemeldet. Eine einheimische Frau – er hielt das in Guus' Fall für wenig wahrscheinlich. Sie hatten sich zwar auch von Frauen erzählt, aber diese Geschichten hatten keine große Rolle gespielt. Über das Motorradmädchen hatte er geschwiegen, und Fragen zu seiner Mutter war er ausgewichen. In Bandung, wo er ständig davon geträumt hatte, fortzugehen, nach Hause, zumindest weg von Java. Tanzen im Shanghai Dream, solange es noch ging, mit Mädchen, die von überall her in die Stadt geflohen waren. Das war, bevor er Guus kannte, kurz vor dem Fall Ostindiens. Dieses seltsame

Bandung in der für uneinnehmbar gehaltenen Preanger-Hochebene; voll gestopft mit Flüchtlingen, trieb es steuerlos in einem Pfuhl von Gerüchten. Die Japse waren überall auf Java gelandet und trieben die niederländischen Truppen vor sich her. Kämpfe gab es kaum. Er wusste nicht einmal, ob Guus überhaupt je einen Schuss abgegeben hatte. Er selbst jedenfalls nicht. Man konnte nur abwarten oder in kleinen Gruppen über die Hochebene patrouillieren. Als Feldwebel in einem motorisierten Bataillon hatte er ein Motorrad mit Beiwagen. Die warme Luft streifte seine Wangen, schon früh am Morgen hing Dampf über den Reisfeldern. Auf dem Motorrad empfand er die Anspannung weniger stark, erlebte er eine Art von Freiheit. Sinnlose Freiheit, der Zusammenbruch war greifbar nah.

Guus' Einheit erreichte die Stadt, wie er später erzählte, an einem der letzten Tage. Von Batavia in Marsch gesetzt, um in der Scheinwelt von Bandung zu landen. Wo man auf Festen im Kasino tanzte, wo die Restaurants brechend voll waren. Wenn er nur wieder in London, wenn es nur wieder September 1940 gewesen wäre, in der belagerten Stadt, mit Bomben überzogen, von Bomben angesprungen. Ohne die Untergangsstimmung von Bandung, wo die Bands wie auf der *Titanic* spielten. Wochenlang, Nacht für Nacht, waren die Heinkels gekommen und hatten ihre Feuerbänder durchs Zentrum und über die Hafenanlagen gelegt. »Wir werden an den Küsten kämpfen, wir werden auf den Landungsplätzen kämpfen, wir werden auf den Feldern und in den Straßen kämpfen, wir werden auf den Hügeln kämpfen; wir werden uns niemals ergeben.« Churchill hatte es ihnen eingehämmert, hatte sie weitergetrieben, sie aufrecht gehalten, wo sie sich fallenlassen wollten; Wort um Wort, Zahn um Zahn. Niemand gab auf, niemand schlief, wenn er wach sein sollte. Guus hatte sein Teil beitragen wollen, bei der RAF. »Niemals in der Geschichte menschlicher Konflikte haben so viele so wenigen so viel zu verdanken gehabt« – er wollte zu den wenigen gehören; in eine Spitfire und drauflos. Aber er kam nicht durchs Auswahlverfahren, einen ungeschulten Holländer nahm man lieber nicht. So meldete er sich zur Feuerwehr, einer Armee, die nicht als solche galt. Generäle der Nacht, Oberste des Löschwassers, Soldaten mit Spritzen, Schläuchen und Schaftstiefeln. Niemals haben so wenige so viele Brände gelöscht, so viele Menschen aus Schutt befreit, getröstet, gerettet. Tagsüber schlief er, nachts hetzten sie durch das verdunkelte London zum letzten Einschlag. Da stand er dann mit einem Schlauch in der Hand, aber nicht mehr auf einem Lesetisch, um durchgedrehte Studenten aus dem Club zu spritzen. Mitten in der Nacht mit Helm und schweren Handschuhen vor Feuerwänden. Sie peitschten sich gegenseitig an, jede Nacht ging es schneller, das Ausrollen der Schläuche, das Befestigen an den Hydranten. Die beste Position wählen, Risiken vermindern, Zeitbomben lokalisieren. Seite an Seite mit den Männern aus den Ambulanzen, verwegen, in höllischem Tempo, wortlos.

Und manchmal, *off duty*, ging er zur Curzon Street, Heywood Hill, zu einem tapferen Buchhändler. Ein kleines Kloster voller Bücher auf antiken Tischchen, ein paar stille Menschen, die lasen und schrieben. Totgeglaubte Welt, eine Grotte, die das Meer nicht erreichte, eine Fata Morgana. Ein paar Stufen hinauf, durch die Ladentür, und er war in De Kolkhof, so kam es ihm vor. Sogar einen Hund gab es, der auf der Schwelle lag und über den man stolpern konnte, wenn man wollte. Zerbrechlich wie Pergament, dieses Reich von Lesezeichen, es flüsterte um einen herum. Himmel, hier wurde tatsächlich gelesen und studiert! Nur einen Steinwurf weiter ging so vieles zugrunde, Häuser, Menschen, Tiere; gewiss, aber man darf nichts übertreiben, wir machen weiter, womit wir angefangen haben. Ein Buchhändler handelt mit Büchern. Heywood Hill's Bookshop war offenbar ein Geheimtipp für Süchtige, er sah dort immer dieselben Leute. Man gab Bestellungen auf, holte Bücher ab, suchte in Regalen und hohen Stapeln, die mühsam ihr Gleichgewicht bewahrten. Eine Geheimgesellschaft war es, die sich im Dämmerlicht dieses Ladens versammelte. Heywood Hill, das letzte noch unversehrte Refugium der Fantasie. Vorsichtig ging er an den Büchern entlang, war sich jedes Schritts, jeder Bewegung bewusst. Nahm einen Roman in die Hand, blätterte, sog den Papiergeruch ein. So roch Papier, das war wie früher. Die Bücherschränke seines Vaters rochen so, die Regale in der Universitätsbibliothek; es war der ungebührliche Geruch freier Zeit. Das alles war so weit weg, auch alle Menschen, die er kannte und die ihm etwas bedeuteten, so unendlich klein und eingeschlossen in Räume der Vergangenheit. In seinem Leben war nur Platz für Luftalarm, Schnelligkeit – Brand unter Kontrolle. Außer, wenn er zwischen den Büchern schlafwandelte, wo man vom Krieg nichts spürte. Leuchtende Augenblicke in der Curzon Street.

Nein, Bandung war die Zersetzung, dort tobten gestorbene Hoffnungen sich noch einmal aus, als wären sie lebendig. Nichts lieber wollte man als sich hingeben, nichts lieber als auf der Stelle treten. Die *Titanic*, die Henkersmahlzeit, die Tage des Vabanque. Guus konnte diese Apathie kaum ertragen und hoffte noch auf Widerstand. Jetzt den Dingen nicht ihren Lauf lassen, jetzt nicht kapitulieren – um Gottes willen, Truppen zusammenziehen, umgruppieren, Verteidigung, oder noch besser Angriff. Aber sein schlichter Enthusiasmus stieß auf Müdigkeit und Zynismus und Angst.

Er war dabei gewesen, als der Generalgouverneur von Ostindien, zurückgekehrt von den Kapitulationsverhandlungen mit den Japsen eine Tagereise entfernt, aus seinem Auto stieg. Ein Mann aus einem Buch, eine Figur aus einem Theaterstück. Aristokrat bis zum Tod, furchtlos, ungebrochen. In England sah man sie scharenweise, nach der Schablone einer bestimmten Erziehung gefertigt, er konnte seinen Vater darin erkennen. Die letzten Mohikaner vor dem Ausverkauf ihrer kleinen Weltreiche, vor dem Untergang ihrer Oasen der guten Manieren. Guus hatte gesehen, wie der Generalgouverneur sein Haus betrat, ein wandelnder Marmorblock, seine Diener verneigten sich wie bei einer Wayang-Zeremonie. Es war drei Uhr in der Nacht, 9. März 1942, Niederländisch-Indien hatte aufgehört zu existieren. Guus gehörte zu der kleinen Gruppe, die Mei Ling bewachte, das große Landhaus am Rand von Bandung, in dem der Gouverneur wohnte, seit er Buitenzorg verlassen hatte. Mei Ling mit seinem runden Turm hätte auch gut ein Hotel sein können, wie überhaupt alles in dieser Gegend an Urlaub erinnerte. Die Hitze hing zwischen den Bäumen, auch nachts. Guus konnte sich nur schwer daran gewöhnen. Das stundenlange Wachehalten, Starren ins Nichts, Horchen ins Nichts, es war kein Vergnügen. In der Stadt wurde gesungen, Offiziere im Smoking tranken Whisky in ihren Clubs, ihre Frauen ließen Kristalljuwelen klirren – so viel Unechtes, so viel Sand in den Augen, so viel Betrug. Guus dachte an London, dachte, dass dort schon seit zwei Monaten Schnee lag, wie das Radio berichtete. Was auch geschehen mochte, der Wetterbericht blieb. Das Wetter in Europa, Schnee in London – von diesen ganz alltäglichen Dingen zu hören löste schon Sehnsucht aus. Gänseflug über der IJssel, in nicht befohlener Formation, sie drehten ab, verschwanden im Abendhimmel. Oder eine Gracht, von der roten Sonne beschienen, Schatten, die bis in die Kneipen reichten. Von seinem Vater hatte er nichts mehr gehört, die besetzten Niederlande waren hermetisch abgeriegelt.

Wo er wohnte, wurde viel bombardiert, möglicherweise war De Kolkhof ein Ziel. Guus machte sich wenig Illusionen. Bestimmt hatten die Moffen seinen Vater vor die Tür gesetzt. Seine Gewehre würde er wohl vergraben haben, seine Angeln verliehen. »Was wirst du tun?«, hatte er seinen Vater beim Abschied gefragt. »Meine Jagdberechtigung verlängern«, hatte er lachend geantwortet, »dann darf ich wenigstens zurückschießen.« Zu alt, um fortzugehen, zu jung, um nichts zu tun, aber er würde schon weitersehen, er würde zweifellos weitersehen. Sein Haus, seine Pächter, er wollte alles bewahren, solange es möglich war. »Aber vielleicht behält Chamberlain ja Recht, und wir haben noch einmal Schwein, Guus.«

In der Nacht um Mei Ling war er nur einen Pulsschlag entfernt vom Fall Ostindiens, und trotzdem dachte er an Schnee in London, in der Curzon Street, Schnee auf seiner Feuerwache nahe Hyde Park, auf all den kahlgebombten Stücken Stadt, Straßen, durch die er auf einem roten Wagen gerast war und die einen Tag später unbefahrbar gewesen waren. Das Straßennetz hatte sich jede Nacht, hatte sich stündlich verändert, ein unsichtbarer Kartograf hatte die Routen verlegt und sie durch die Einöde gelotst. Wenn er doch nur dort wäre und nicht hier, summte es in seinem Kopf. Die feuchte Hitze, der man nicht entkam, das monotone Schleifen der Grillen, das Knirschen und Pfeifen der gleichgültigen Natur ringsum versetzten ihn zum ersten Mal in eine düstere, besorgte Stimmung. Von

England nach Niederländisch-Indien, freiwillig zur Kolonialarmee, den Feind aufhalten, diesmal führte sein zielbewusstes Handeln zu nichts. Doch, in die Arme der Japse, die schützenden Arme Nippons, zu Malaria und Typhus, in Lager und Urwald. Es war vorbei. Bandung fiel, kampflos, widerstandslos. »Und wenn ihr in den Schützengräben liegt und die Angst euch packt, dann denkt daran, dass Gott neben euch im Schlamm liegt«, hatte der Feldgeistliche kurz zuvor noch gesagt. Schützengräben? Schlamm? Er wusste offenbar nicht, dass der Erste Weltkrieg vorbei war und dass von Kämpfen keine Rede sein konnte. Erst viel später sollte der Schlamm kommen, in einem anderen Land, unter der unheilvollen Sonne von Thailand, dem Land ohne Gott.

»Name, Dienstrang, Einheit – Geburtsdatum, Adresse, Heimatland« – kurze Fragen stellte der Japs, und wenig später waren sie schon zum Appell angetreten, in der Schlachtordnung der Besiegten. Fußvolk im wahrsten Sinne des Wortes. Stehen, herumlungern, schlendern, schlurfen, stehen, herumlungern, schlendern, schlurfen, holpriger Rhythmus eines Lagertages. Bandung, o Bandung. Der Krieg holte sie doch noch ein, Schritt für Schritt, um nun in ihnen selbst zu wüten; kroch herauf, setzte sich erst im Kreuz fest, dann weiter oben im Rücken, stürzte sich auf Schultern und Nacken. Appell, in der Sonne, die auf sie eintrommelte, Hitzetrichter, Mörder.

# 6

Johannesburg hatte keine Ähnlichkeit mehr mit dem Ort, an dem das große Abenteuer begonnen hatte. Ha, Soldier of Fortune, Soldat des Glücks, Soldat des Reichtums, Soldat des Schicksals, ganz nach Belieben. Soldat vielleicht, aber Glück und Reichtum waren zurückgeblieben und außer Sicht geraten. Soldat des Schicksals, des Verhängnisses, der Notlagen, der vielen Notbehelfe zumindest. Als er auf dem Zug gelegen hatte, gerade einmal sechzehn war er da gewesen, hatte er schon gewusst, dass er eine andere Richtung einschlagen wollte. Seltsamer Drang, das Abteilfenster herunterzukurbeln und hinauszuklettern. Aufregende Freiheit auf dem Dach eines Waggons, der das Weideland durchschnitt. Wild hoch stehendes Haar, tränende Augen, aber sein Körper war leicht. Das enge, genau abgemessene Land, Hecken, so weit das Auge sah, kleine Dörfer und Kirchtürme an einem geschlossenen Horizont. Dort konnte er doch nicht bleiben? Unter ihm war das Rufen seiner Mitreisenden zu hören, Gelächter, sie winkten durchs Abteilfenster zu ihm hinauf.

Die anderen.

Ein Arzt, zu dem er ging, konnte nichts finden, wie in Lourenço Marques. Aber er wusste, dass da etwas war, das Hohle in ihm wuchs weiter, eine nie gekannte Lustlosigkeit hatte von ihm Besitz ergriffen. Nein, alles in Ordnung, Einbildung. Vielleicht stecke ihm ja der Krieg noch ein bisschen in den Knochen? Die Trennung von Familie und Freunden vielleicht? Geschwätz, was wusste denn der Arzt von diesen Dingen. Ein Arzt hatte sich um Magen und Darm und Knochen und böse Säfte zu kümmern. Freunde und Familie. Guus, Muriel, seine Mutter, Yoshua, die Frau in Manila, der Orgelmann, das Motorradmädchen. Sein Vater. All die Schnipsel, sein Gedächtnis kam mit dem Sammeln kaum noch nach. Unendlich viele kleine Meldungen, durchgegeben von einem übergeschnappten Funker. Sein Leben war aus Erinnerungen zusammengeklebt; so war es nicht vorgesehen gewesen, so nicht gedacht, so nicht. Glück und Reichtum hätte das Schicksal für ihn bereit haben sollen! Er war achtunddreißig Jahre alt, ein neues Leben in einer verwandelten Welt stand vor der Tür. Aber es ging, verdammt noch mal, einfach nicht voran; kein Zug mehr, auf dem er triumphierend und berauscht den nächsten Bahnhof erreichen konnte.

Cape Town, er ging nach Kapstadt. Die Stadt, in der er so energiegeladen angekommen war auf seinem Schiff. Die beiden Koffer, die er beim Zoll hatte vorzeigen müssen, besaß er nicht mehr. Alles, was er besaß, war Unsichtbares, das ihn störte. Wieder stand er vor dem kolossalen Bahnhof von Kapstadt, ein weiterer Schritt zurück, und Heimweh würde ihn packen. Aber er tat ihn nicht, Holland war keine Möglichkeit mehr, dort würde er seine Mutter wiedersehen, und was dann, wie weiter. Er konnte da nicht hin. Die Zeit wieder aufspulen, gegen den Strom zurück, ins Abteil, Fenster zukurbeln, Krähe wieder in den Baum setzen, dem Orgelmann aus dem Weg gehen?

Der Orgelmann, was mochte aus ihm geworden sein. Die Frage kam ihm in den Sinn, als er den langen Weg zum Hafen von Kapstadt ging. Wenn es irgendwo Arbeit gab, dann dort. Er kam an dem Ehrenmal vorbei, nicht weit von den Kais, auf denen sich die künftigen Gefallenen nach Europa eingeschifft hatten. Ein in Eisen gegossener Mann, Gewehr im Anschlag, feuerbereit, zum Sterben bereit. Du anonymer Mann mit deinen anonymen Gedanken und deiner anonymen Jugend. Er verlangsamte seinen Schritt nicht, aber er sah das Denkmal und wie unwahrhaftig es war. Wahn eines daheimgebliebenen Bildhauers. Nie hatte es ein solches Triumphieren gegeben, nie diese Bereitschaft, dieses freudige Erwarten des nahenden Feindes. Ich greife an, wer folgt mir? Wohl eher: Ich folge, greif mich nicht an. Der kleine Bildhauer hatte den Krieg nie erlebt, keinen Urwald gesehen, nie bei Bombenangriffen Deckung gesucht, kein Lager überlebt, kein torpediertes Schiff, keine Wellen.

Was wohl der Orgelmann im Krieg getrieben hatte, fragte er sich. Der kannte den Dschungel doch auch in- und auswendig, lebte tief im Inneren Gabuns. Ob er seinen Gott noch liebte, und seine Dorfbewohner? Hinausgeschleudert aus Zeit und Raum und aufgeschlagen am Ufer eines schmutzigen Flusses mitten in Afrika; ob er noch atmete und auf seiner Tretorgel spielte, zwischen den Lianen? Was hatte dieser Mann nur an sich gehabt, das ihn so angezogen hatte an jenem Abend in Honk? Als er über den Kai ging und den Ozean roch, saß er wieder in dem Zimmer mit seinem Vater und dem Fremden. Eine Wohltat, ein Windstoß in der Provinzstadt, in der sein Vater das Sagen hatte und in der es sonst niemals wehte. Damals musste ausgebrütet worden sein, was ihn hierhin gebracht hatte. Frühjahrskaminfeuer, im Hintergrund klappte der Geiger seinen Violinkasten zu, Geräusch wie eine Scherbe in der Stille. Von Gott war nicht die Rede, Afrika lag weit offen zwischen ihnen. Schweitzer, Einzelgänger, verdrehter Soldat, einsamer Maniac. Es war dunkel geworden in Honk, sie hatten sich fast nicht mehr sehen können, die Stehlampen gaben kaum Licht, aber das Auge seines Vaters hatte geglänzt. Die Worte von damals hatten an Bedeutung verloren. Was ihm im Gedächtnis geblieben war, waren Fetzen, Ungreifbares. Akkorde, der Händedruck des Orgelmanns, einzelne Fragmente der Geschichte von einem dunklen Atlantis. Und dass er den Mann sehr bewunderte, außergewöhnlich bewunderte, ohne zu wissen, warum. Vielleicht allein schon, weil er seinem Vater gewachsen war? Zusammenstoß zweier kleiner Königreiche, ein Sich-Erproben, der Ton heimlicher Wertschätzung. An jenem Abend hatte er sich endgültig für ein anderes Leben entschieden, wilder, spannender, mit vollem Einsatz. Der Fremde setzte sich gegen seinen Vater durch, gegen seine Mutter sogar. Er sah noch die Umrisse vor sich, hörte noch die Geräusche aus der Küche, er verschwand, er hatte den Mann nicht mehr wiedergesehen, seine Erinnerung endete hier.

Die Schiffe, an denen er vorbeikam, sahen seelenlos aus, der Drang zu fahren hatte ihn verlassen. Ungestrichenes Eisen an dicken Tauen, der Anblick ärgerte ihn fast. Ziellos ging er weiter, redete sich ein, dass er Arbeit suchte. Es spukte in seinen Knochen, etwas stimmte nicht mit ihm, er würde zu keinem Arzt mehr gehen. Aber am Wasser wollte er noch sein, immer suchte er den Hafen, nicht um wegzufahren, nicht um anzukommen, sondern weil man dort in einem Grenzgebiet war, nirgendwo hingehörte, schwebte. Rand der Stadt, Rand des Landes, das Meer als schemenhafte Hand, die er nicht ergriff. Häfen und Schiffe hatte es in seinem Leben gegeben, solange er zurückdenken konnte. Das kleine Kanu mit dem exotischen Namen, labiles Gleichgewicht zwischen zwei Paddeln, unmessbar weit entfernt von der *Félix Roussel* oder der *Alcantara* oder der *Bungo Maru* oder der *Tegelberg* oder der *Cape Town*. Er war dabei gewesen, wenn sie angelegt hatten, wenn sie vertäut wurden, wenn man ihnen zum Abschied nachgewunken hatte. So viele Meere, so viele Möwen im Kielwasser, so oft von Bord gegangen. Sein Vater hatte den Krieg wenigstens nicht mehr erleben müssen, aber er hatte ja schon einen Krieg gehabt. Sein kleiner Vater, Offizier der niederländischen Kolonialarmee tief im Inneren von Aceh. Ein paar Träger, zehn Gewehre mit Bajonett, ein Auftrag.

Einmal hatte er in einer Schreibtischschublade seines Vaters ein Notizheft gefunden, hauchdünn mit einer schwarzen Lackschicht auf dem Umschlag. Das Geheimnisvolle dieses Schreibtischs, die reglosen Dinge darauf und darin, galante Bruchstückchen aus einer vergangenen Epoche. Eingegraben in sein Gedächtnis war der Nachmittag, an dem er durchs Arbeitszimmer seines Vaters gestreift war und sich an den Schreibtisch gesetzt hatte. Es war niemand zu Hause, seine Brüder waren auf dem Eis, sein Vater im Amt, seine Mutter ausgegangen. Jeder war irgendwo, tat etwas Bestimmtes, alles rührte sich und wirkte, das Leben war eine Maschinerie, die einen erfasste, es bewegte sich unbeirrbar in eine Richtung, man schien sich nicht dagegen wehren zu können. Kirchenuhren schlugen die Stunde, er hörte das Geschrei von Kindern bei einer Schneeballschlacht, sah den Schnee auf dem Haus gegenüber. Ein bleigrauer Nachmittag, die Zimmer ohne Licht, das Holz der Möbel glanzlos. Er saß dort im leeren Raum, fühlte sich verloren im Reich seines Vaters, in dem die Sonne nicht unterging. Ein Junge war er, fünfzehn, sechzehn Jahre alt. Wenig später sollte der Sturm losbrechen, der sich nicht mehr gelegt hatte. Aber jetzt empfand er noch die Magie, die Anziehungskraft seines Vaters, des Offiziers, des Einäugigen, des Draufgängers. Zerstreut öffnete und schloss er eine Schublade nach der anderen. Stille um ihn herum, das Licht wie schmutziger Marmor; Unbehagen beschlich ihn, weil er sich ohne Erlaubnis in den persönlichen Bereich seines Vaters hineindrängte. Sich an den Schreibtisch setzte, an dem er ihn immer schreiben sah, Reden, Amtliches, Briefe. Die Hieroglyphen dieses Lebens, das Löschblatt, das Tintenglas, die sorgfältig gespitzten Bleistifte in einem speziell dafür entworfenen Kästchen, das glatte, schwarze Telefon. In der untersten Schublade, unter vergilbten Papieren, fand er das Heft. Er schlug es auf und erkannte sofort die Handschrift, niemand auf der Welt schrieb schöner. Ein Heft mit gerade einmal acht Blättern, einige leer, ein paar beschrieben. Sollte er sie lesen?

Der Hafen von Kapstadt, was wollte er dort eigentlich? Zurück in der Zeit, fort von dem Wasser, das ihn an den Ozean erinnerte, an Guus, an die Totenjahre. Lieber noch einmal in den lange vergangenen Nachmittag eintauchen, diese Stunde, die etwas von der Schmuddeligkeit des Schnees auf der Straße hatte, von vielleicht bald einsetzendem Tauwetter, Stunde der Unentschlossenheit. Die plötzliche, unerwartete Entdeckung, die Überraschung, als er anfing zu lesen. Mit Bleistift geschrieben: »Donnerstag – 5 Uhr – von allen Seiten angegriffen. Wenig Aussicht, uns zu halten. Grüßt meine Mutter und meinen Bruder« – und dann der Name seines Vaters, nur der Nachname. Na bitte, so war er! Einer, der in der größten Gefahr ruhig in sein lädiertes Heftchen schrieb, dass er wahrscheinlich fallen werde. Schüsse, Geschrei, überall Hinterhalte in unbekanntem Gelände. Sich nicht »halten« zu können, bedeutete: gehäutet zu werden, auf einen Pfahl gespießt, erwürgt. Grüßt meine Mutter – Mutter in Großbuchstaben. Grüße aus Aceh, Gruß aus den schon dunklen Wäldern, Gruß von einem verlorenen Posten; Rücken an Rücken die Gewehre geladen, aus vollen Patronentaschen. Wie waren sie davongekommen, wie hatten sie »sich gehalten«?

Er las die Seite davor: »Haben nach Klewang-Angriff am Dienstag (2 Tote, 8 Verwundete) wegen Ausfall von Trägern hier haltmachen müssen.« Vor dem Angriff am Donnerstag saßen sie also schon zwei Tage in der Falle. Träger tot, mit all ihren Verwundeten konnten sie natürlich nicht entkommen. Klewang-Angriff, ganz nüchterne Feststellung, mit sicherer Hand quer über die Seite geschrieben, auf dem Schoß vermutlich, während das Gewehr neben dem Knie lag. Logbuch der letzten Minuten. Und dann, auf der dritten Seite: »4. Brigade halb vier zurück« – mehr nicht. Halb vier zurück, die Hälfte der Männer tot oder verwundet, Angst besiegt, Fluchtweg gefunden, von Entsatztruppen herausgeholt? Kein Wort darüber, keine Klagen, keine Empfindlichkeiten, keine Zeitverschwendung. Wir werden wohl draufgehen, der Tod ist nicht mehr weit, wenig Aussicht, uns zu halten, grüßt Mutter. Und dann wie nebenbei: 4. Brigade halb vier zurück. Wild waren seine Empfindungen, wild seine Gedanken. Das schwarze Heft steckte er schnell wieder zurück, als wäre er etwas Verbotenem auf die Spur gekommen. Wie ein Archäologe legte er alles an den Platz, an dem es gelegen hatte, und schloss die Schublade. Sah das

Heftchen danach nie mehr, sprach nie davon; er war der Willenskraft seines Vaters begegnet, in einem unansehnlichen Versteck in dessen Büro.

Bis gegen Abend blieb er in der Gegend um den Hafen. Fragte bei ein, zwei Reedereien nach Arbeit. Mittlerweile war er bereit, alles zu nehmen, solange er nicht in den Laderaum eines Schiffes musste. Von Muriel hatte er nun schon seit Monaten nichts mehr gehört. Es kam ihm so vor, als wäre er seit seinem Weggang aus Lourenço Marques im freien Fall. Etwas zog ihn abwärts, seine Erinnerungen hatten jetzt die Schwere von Basalt. Muriel war ein Plateau auf dem Weg bergab gewesen. Überraschend war sie in seine American Bar gekommen. Sie, Muriel, war durch die Nacht gefahren, um zu ihm zu kommen, nicht umgekehrt. Sie war durch die eiskalte Polderlandschaft zu ihm gerast, mit Augen voller Tränen und halb erfrorenen Händen. Das war natürlich nicht wörtlich zu nehmen, man musste eiskalt durch feuchtwarm ersetzen und Polder durch afrikanische Felder, und Ort und Zeit und Stimmung verändern. Alles verschwinden lassen, sich auflösen, sich häuten. Die Haut abziehen, die Narben beseitigen. Wie sehr hatte er sich offenbar danach gesehnt, dass eine Frau ihn abholen würde, wie hatte er davon geträumt, dass sein Leben in andere Hände übergehen würde. Als sie dort in seiner Bar stand, wünschte er sich so sehr, dass sie diese Frau wäre. Muriel hatte ihn noch nicht einmal bemerkt, er hielt schon ihre Hand, bevor ihre Augen sich an das Halbdunkel gewöhnt hatten. Und sie hatte sich nicht umgedreht und ihn auf seinem Motorrad zurückgelassen, in einer Kälte, die nie mehr enden sollte. Muriel war der Gegenpol des Motorradmädchens, das mehr zu seiner Entwurzelung beigetragen hatte, als er sich eingestehen wollte. Ihre Zurückweisung damals hatte ihn gelähmt. Zuerst war er einfach stehen geblieben, seine Hände hatten sich um die Lenkergriffe des Motorrads gekrampft. Es stimmte gar nicht, dass er sofort gewendet hatte und zurückgefahren war, wie in der zurechtgeschminkten, verzerrten Erinnerung, die später in seinem Gedächtnis hängen blieb. Er hatte ihr noch nachgerufen, als sie wegging, ins Haus zurück. Sie hatte den Kopf geschüttelt, »Wiedersehn, Rob«, Tür zu. Vorhang; die nachschwingenden Teile des Bühnenvorhangs, die Stille vor dem Applaus, angehaltener Atem. Er wusste nicht mehr, wie lange er gewartet hatte in der Hoffnung, dass sie wieder herauskommen würde. Zehn Minuten, eine halbe Stunde; der Wind, der über die Polder fegte, ging durch ihn hindurch. Das war die Grundierung für alles Weitere gewesen. Die Flucht. Die rasende Fahrt zurück war die letzte gewesen, die ihn zu seinen Eltern führte, danach ging es mit Höchstgeschwindigkeit von ihnen fort.

Auch wenn Muriel seine Briefe nicht beantwortete, er fand es schön, ihr zu schreiben, und im Grunde erwartete er keine Antwort. Es war, wie Flaschenpost ins Meer zu werfen. Seine Müdigkeit, gegen die er nicht ankam, wurde stärker. Immer öfter verbummelte er die

Tage am Hafen. Arbeit gab es nirgends, nichts Passendes, Laderäume säubern wollte er nicht. Für einen ehemaligen Bergarbeiter war ein Laderaum ja nicht tief. Aber er würde Guus dort begegnen, den Alarm der *Bungo Maru* hören, sobald er mit einer Reinigungskolonne hinabsteigen würde. Er war zu einer offenen Wunde geworden, einem Schlachtfeld von Erinnerungen.

Dass sie es damals geschafft hatten, aus dem Bauch des Schiffs hinauszukommen, war reines Glück gewesen. Eine Treppe hinauf, ringsum Hunderte von Männern in panischer Flucht ins Freie. Guus und er dicht beieinander in einem Ring von Ellbogen. Schweigend kämpften sie sich durch das Unheil verkündende Brüllen, unter ihnen, über ihnen. Guus voran, sein weißes Haar wie eine Leuchte im Dunkeln. »Gleich weiter zur Reling, nicht warten, nicht zu lange nach unten schauen, springen!«, hatte er Guus zugerufen. Immer wieder mussten sie anhalten, eingekeilt, scheinbar auf weniger als Körperbreite zusammengedrückt. Enge Gänge ohne Beleuchtung, in Serpentinen ging es aufwärts, ein endloses Schieben und Stoßen. Türen von Kajüten standen offen, durch Bullaugen sah er graues Wasser, die Sonne war noch nicht aufgegangen. Die Wehen des Schiffs hatten begonnen. Endlich kamen sie wie von selbst ins Freie, nach oben gepresst, weil der Schiffsraum unter ihnen volllief. Wegen der Schlagseite rutschten sie schnell an den Rand des Decks, konnten sich kaum aufrecht halten. Die Rettungsboote waren zu

Wasser gelassen, die Japse ruderten schon weg, schwammen nicht gern. Das war eher etwas für die arroganten Kerle aus dem Westen. Wenn die unbedingt am Leben bleiben wollten: Schnappt euch Planken, macht euch ein Floß, zieht die Hemden aus und segelt. Später würde man dann sehen, wer und was noch übrig war für ihren Kaiser. Die furchtbare Schnelligkeit, mit der alles vor sich gegangen war, wie in einem einzigen Augenblick. Ein Schwungradeffekt, die Zeit explodierte. Ein mechanischer Vorgang, so erlebte er es, als würde es ihn nicht betreffen, und eins griff ins andere, nie gab es einen Moment des Zögerns. Wer zögerte, war verloren, wer nachdachte, abgeschrieben. Jeder Schritt erfolgte fast zwangsläufig. Sie hatten es bis zur Reling geschafft, hielten sich mit rudernden Armen im Gleichgewicht. Ein letztes Mal wurde der gnadenlose Ablauf unterbrochen. Kurz bevor sie sprangen, sah Guus einen Hund, der über das Deck rutschte. Er hielt ihn fest, sagte etwas zu ihm, versuchte ihn zu beruhigen. Als läge das Tier zu Hause auf der Schwelle der Waschküche, so beugte sich Guus über den Hund und strich ihm über die Ohren. Und ließ ihn wieder los. Sie sahen, wie er weitertaumelte, an eine Wand stieß und schließlich aus ihrem Blickfeld verschwand. Der Hund eines Japaners, eines Bootsmanns, der ihn schon viele Jahre auf See mitgenommen hatte. »Spring, Guus, spring!« Der Moment war da. Dann kam nichts mehr.

Tagelang war er auf den Kais unterwegs, saß herum, sein Kopf war zum Bersten voll, sein Leib leer wie damals am Kwai. Fast fünfzehn Jahre schon unterwegs, um nirgends anzukommen. Söldner des Horizonts hatte er Yoshuas Vater in Gedanken genannt. Das war er selbst im Grunde auch. Nur dass das Geld, um das es dem Söldner geht, zum Problem wurde. Er lebte von einer Entschädigung für ehemalige Kriegsgefangene, die er mit größter Mühe ergattert und bei einer Bank eingezahlt hatte. Den demütigenden Kampf um dieses Geld hätte er am liebsten vergessen. Er hatte nachweisen müssen, dass er Zwangsarbeit am Kwai geleistet hatte, dass sein Schiff torpediert, dass er in Japan aus einem Lager befreit worden war. Hatte Papiere aus den Eingeweiden der Bürokratie gefischt. Sogar die Japse mussten dafür ihre Lagerakten durchsuchen. Mitten in dem verdammten Dschungel hatten sie jeden Mann gezählt, beschrieben, verewigt. Hatten ihren Papierkram genauso tadellos in Ordnung gehalten wie ihre Verbündeten. Moffen mit gelber Haut, dienernde Deutsche, in Bangkok wurden die Bleistifte ebenso sorgfältig gespitzt wie in Berlin. Administrieren als stille Variante des Marschierens. Bürohengste an den entscheidenden Punkten des Schlachtfelds, alles kontrollieren sie, niemand kann ihnen entkommen. Aufgeschrieben zu sein, unauslöschlich, allem entwischt, nur nicht der Macht der Schreibtische. Eiskalt, in einer feindlichen Keilschrift stand sein Name auf dem Papier, überzeugender Beweis seiner Anwesenheit, damals, vor langer Zeit, einen Kontinent weiter. Sein Name, entkleidet bis auf ein paar Stäbchen, Stege, Flecken: in

Thailand aufgemalt von einem kleinen Soldaten, einem Jungen noch, einer Maschine, die ihre Pflicht zu tun glaubte. Er erinnerte sich an den Nachmittag, an dem man ihn beschrieben und befragt hatte: Den Namen seiner Mutter hatte er nennen müssen, den Namen seines Vaters; wo und wann geboren, welche Einheit, wo kapituliert, welcher Beruf, bevor er Soldat geworden war... All das stand da noch. Er hatte die Papiere dem »von der niederländischen Regierung bevollmächtigten Beamten« in Südafrika übergeben. Was darin aufgezeichnet war, war die rücksichtslose Verneinung seiner Kriegserlebnisse, kein Wort bot Halt, die zu Papier gebrachten Fakten bedeuteten nichts, hatten keine Geschichte zu erzählen, waren seelenlos. Erfüllten aber ihren Zweck. Denn nach fünf Jahren bekam er dann doch noch seinen Soldatenlohn, auf den Tag genau abgezählt: In Gefangenschaft geraten dann und dann, befreit da und dort, Sold pro Jahr soundsoviel, abhandengekommener Besitz dies und das, zusammen siebentausend Gulden, siebentausendeinhundertfünfundsechzig, um genau zu sein. Trostlose Berechnung, trostlose Auszahlung, eine Weile konnte er davon leben, aber wie lange, und wofür eigentlich.

Zurück in die kahlen Zimmer in der Clifton Street, wo die Leere sich staute und die schleichende Vernachlässigung. Jeden Morgen ging er, kehrte jeden Abend mit der Dämmerung zurück, wenn das letzte Sonnenlicht hoch oben auf dem Bergkamm lag – stetiger Geländeverlust. In den militärischen Instruktionen seines Vaters stand der schönste je von einem Soldaten geschriebene Satz: »Ständiges Haltmachen ist stetigem Geländegewinn nicht förderlich.« Er wurde in der Familie bei jeder passenden und unpassenden Gelegenheit zitiert: wenn Brüder bei einer Radtour zurückblieben, Mutter vor einem Schaufenster stehen blieb – »Ständiges Haltmachen ...« Alles bewahrte dieser Kopf ohne Richtung und Ziel, alles zog mit ihm, wohin er auch ging. In die Clifton Street 22 oder nach Gang Coorde 10 in Bandung, ganz egal wohin: bis oben hin voll mit unersetzlichen Gefühlen, nutzlosen Erinnerungen, Gedanken ohne Zusammenhang.

In Joburg, wo er zwischen Nacht und Dunkelheit gelebt hatte, da er tagsüber unter Tage war, in Joburg waren seine Zimmer genauso kahl gewesen wie hier in Kapstadt. Auch damals schon hatte er sich nicht wohnlich einrichten wollen, weil er fürchtete, unerbittlich an seine Eltern erinnert zu werden. Dabei hatte er als Bergarbeiter bald genug verdient, um sich alles mögliche kaufen zu können, kleine Bilder, Lampen, einen Schreibtisch. Er tat es nicht. Was er in den Läden sah, fand er hässlich, und wenn er einmal etwas Schönes fand, ging er schnell weiter. Das holländische Haus, Honk, musste unbedingt verschwinden, unsichtbar bleiben. Auf keinen Fall durfte irgendetwas seinem früheren Zuhause ähneln, dem Vornehmen, Geordneten. Eingang verriegelt, Möbel mit Tüchern abgedeckt, Absperrseile vor den Stühlen – ein Museum, ein Lagerraum für eine verbotene Vergangenheit. Auftauchen aus der Tiefe der Mine, dann durch die dämmrige Stadt, in seine Stammkneipe in der Rissik Street. Fortgeweht, losgerissen von dem kleinen Offizier und von seiner Mutter, seiner unwirklich lieben Mutter, die nicht aufhörte, ihm zu schreiben, Flaschen voller Nachrichten auf den Wellen vor dem Kap der Guten Hoffnung.

»He, Dutchman, komm mit zu den Hunderennen, da verdienst du mehr als in deinen Drecksminen« – und er ging hin. Mit Tausenden auf wackligen Tribünen in einem Orkan von Geschrei. Einige Monate ging er zu den Rennen, bis er eines Tages einen hohen Betrag verlor und sofort aufhörte. Das Wetten lag ihm, sein ganzer Lebenslauf war der eines Spielers, aber damals musste er unbedingt sein Geld zusammenhalten.

In der Clifton Street dachte er an seine Joburg-Jahre zurück, in der Leere seiner Zimmer, wo er Aussicht auf eine allzu lebhafte Straße und ferne Berge hatte und den Ozean spürte, auch wenn er ihn von dort aus nicht sehen konnte. Langsam, aber sicher wurde er von diesem Kontinent gedrängt. Fünf Jahre hatte er an der Goldmine Halt gefunden, an Joburg, am Lebensstil einer Booming City. Bis der Krieg ausbrach und er sich mit einem Seufzer der Erleichterung zur Armee meldete. Ja, tatsächlich, mit dem Gefühl, erhoben zu werden und aufgehoben zu sein in einer neuen Ordnung, war er in den Krieg gezogen. Freiwilliger, gut gelaunt auf dem Weg zu einem gewaltigen Theater. Aber er wollte nie mehr nur Zuschauer sein. In Joburg war er noch nicht aus alten Bindungen gelöst, war er noch der

Fremde, der Dutchman gewesen. Der Krieg sollte ihm helfen, alles abzustreifen, sein Heimweh, seine Herkunft, sein Zuhause. Auf den Kahlschlag, die vollständige Auflösung schließlich war er nicht gefasst gewesen. Nicht auf den Kwai, auf Japan, auf die Vernichtung.

Die langen Abende in der Clifton Street. Kapstadt 1950, gezeichnet von der Apartheid. Er wusste inzwischen sehr gut, was Apartheid war, was es bedeutete, abseits zu stehen, auf der falschen Seite der Welt. Arbeitslos, krank, herausgebrochen aus seiner Vergangenheit und doch immer und überall im Kampf mit ihr. Aufmärsche in den Straßen von Kapstadt, Demonstrationen, Prügelorgien der Polizei – es waren bald nur noch verschwommene Flecken vor seinen starrenden Augen. Stundenlang saß er am Fenster und schaute in die erbarmungslose Sonne. Schon morgens begann ihm sein Tag aus den Händen zu gleiten, es fehlte ihm an Zeitgefühl. Er lebte wie vom Zufall gesteuert, hatte den Rhythmus verloren, der ihn so viele Jahre in Bewegung gehalten hatte. In den Stollen der Mine und in den Lagern hatte es den schützenden Zwang einer unsichtbaren Uhr gegeben. Die erste Schicht unter Tage, die krachenden Türen des Förderkorbs, das verhasste Gebrüll der Japse, die eiserne Disziplin des Appells. Das alles hatte sonderbarerweise auch Halt geboten, die erbarmungslosen Rituale hatten ihn in eine Form gegossen. Und auch seine American Bar und Muriel hatten seinen Tagen ein Tempo vorgegeben. Jetzt konnte er einfach nicht mehr. Blei in den Knochen, oder

Schlimmeres als Blei. Kein Arzt konnte dagegen etwas tun.

Es kam der Tag, an dem er bei einer Firma vorsprach, die Enzyklopädien vertrieb. Er hatte ein Schild an einer Hauswand gesehen: »Vertreter gesucht«. Damit war der Tiefpunkt erreicht. Lexika verkaufen zu müssen war ein untrügliches Zeichen des Scheiterns. »Clark Gable am Rhein«, wer war es noch, der ihn einmal so genannt hatte? Ein Mädchen von seiner Schule, mit dem er einen ganzen Abend getanzt und sich prompt auch zum Scherz verlobt hatte. Alles konnte er, alle blickten erwartungsvoll auf ihn, alles war möglich, die Freiheit selbst rollte den roten Teppich vor ihm aus. Und nun das: ein heruntergekommenes Gebäude, ein Lager voller Kartons mit Enzyklopädien. Verkauf auf Provisionsbasis. Ohne Verkauf kein Verdienst. Man wolle es einen Monat mit ihm versuchen. Ob er eine Krawatte habe, und ein Jackett und einen Hut. Tadelloses Auftreten sei Voraussetzung, der Verlag erwarte ordentliche, korrekt gekleidete Vertreter. Es war schlimmer als in der Mine. Häuser abklappern, mein Gott, klingeln. Der erste Blick der Frau oder des Mannes in der Tür entschied alles. Clark Gable, wo waren seine Augen, wie hatte er noch gelächelt. Nach einer Woche hatte er genau eine Ausgabe verkauft, und die auch noch an einen Holländer, der vermutlich Mitleid mit seinem früheren Landsmann gehabt hatte. Die Welt in einem Karton, das gesamte Wissen von ein paar Eichhörnchen zusammengekratzt und verkaufsfertig verpackt. Er schleppte den Karton mit fünfundzwanzig Bänden treppauf und treppab. In einem klapprigen Auto, das der Verlag zur Verfügung gestellt hatte, fuhr er kreuz und quer durch Kapstadt, und allmählich wurde ihm klar, dass dies sein letzter Broterwerb war. Bis hierhin und nicht weiter. Der Ausverkauf seines Lächelns, der Verfall seines Charmes: Gnädige Frau, da haben Sie das ganze Universum griffbereit, bald kann hier bei Ihnen ein unversiegbarer Quell des Wissens sprudeln. Sechs Tage durch die Stadt, sechs Tage durch eine geteilte, verformte Stadt, in der Schwarz und Weiß sich nicht berührten, es sei denn, dass ein Weißer einen Schwarzen anhielt, um ihn zu kontrollieren. Auf der *Félix Roussel*, zwei Decks tiefer, hatte er sie gesehen, wie sie an der Reling standen, gestikulierten oder aufs Wasser starrten. Manchmal hatten sie gesungen, mit Stimmen, so schwarz wie ihre Haut. Schwarz und durch den geheimnisvollen Ratschluss der Schifffahrtsgesellschaft zusammengebracht. Ordnung muss sein, Schwarz zu Schwarz, Weiß zu Weiß, mit dem Unterschied, dass Weiß Erste Klasse fuhr, mit Dreigängemenü und Tanzfläche. Zugefallene Überlegenheit, die Arche Noah nach Rasse und Farbe aufgeteilt, dazwischen waren alle Schotten dicht; so fuhren sie übers Meer. Warum schlug niemand Krach deswegen? Niemand schrie, dass sie ja wohl alle verrückt geworden wären, niemand rüttelte die anderen wach. In ihren Liegestühlen auf dem obersten und besten Deck träumten sie vor sich hin, schauten nach den Möwen hinter dem Schiff, den Gischtbahnen, die es durchs Wasser zog. Der Krieg war vorbei, der Terror vergessen, dachten sie.

Die Fahrten durch Kapstadt waren Fahrten über ein Schachbrett. Schwarze und weiße Quadrate, eine Stadt der Bauern, Läufer und Türme. Nach einer Woche klingelte er noch einmal bei denen, die über das Angebot hatten nachdenken wollen. Ihre Adressen hatte er auf ein paar Zetteln in seiner Innentasche. Einer nach dem anderen sagte ab. Sie hätten es besprochen, es sei gewiss verlockend, und die Bände seien wunderschön, trotzdem… Am Ende der Woche hatte er die gesammelten Namen abgehakt. Alle Referenzen fort, zerrissen, ins Wasser geworfen. Ein Name war noch übrig: Batson, Edward Batson. Eine Frau hatte aufgemacht und gesagt, ihr Mann würde vielleicht… Er klingelte. Die Tür wurde geöffnet. Guus! Die Ähnlichkeit traf ihn wie ein Schlag. Ein paar Sekunden lang stand im Schatten dieser Tür sein Freund. Aber er war es nicht, natürlich war er es nicht. Als ob er hier angespült worden sein könnte, in einem gepflegten Außenbezirk von Kapstadt. Ein Mann mit in der Mitte gescheiteltem, fast weißem Haar, Tweedjackett mit Lederflicken auf den Ellbogen, Kricketfan vermutlich, Akademiker, jemand, der eine neue Enzyklopädie gebrauchen konnte. Müde und verwirrt erklärte er, was er anzubieten hatte. Dieser verdammte Guus, der ihn immer wieder überfiel, ihm auch noch hierhin folgte, wo er eine letzte Chance hatte, etwas zu verdienen.

»Kommen Sie herein.«

Batson ging ins Arbeitszimmer voraus und zeigte auf einen der Bücherschränke.

»Die Ausgabe von 35. Ich könnte eine neue gebrauchen, seit damals wurde ja das Unterste zuoberst gekehrt in der Welt. Für wie viel nehmen Sie diese in Zahlung, wenn ich die von 1950 bei Ihnen bestelle?«

Darauf war er nicht vorbereitet, er hatte keine Anweisungen für einen Umtausch. Guus hätte den Mann ohne Weiteres zu nehmen gewusst, er nicht mehr. Guus hätte einen der Bände aus dem Schrank genommen und eine Frage zu dem schönen Gemälde an der Wand gestellt, »ein François Krige, wie ich sehe?« Er wollte das Zimmer nicht sehen, in dem er stand. Er erkannte etwas wieder, roch etwas; etwas nagelte ihn fest, lähmte ihn. Der Schreibtisch, die Vorhänge, der Teppich und vieles andere in diesem Raum – wenn er es sah, spürte er einen Schmerz, den er jetzt nicht auch noch ertragen konnte. Er wartete ab, wollte so schnell wie möglich fort. Dann eben kein Lexikon verkauft. In Zahlung nehmen, er wusste nicht, ob das überhaupt ging, er würde erst nachfragen müssen. Guus wäre es nicht schwer gefallen, eine Lösung zu finden. Natürlich, das würde man schon regeln. Kricketspieler unter sich, how's that.

Schließlich kamen sie doch noch zu einer Einigung. Er werde die Enzyklopädie liefern, wenn er die alte in Zahlung nehmen dürfe, das müsse die Geschäftsführung entscheiden; aber es wird sicher gehen, Herr Batson. Einer mit so einem Namen musste Kricket spielen können. Newlands Cricket Club mit Aussicht auf den Tafelberg, er hatte sie im Schatten der langen Eichenreihe sitzen sehen, die weißen Männer und Frauen, und auf der anderen Seite des Spielfelds die Schwarzen, direkt vor dem kleinen Bahnhof. Das träge Spiel der Teams in makellosem Weiß, der unerträglich langsame Applaus für einen Ball, der mit der Geschwindigkeit dieses Beifallklatschens übers Spielfeld rollte. Neujahrsmatch zwischen Kapstadt und Transvaal, es war der 2. Januar 1950, man stand am Vorabend eines neuen Krieges, Weiß gegen Schwarz, eins zu null. How's that.

»Sind Sie Niederländer?« Batson musterte ihn mit vorsichtigem Interesse. Offenbar würde er immer Dutchman bleiben.

»Gewesen«, antwortete er schroff. Guus hätte »ja« gesagt und auf seinen Freund gezeigt: »Und er auch.«

»Meine Mutter war Holländerin.«

Im selben Augenblick verstand er seine Unruhe in diesem Zimmer. Es sah holländisch aus, holländische Erbstücke standen hier, holländische Gewächse sozusagen.

Seine Mutter auch, seine Mutter immer noch, noch gar nicht so alt, nicht zu alt für ein Wiedersehen. Auch meine Mutter ist Holländerin, Herr Batson, und sie wohnt in gemieteten Zimmern und muss immer wieder umziehen, und ihr Mann ist schon vor dem Krieg gestorben, und sie hat einen Sohn, der vom Weg abgekommen ist. How's that, Herr Batson? Ich kenne euresgleichen. Spielt Kricket, dass es eine Lust ist. Bitte sehr. Spielt euch nur die Bälle zu, ihr wandelnden Bowler. Schlagt zu, kreidet die Linien, wie es euch gefällt. Hüpft und rennt, solange ihr könnt, lauft, fangt, schlagt ab, erzielt eure Wickets und punktet. Langsamer Applaus, immer sachte voran. Die Schwarzen am Spielfeldrand schweigen, gehen zurück zu ihrem Zug und verschwinden in der niedrigen Sonne – seht ihr sie gehen?

Er stand einfach nur da und schwieg so lange, dass Batson fragte, ob noch etwas sei. Sie hätten sich hoffentlich richtig verstanden? Und wann werde er wissen, wie die Geschäftsführung entschieden habe?

4. Brigade halb vier zurück – weg aus dem Hinterhalt, er musste schnell weg aus diesem Zimmer, in dem eine holländische Mutter gewohnt hatte und in dem seine eigene Mutter so plötzlich aufgetaucht war, dass es ihn wie ein Kinnhaken traf.

»Ich komme nächste Woche wieder, Herr Batson, und bringe die fünfundzwanzig Bände, Sie können sich drauf verlassen.«

Beinahe hätte er sein Auto nicht wieder gefunden. Wut und Reue, beide so unerwartet, hatten ihm den Orientierungssinn genommen. Das Tweedjackett mit den Ellbogenverstärkungen, sein Vater hatte so etwas getragen, und seine Brüder. Und das war verdammt noch mal nicht seine Welt, aber er kam verdammt noch mal nicht davon los, und, verdammt noch mal, seine

Mutter, die er so liebte und die ihm die Hände auf die Schultern gelegt hatte damals im Garten – wenn er sie doch noch einmal wiedersehen könnte. Schließlich fand er sein Auto, in der Nähe des Hauses, am Rand eines kleinen Parks. Er öffnete die knarrende Tür, stieg ein, drehte den Zündschlüssel nicht um. Tief innen in seinem Leib war das Unvermeidliche losgebrochen. Er würde bald sterben, achtunddreißig Jahre alt war er und würde bald sterben.

Er ließ den Motor an. Fuhr in die Dämmerung, den noch warmen Abend. Clifton Street, Clifton Street.

Er stieg die Treppe zu seinem Zimmer hinauf. Die letzten Tage seiner Probezeit waren gekommen. Im Vergleich zu den anderen Vertretern hatte er fast nichts verkauft, und er wusste, dass sein Vertrag nicht verlängert werden würde. Das Telegramm, das in die Türritze geklemmt war, brauchte er kaum zu lesen. »Kommen dringend erwünscht, Mutter…« Er durfte fort, er musste fort, er hatte einen Vorwand! Seine Mutter lag im Sterben, und er war nicht bei ihr. Mit dem Telegramm in der Hand blieb er stehen, mitten im Zimmer. Als ob in seinem Kopf eine Gastherme ansprang, deren Zündflamme jahrelang nicht gebrannt hatte. Stechende Hitze hinter seinen Augen, ohne dass Tränen kamen. Leere, die sich füllt, ein Zischen. Als würde die Hülle eines Vakuums durchstochen. Rohre, durch die plötzlich Gas strömt. Der Förderkorb, der Hunderte von Metern in die Tiefe sackt bei seinem ersten Einfahren, das unbeschreibliche Gefühl, dass der Geist noch über der Erde ist und der Körper unten schon ausgestiegen. Der glühende Waggon in Ban Pong, der zum Stillstand kommt, der verrückt machende Lärm, der aufhört, die Türen, die sich zu einem entsetzlichen Raum öffnen. Er stand einfach nur da, die Hand am Telegramm, am liebsten wäre er so stehen geblieben, Stunden, Tage. Wache für seine Mutter, Ehrenwache, Nachtwache wie in dem Wald am Kwai, bis die Sonne aufging und das Schwert den Hals seines Lagerkameraden durchschnitt. Im Warten war er mittlerweile gut, im Aufschieben, Umwegemachen, Verschwinden. Aber ein Entkommen gab es nicht. Seine Mutter starb, und er konnte sie nicht einholen, kam ein winziges Bisschen zu spät mit seinem eigenen Tod, er wusste es.

Schließlich las er weiter: »Ticket abzuholen am Wingfield Airport.« Seine Brüder in Aktion, die etablierte Ordnung hatte augenblicklich Maßnahmen ergriffen, ein Ticket bestellt, weil er selbst kein Geld dafür hatte. Noch immer diese unsichtbaren Fäden, eine ferne Hand, die winkte. Er machte sich auf den Weg. Zum Flugplatz, am selben Abend noch konnte er fort. Die Abflughalle war nur schwach erleuchtet, wenige Fluggäste, ein paar Schwarze, die saubermachten, Werktagsbetrieb. Beim letzten Mal hatte er Afrika über Durban verlassen. Auf dem Weg in einen befreienden Krieg, zu einem neuen Zuhause, einer anderen Frau, freiwilligem Unglück.

Es hieß einfach Hotel Durban. Zwei Nächte hatte er

dort gewohnt, mit Kate, einer »Farbigen«, beinahe schwarz. Erinnerung ist immer schwarzweiß, es war, als hätte sie gestern in seinen Armen gelegen. Unerträglich anziehend war sie gewesen. Er hatte sie noch nicht lange gekannt, war ihr in Joburg begegnet. Ihre Haut hatte die Farbe einer unbekannten Wüste. Sie wollte ihn, durchbrach die Barriere seiner Zurückhaltung. Er ließ sie gewähren. Sie sprach sogar vom Heiraten, ein Wort, das er nicht einmal buchstabieren wollte. Als er den Kopf schüttelte, war sie nicht verärgert oder niedergeschlagen. Ihre dunklen Augen, ihre schwarze Nacktheit blieben so gastfreundlich wie zuvor. Die Tage in Durban, die schimmernden Stunden mit Kate – Herumtreiber waren sie, für kurze Zeit der Welt abhandengekommen. Die *Tegelberg* stand unter Dampf, auf den Kais stapelte sich die Ladung, die Kräne schwenkten durch die Luft. Aber sie, sie blieben im Hotel verschanzt, Hand in Hand, Mund an Mund, Leib an Leib. Freiheit, Krieg, Meer. Nichts konnte ihn niederdrücken, er lebte vollkommen losgelöst von allem. Kate war eine Droge, ein bewusstseinserweiterndes Mittel, ein Lebenselixier. Immer sollte er sich an sie erinnern, aber ohne Reue oder Schmerz, sie war ein Wunder an Selbstverständlichkeit. Mit der gleichen Leichtigkeit zog sie sich wieder aus seinem Leben zurück. Zurück nach Joburg, zurück zur Fortsetzung, welcher Art sie auch sein mochte.

Das Halbdunkel des Wingfield Airport machte ihm die Abreise erträglich. Er saß hinter einer gläsernen

Trennwand und hörte der Stimme im Lautsprecher zu, aus dem die erlösenden Worte kommen mussten: Passagiere nach Europa ... Er war nicht mehr geflogen seit den Abenden von Manila, als ein paar amerikanische Piloten ihn nach Hawaii und San Francisco mitgenommen hatten – am Abend hin, am nächsten Morgen zurück. Sein Kopf war noch voll von der Befreiung gewesen, und leer vom Krieg. Das Gefühl, fliegen zu können, ohne beschossen zu werden, die dröhnenden Motoren auf der Suche nach einer Bar am Rand eines Flugplatzes. Fünf Jahre war das her, auf der anderen Seite der Welt, der richtigen Seite. Die Japse besiegt, die Bombe gefallen, von Strahlung, die jahrelang im Körper wüten kann, hatte noch niemand gehört. Manila und der Abschied von der Frau, deren Namen er nicht behalten hatte, während er sich sehr genau an ihre Aufmerksamkeit erinnerte, ihr atemloses Zuhören. Manila und der glänzende Empfang für die befreiten Kriegsgefangenen.

Ex-POW, ehemaliger Prisoner of War, was bedeutete das schon. Man blieb, was man so lange gewesen war, Gefangener des Krieges. Gut, die Uniformen wurden ausgezogen, die Waffen abgegeben. Die Hungerleiber hochgepäppelt, die Muskeln wieder angespannt, die Haare wuchsen nach, okay. Aber der Kaiser auf seiner Insel gab nicht nach, und der kleine Soldat im Dschungel ließ unermüdlich sein Schwert niedersausen. Immer dachte er an Guus, wie oft stürzte er sich in seinen

Träumen in die Wellen. Peng, wach, geträumt, kein Wasser, er brauchte nicht zu rufen, Guus war nicht mehr da.

Sein Flugzeug war das letzte an diesem Tag. Überall waren die Lichter schon aus, nur in dem gläsernen Warteraum und im Gang zum Vorfeld brannten Lampen. Um ihn herum rumorten Menschen, er hörte das Gemurmel von Mitreisenden. Sein Mantelkragen flappte leicht gegen seinen Hals, als er in den Abendwind hinaustrat. Auf dem Weg zur Maschine, hundert Meter über den dunklen Beton, war er hellwach. Aber es kostete ihn lächerlich viel Anstrengung, die Gangway hinaufzusteigen. Sein Herz hämmerte, die Stewardess musste es hören, sie schaute ihn besorgt an. Er ging an ihr vorbei, außer Atem, müde. Bevor er auf seinem engen Sitz einschlief, dachte er an seine Mutter im fernen Europa. Seine Mutter im Kampf, oder ergeben, der Tod einen Händedruck von ihr entfernt. Wann hatte er den letzten Brief von ihr bekommen, wann hatte er zuletzt einen Brief beantwortet, wie viele Flaschen trieben im Ozean?

# 7

Schiphol, Amsterdam, einfache Wörter für jemanden, der sie auf ein Schild malen soll, für einen Drucker oder einen Buchhalter, oder die Besatzung eines Kontrollturms. Nicht für einen, der nach traumlosem Flug von Südafrika dorthin die Augen öffnet und die Umrisse einer bösartig veränderten Welt wahrnimmt.

Dann sah er ihn auf sich zukommen, seinen jüngeren Bruder. Fünfzehn Jahre hatte er nicht mit ihm gesprochen, fünfzehn Jahre war er außer Sicht gewesen. Warum war er allein, wo waren die anderen? Sein Bruder hob beide Hände, Willkommen und Warnung zugleich. Als er auf ihn zuging, wusste er plötzlich, warum: Er war zu spät.

»Rob!«

»Brüderchen.«

Sie standen sich gegenüber, hatten sich bei den Schultern gefasst, er hörte ihn sagen: »Sie lässt dich grüßen. Sie ist gestern gestorben.« Er schaute seinen kleinen Bruder an, der mit den Tränen kämpfte. Was war mit ihm? An einem Ohr trug er einen Verband, seine Haut sah angegriffen aus, rissig.

Grüßt meine Mutter – Mutter in Großbuchstaben.

»Hatte sie Schmerzen?«

»Nein, sie hat nur ein paar Mal nach dir gefragt, und ob wir wüssten, wann du kommst.«

Das Hohle in ihm, diese bleischwere Leere. Zu spät, the story of his life. Land verlassen, auf eine Weltreise gegangen, in allen Winkeln der Erde gewohnt und deshalb zu spät bei seiner Mutter, zu spät für den letzten Gruß. Den Gruß seines Lebens, die nie ausgesprochenen Worte, die einfachen. Ihre Hände auf seinen Schultern im Garten, die Hand an seiner Wange, und drinnen der Orgelmann, der Beginn des Abenteuers. Der sanfte Druck ihrer Hände, die Nachsicht in ihrer Stimme, als sie ihn mahnte, ins Haus zu gehen und die Anwesenden zu begrüßen. Die Unwiderruflichkeit seines Entschlusses in diesem Liegstuhl im Garten von Honk, und über allem die Stimme seiner Mutter.

Wieder dieses Dumpfe, wieder die saugende Leere. Er sah seinen Bruder an, klopfte ihm kurz auf die Schulter: »Hat jemand mein altes Motorrad aufgehoben?« Er musste darüber hinwegreden, damit er die Worte seines Bruders nicht mehr hörte: »… und ob wir wüssten, wann du kommst.« Wie angeschlagen der Junge aussah, wie ein Kriegskind, blasses Gesicht, geschwollenes Ohr, ein Auge blutunterlaufen. Zwei Jahre jünger war er. In der Urzeit von Honk hatten sie zusammen Tennis gespielt, waren Schlittschuh gelaufen, mit dem Rad zu Verwandten in Frankreich gefahren – in der Zeit vor der Revolution, vor der Guillotine, vor dem großen Morden. Nichts bleibt, und nicht einmal das.

Abend über Schiphol. So anders als Afrika, so vieles war hier klar abgegrenzt, scharf umrissen, drahtlos.

Schweigend gingen sie zum Ausgang, sein Bruder hatte sich eine Sondererlaubnis geben lassen, um ihn abholen zu können. Der Zollbeamte blickte erstaunt auf, als er die Stempel in seinem Pass sah. Globetrotter, Geschäftsmann, Spezialist, Diplomat? Nein, schwarzes Schaf, Soldat, Flüchtling, Fremder. Von seiner Mutter gerufen und verspätet angekommen, zu spät, um das Katzenbändchen so zu drehen, dass es richtig saß. Die verdrängten Bilder von seiner Mutter, am Flügel, die Hand, die umblätterte, als würde sie die Noten vorsichtig zur Seite schieben. *Liebestraum*, Traum von einer alten Liebe, vor der er geflohen war. Seine Mutter, Kate, die Frau in Manila, Muriel. Der Zollbeamte winkte sie durch. Geistertüren flogen auf, er war in Holland.

»Weißt du noch, wie Vater hier mit dem Taxi ankam? Der *Uiver* war gelandet, Tausende standen an den Zäunen um Schiphol. Und Vater ging zu einem Wachmann und sagte nur ›Plesman‹, so hieß der damalige Flughafenchef. Plesman – als ob das Zauberwort das Rote Meer spalten würde, damit er mit seinen Söhnen der Besatzung gratulieren konnte. Ganz Vater.«

»›Gut gefahren, Lokführer‹ – auch so typisch für Vater«, sagte sein Bruder.

»›Roy, wir gehen‹ – als bei einem Diner jemand eine zweideutige Bemerkung gemacht hatte und er und Mutter sofort aufstanden. Warum hat er sie eigentlich Roy genannt?«

Roy, seine Mutter. Die tot war. Er wollte nicht daran

denken. Er hatte das Gefühl, dass er wankte, oder ging sein Bruder so schnell? Ein paar Dinge musste er noch erledigen in diesem Land. Seine Mutter begraben natürlich. Er würde nicht sprechen können an ihrem Grab, wie bei Yoshua, oder am Kwai, wo er für einen Kopf an einem Seidenfaden ein paar Sätze gemurmelt hatte. Alles, was er zu sagen hatte, war in Quarantäne – jedes Wort war ansteckend, jeder Satz konnte zum Auslöser einer Epidemie von Wehmut werden, von Schmerz, dem er keinen Raum geben durfte. Seine Brüder sollten den Eindruck haben, dass es ihm besser ging. Vor allem sollten sie ihn in Ruhe lassen mit allem Gutgemeinten, ihren Familien, Kindern, Posten. Er würde erzählen müssen, auf ihre Fragen antworten, sich ihre Fotos anschauen, zuhören, wenn sie von ihrem Krieg sprachen.

»Mit dem Zug nach Deventer, dann den Bus nehmen, der hält vor De Kolkhof. Gegenüber ist eine Wirtschaft mit einem Spielplatz daneben. Da werde ich sitzen, um halb zwölf, wir können ein Butterbrot essen, wenn wir möchten.« Instruktionen von Guus' Vater. Er hatte ihn ohne große Schwierigkeiten gefunden. Der Zug nach Deventer fuhr durch die Landschaft, die er vor langer Zeit in einer eisigen Nacht durchquert und am frühen Morgen hatte erwachen sehen. Die Weiden und Dörfer und sonnenbeschienenen Abschnitte der Veluwe. Guus' Vater lebte, Gott sei Dank. Ein paar Anrufe, und er hatte ihn gefunden. Der Vater hatte ihn am Telefon ruhig ausreden lassen, als er nervös, atemlos fast, seine Geschichte zu erzählen versuchte. Dass er Guus gekannt hatte, mit ihm durch Thailand geschleift worden war, wie sie miteinander verwachsen waren, Lianen in einem Dschungel, einer in die Lebensgeschichte des anderen verstrickt. Er hatte zusammenhanglos gesprochen und viele überflüssige Einzelheiten erwähnt, außerstande, von dem zu sprechen, worauf es ihm ankam. Aber der Vater schien zu verstehen, hörte geduldig zu und wollte sich gerne bald mit ihm treffen. Er hatte Guus' Vater noch gefragt, ob er ohne Weiteres wegkönne, wegen der Hunde – da war es einen Moment still gewesen; die Hunde gab es nicht mehr.

Die IJssel, die IJsselbrücke, Guus' Fluss. Stumpf schaute er hinaus, sah die Lebuinuskirche, die über die erste Häuserreihe hinausragte. Niedergeschlagen, weil offenbar alle Dinge Bestand hatten und alles einfach weiterging. Die Brände, von englischen Bomben verursacht, waren gelöscht, die Schutthaufen beseitigt, die Opfer begraben oder fürs Leben gezeichnet, die Läden neu eingerichtet, die Fenster geputzt. Das war der Bahnhof, an dem Guus so oft ausgestiegen war, um seinen Vater zu besuchen, um zu lernen, um Klavier zu spielen. Gleich würde er Guus' alte Welt betreten, er stellte sich seine Ankunft vor. Die Treppe von dem Jugendstilbahnsteig zum Ausgang hinunter, der Ringgraben voller Schwäne, wie es sich gehörte, der Busbahnhof, die Fahrt nach De Kolkhof.

Fahrgäste stiegen ein und aus, das Motorgeräusch,

das ruckartige Anziehen des Busses, alles klang beruhigend. Über die Schultern des Fahrers schaute er auf die geklinkerte Straße, an der das Haus liegen musste.

Das Begräbnis war vorbei, oder vielmehr die Einäscherung, Driehuis-Westerveld, Urnenhain. Auch sein Vater »stand« dort. Einäschern oder beerdigen, ein regelrechter Richtungsstreit, an dem er sich nicht beteiligt hatte. Seine Brüder hatten die Entscheidung getroffen. Er hatte noch gemurmelt, alles sei besser, als vermisst zu sein. Sie waren natürlich nicht darauf eingegangen. Konnten ja nicht wissen, dass er immer noch auf der Suche nach Guus war, dass der ihn unaufhörlich verfolgte, bedrängte. Ihm so nah war wie ein Bruder. Mehr noch, er war auf den merkwürdigen Gedanken gekommen, dass Guus derjenige war, der er selbst hätte sein können. Sein sollen, wenn es nach seinem Vater gegangen wäre? Schmalspurpsychologie, das wurde ja immer besser. Er musste aufhören, sein eigenes Leben auf das von Guus legen zu wollen. Das dunkle und das helle Leben – seines war das dunkle geworden, das von Guus das helle. Zurückgeblieben, als sie auf ihrem Floß davontrieben, falsch gesprungen, der Schauspieler, bestimmt an irgendeiner vergessenen Küste angespült – das konnte man kaum ein helles Leben nennen, und doch tat er es. Sein Bruder, sein Kamerad, sein Reisegefährte, sein Lagerfreund, also gut, sein Alter ego. Guus, der er nicht war, nicht sein wollte, der Junge, mit dem er vom Schiff sprang. Und der ihm hinterhersprang, ihn nicht mehr verließ, in der Luft hing. Guus, jemand mit einem Vater. Heimlich beneidet, der eine um den anderen. Ein Vater, wie er selbst einen gehabt hatte, und bewundert und geliebt. Das war der Vater, den er von sich gestoßen hatte, den er provoziert hatte, beleidigt, verletzt. Der kleine Offizier, dem das eine Auge fehlte, zurückgekehrt aus Hinterhalten und in den Ruhestand versetzt, bevor er dreißig war. Guus und sein Vater, ihre glücklichen Jahre am Fluss, mit einem Stock und einer Angel durch die Weiden hinter dem Haus. Die Hunde auf der Schwelle der Waschküche. Das verfluchte Glück einer solchen Jugend.

Dumpf, verstummt, versteinert wartete er ab, der Bus fuhr ihn zu einer der letzten Haltestellen, dahin, wo der Vater sein würde. Hielt.

Er betrat das Lokal und erkannte ihn sofort. Guus im Alter von fünfundsiebzig. Alter Mann, Moleskin-Hose, Tweedjackett, Hut vor sich auf dem Tisch, den Stock an einen Stuhl gelehnt. Der Mann stand langsam auf, schaute ihn an, hob die Hand. Zögernd ging er auf ihn zu, außer ihnen war niemand in dem kleinen Raum. Das Sonnenlicht kam hier nicht herein, ein paar Lämpchen brannten, der Windschutz im Eingang fiel leise klatschend wieder zu. Die wenigen Meter von der Tür zum Tisch kosteten ihn einige Anstrengung. Es waren keine Schmerzen, es war Unlust, Widerwille, er wollte stehen bleiben, sich hinlegen, umkehren.

»Also du bist Rob? Ich hoffe, es macht dir nichts aus, wenn ich dich duze. Hat Guus dir von den Hunden erzählt?«

»Sie lagen immer auf der Schwelle der Waschküche, und sie blieben bei Fuß, auch wenn in zwei Meter Entfernung ein Fuchs vorbeilief.«

»Ja, dann musst du meinen Sohn gekannt haben. Setz dich!«

Gekannt haben, das war untertrieben. Ihre Geschichten waren miteinander verschmolzen in den endlosen Stunden, die sie auf ihren Tatamis verbrachten, den Matratzen im Lager Bandung, Stunden, in denen sie Ellbogen an Ellbogen lagen und erzählten, sich Zentimeter für Zentimeter durch ihre Leben vorwärtsschoben. Gekannt haben – mein Gott, er wusste alles, mehr als der Vater wusste. Was weiß ein Vater überhaupt von seinem Sohn. Es ist immer umgekehrt, der Sohn weiß etwas von seinem Vater, wartet, schaut, empfängt. Der Sohn ist der Bettler, der Vater wischt hin und wieder Brosamen von seinem Tisch.

Ruhig, langsam, Guus Vater musste ja erst einmal zu Wort kommen, er hatte bisher kaum etwas gesagt. Gib ihm eine Chance, erzähl ihm, was du weißt, liebe ihn, protestiere nicht gleich.

»Ich wollte nur wissen, ob du ihm wirklich begegnet bist und wie gut du ihn gekannt hast. Ich habe schon ein paar Mal eine Enttäuschung erlebt, wenn Leute behaupteten, dass sie ihn gesehen und mit ihm gesprochen hätten, in London oder Ostindien – und dann nur ein paar ganz allgemeine Dinge wussten. Ich weiß, dass er vermisst ist. Das wurde mir offiziell in einem Brief des Militärkommandanten von Java bestätigt. Zu unserem Bedauern müssen wir Ihnen mitteilen … auf dem Transport von Singapur nach Japan torpediert und nicht gefunden … Schiffe haben noch nach Überlebenden gesucht … nicht entdeckt … traurige Pflicht …

Als ich ihn in Hoek van Holland zum Schiff brachte, im Sommer 1939 war das, habe ich noch zu ihm gesagt: Nimm Schwimmunterricht, wenn du in London bist. Zu Hause hatte er es nie lernen wollen, er wollte lieber am Klavier sitzen, oder jagen oder rudern. Er hatte fürs Schwimmen nichts übrig, er konnte es nicht.«

Es dauerte einen Moment, bis er begriff. Dieser verdammte Idiot konnte nicht schwimmen! Aber warum hatte er nichts davon gesagt, warum hatte er ihm nicht schreiend und fluchend klargemacht, dass er nicht schwimmen konnte. Er hatte sich noch um den Hund gekümmert, beruhigend auf ihn eingeredet, ein bisschen Zeit gewonnen. Warum hatte er sich nicht an ihn geklammert, ich kann nicht schwimmen, Rob! Die ganze Zeit hatte er gewusst, wenn sie es durch die Gänge des Schiffs nach draußen schafften, wenn sie es trotz des Chaos und der Panik bis nach draußen schafften, dann würde er springen müssen. Nicht ein einziges Mal geschrien, dass er ertrinken würde. Zu stolz? Nicht daran gedacht; gedacht, ich schaffe es schon? Hatte sich ohne Widerspruch von Bord fallen lassen, springen konnte man es nicht nennen. Mit einer gewissen Anmut, Schauspieler übt Sprung, beim nächsten Mal Aufnahme. »Spring, Guus, spring.« Okay, er hatte es getan. Als ob er vom Lesetisch zwischen die Scherben eines wilden Abends gesprungen wäre. Natürlich war er gar nicht mehr an die Oberfläche gekommen, untergetaucht und weg. Im zerbrochenen Glas verschwunden. O Gott, er hatte gewusst, dass es für ihn keine Rettung gab. Wenn sie Hand in Hand sprangen, würden sie beide ins Dunkel sinken; er konnte sich nicht an seinen Freund klammern, weil der versuchen würde, ihn zu retten, und dabei auch ertrinken würde – war ihm das durch den Kopf gegangen, als sie sich aus dem Bauch der *Bungo Maru* nach oben kämpften? Durch die schmalen Gänge, um ihr Leben. Schnelligkeit war entscheidend, je schneller sie waren, desto näher kamen sie dem Wasser. Dem Tod also.

»Guus stand beim Appell immer genau vor mir – von dem Schiff erzähle ich Ihnen gleich. Eines Tages hat man ihn mit einem einzigen trockenen Karateschlag in den Nacken niedergestreckt. Er lag in der glühenden Sonne, niemand sah ihn an, niemand durfte etwas tun. Ich schaute auf ihn hinunter, sein Kopf berührte fast meine Füße. Fünf Minuten hat es gedauert, höchstens, aber ich dachte, er wäre tot. Dann öffnete er die Augen, begriff, was geschehen war, und stand lautlos auf, vollkommen ruhig, und nahm unauffällig seinen Platz wieder ein. Als ob es keine Japse gäbe, kein Lager, keinen Krieg. In dem Augenblick wurde mir klar: So muss man leben.«

Der Vater schwieg.

»Er hat mir nie gesagt, dass er nicht schwimmen konnte. Vielleicht hätte ich etwas machen können, wenn ich es gewusst hätte.«

Der alte Mann schaute ihn fragend an und lehnte sich etwas zurück, damit der Wirt den Kaffee hinstellen konnte. Das Klirren der Tassen, man konnte sich vorstellen, dass es sehr weit weg ein kurzes Erdbeben gab, das in entfernten Ländern die Kaffeetassen vibrieren ließ. Dabei war es nur das leichte Händezittern eines alten Wirts. Er berichtete dem Vater von der Torpedierung. Und von Bandung, von Thailand, von London, von Java, von allem, was sich durch Guus' Erzählungen seinem Gedächtnis, seinen Zellen eingebrannt hatte. Von dem Guus, der in ihm steckte, dem Guus, den er in all den Jahren zusammengeträumt und gejagt hatte. Aber er sprach stockend und fast ohne Zusammenhang. Bruchstücke der einen Geschichte tauchten in der nächsten auf, Gedächtnisfäden, Erinnerungsfransen. Immer wieder entschuldigte er sich für sein wirres Erzählen.

»Hat er je von seiner Mutter gesprochen?«

Die Frage verwirrte ihn völlig. Das Wort »Mutter« schnitt ihm ins Fleisch. Das Wort gehörte ihm allein, selbst mit Guus hatte er nie von seiner Mutter sprechen wollen, es steckte tief in ihm, so tief reichte kein Schacht hinab. Und Guus hatte auch nur selten von seiner Mutter gesprochen, für ihn gab es nur seinen Vater, er kannte kein Leben mit einer Mutter.

»Einmal, da sagte er etwas Witziges: ›Ich habe auf meiner Mutter gespielt, ich habe ihren Flügel geerbt. Wenn sie ein Engel ist, ist sie jetzt lahm.‹«

Er fügte hinzu, dass das nur ein winziges Glied aus

einer ganzen Kette von Gesprächen war, auf dem Fußmarsch von Ban Pong zu ihrem ersten Lager. Sprach von ihrem unbeugsamen Willen, diesen Marsch zu überleben, von ihrer Unzertrennlichkeit, ihrer verbarrikadierten Welt, ihrem besonderen Blick, ihrem unerschütterlichen Glauben an die Erinnerung, die eigene und die des anderen. In Bandung hatten sie ihre Reserven angelegt, um sie dann langsam aufzubrauchen. »Was vorbei ist, existiert erst wirklich«, lautete ihr Motto. Und es ging vorbei und hörte nicht auf, und Guus und er sahen sich im Bauch der *Bungo Maru* wieder. Kurs: Straße von Formosa, Inselreich des Irrsinns, Torpedo, Tiefe. Peng.

»Guus saß stundenlang unter dem Flügel, wenn seine Mutter übte. Er wohnte unter dem Flügel, hatte da sein Spielzeug um sich herum, er baute seine Hütte nicht auf einem Baum, sondern unter dem Resonanzboden. Er schlief dort ein. Und seine Mutter spielte, was sie konnte. Sie starb, als Guus vier war, im Grunde noch bevor er sie richtig kannte. Sie war die Musik, die Notenlinien in seinem Kopf.«

Darum also hatte Guus bis tief in die Nacht hinein gespielt, darum also hatte er gespielt, wenn die Heinkels ihre Bombenschächte öffneten, darum also war er so elegant gewesen, hatte er dieses innere Gleichgewicht gehabt. Notenlinien in seinem Kopf, eine Mutter, die in ihm weiterübte, ein lahmer Engel, ein Reservoir voller Musik.

Woran Guus wohl gedacht hatte, als er unterging?

An seinen Vater, an seinen Flügel, an die Hunde auf der Schwelle? An ihn? Man denkt nicht, wenn man stirbt, man ist einfach, bis zum letzten Augenblick ist man. Das Wasser um ihn herum, das ihm den Mund stopfte, den Atem abschnitt, das unendliche Dunkel um seine Augen. Vielleicht hatte er sich daran erinnert, wie er unter dem Flügel geschlafen hatte, wie ein Hund in seinem Korb. Vielleicht waren die Klänge wiedergekehrt, hatte er den Fuß seiner Mutter auf dem Pedal gesehen. Schnipsel aus der Zeit vor der Welt, Musik aus der Zeit vor seinem Vater. Zusammengerollt, vollkommen still, sinkend, wehrlos, am Ende vermisst.

»Er hat oft von Ihnen gesprochen. Manchmal hat er sich Sorgen gemacht, er fragte sich, wie Sie wohl den Krieg überstehen würden. Er meinte, dass die Moffen wohl De Kolkhof beschlagnahmt und Sie einfach vor die Tür gesetzt hätten.«

»Guus war immer in meinen Gedanken, vor allem, als London in Flammen aufgog. Zum Glück bekam ich über die Schweiz einen Brief von ihm. Er schrieb, dass er als Freiwilliger nach Ostindien gehen wollte. Aber danach nichts mehr, nicht die kleinste Nachricht. Nur Gerüchte, die Kriegsjahre waren voller Gerüchte, Halbwahrheiten, man erfuhr vieles nur auf Umwegen. Ich stellte mir vor, dass er in Gefangenschaft wäre, ich sagte mir, dass er ja noch jung wäre, ein Gleichgewichtskünstler, dass er schon durchkommen würde. Man will es, man malt sich selbst ein Bild und hält sich dadurch aufrecht. Erst nach dem Krieg kam der Brief aus Java, ein Brief, der nach Unheil roch, schon bevor ich ihn aufgemacht hatte. Vermisst. Tot also, auch wenn eine Spur Zweifel bleibt. Dass es kein Grab gibt, das ich besuchen kann, das ist schwer zu ertragen. Sehr schwer.«

Guus' Vater. Gesten, das Timbre seiner Stimme. Der kleine Tisch zwischen ihnen wurde langsam auseinandergenommen und entfernt. Guus machte es sich zwischen ihnen bequem, ihre Worte berührten sich, und das Schweigen, das immer wieder eintrat, betonte nur ihre Vertrautheit. Zwei, die sprachen und zuhörten, vereint durch Aufmerksamkeit und Einfühlungsvermögen. Zwei, die in diesem schlichten Wirtshaus neben dem Spielplatz einem Sohn und einem Freund ein Seemannsgrab gaben. Einen Kranz nach dem anderen warfen sie hinab. Ein Ring von Geschichten und Erinnerungen schloss sich um das dunkle Loch im Ozean, in dem es nur abwärts ging.

»Und du, Rob?«

Unvermeidliche Frage, unmögliche Frage, ein Totengräber, der seinen Kollegen fragt: Wann stirbst du?

»Was ich noch gern wissen würde – wenn Sie davon sprechen möchten, heißt das natürlich –, was hat Guus in dem letzten Brief geschrieben? Wie fühlte er sich in dem Moment, war er optimistisch, was dachte er?«

Als wäre er auf diese Frage vorbereitet gewesen, zog der Vater den Brief aus seiner Innentasche.

»Lies ihn ruhig.«

Vorsichtig nahm er den Brief aus dem Umschlag;

Schweizer Poststempel, sah er mit einem Blick. »Lieber Vater...« Der beneidete Vater, der nahe, der mitfühlende. Ein Vater wie eine Mutter. Nicht der Vater, den er selbst einmal geliebt und später aufgegeben hatte, dessen Briefe er zerrissen und ins Meer geworfen hatte. »Lieber Vater«, las er. Handschrift eines feinfühligen Menschen, kleine, kunstvoll geschwungene Buchstaben, regelmäßig, breiter Rand, viel freier Platz. Zartgrüne Tinte und nichts Durchgestrichenes, obwohl der Brief in Eile geschrieben worden war, wie Guus erwähnte – jemand konnte ihn in die Schweiz mitnehmen und dort absenden.

Er erkannte alles wieder, was er las. In wenigen Sätzen die Geschichte von Guus' Londoner Monaten und seiner klaren Entscheidung für die Armee und gegen die Freiheit. Camden Hill, die Feuerwehr, die Stunden in Heywood Hill's Bookshop. Und da stand es: Er sehne sich danach, sein Leben nach etwas anderem zu richten. Aux armes, zu den Waffen, gegen die Barbaren, die London in Schutt und Asche legten und die Niederlande annektiert hatten. Fort vom Klavierhocker. »An meinem Klavier bin ich am glücklichsten, Vater, aber es kommt keine Musik mehr heraus. Chopin und Rachmaninow sind nicht weniger genial als früher, aber ich kann sie nicht mehr spielen, wenn an der nächsten Ecke die Häuser brennen.« Gegen Ende des Briefes, beiläufig: »Aus dem Schwimmenlernen ist leider nichts geworden. Aber ich habe das Löschwasser überlebt, also riskiere ich es einfach!« Und seine letzten Worte:

»Ich umarme Dich Vater, grüße De Kolkhof und die Hunde – Dein Guus.«

Er schaute auf, konnte nichts sagen, wollte das Schweigen auch eigentlich nicht brechen.

»Und du, Rob?«

Merkte der Vater denn nicht, dass er keine Antwort darauf hatte? Was sollte er sagen? Dass er wie Guus verschwinden werde, nach Südafrika zurückkehren, in die ewigen Jagdgründe, zum Teufel?

»Ich reise bald zurück. Nach Kapstadt, wo ich wohne.« Er wusste nicht, was er dem noch hinzufügen sollte. Er wohnte dort, ja. Sein Körper saß dort am Fenster und am Tisch und lag in einem Bett. Aber die Ziellinie war in Sicht. Er würde zurückkehren, gut.

»Sollen wir uns De Kolkhof ansehen und dann kurz zum Fluss gehen?«

»Wohnen Sie noch dort?«

»Nein, schon lange nicht mehr. Die Engländer haben es bombardiert, die Deutschen, die einquartiert waren, haben es nicht überlebt. Unser kleines lokales Inferno. Die Feuerwehr kam absichtlich zu spät. Es ist nur noch eine Ruine.«

Sie näherten sich dem Haus oder dem, was davon übrig war. Das Kutschenhaus stand noch, der Tümpel war überwuchert, aber noch sichtbar, die Trauerbuche blühte, als wäre nichts geschehen. Wieder erkannte er alles. Guus' Beschreibungen waren präzise gewesen. Der Vater blieb stehen: »Da war die Waschküche.« Sonst nichts.

»Haben Sie die Gewehre noch, und die Angeln und den Voerman und …«

»Habe ich alles zurücklassen müssen. Eines Abends haben sie mich abgeholt, verhört, gefragt, wo Guus wäre. Ich konnte wahrheitsgemäß antworten, dass ich das leider nicht wüsste. Sie haben mich freigelassen, aber das Haus war beschlagnahmt, ich musste zusehen, wo ich blieb. Die Engländer haben hier oft bombardiert, Deventer hat viele Treffer abbekommen. Ich durfte aus De Kolkhof nichts mitnehmen, nur ein paar Fotos und Briefe – nach einigen Schwierigkeiten. Auch die Hunde mussten bleiben. Die Deutschen liebten Hunde.«

Ein Mann allein, mit ein paar Fotos, ein paar Briefen. Und anscheinend ohne Verbitterung; aus keinem Wort war Hass oder Wut herauszuhören. Er sprach von Deutschen statt von Moffen. Rätselhaftes Gleichgewicht, er schien sich über seinen Schmerz erhoben und mit allem abgefunden zu haben. Selbst Guus' Tod hatte er angenommen, oder vielmehr, er trug ihn, wie man ein verletztes Tier trägt, darauf bedacht, jeden Stoß zu vermeiden, zärtlich, voller Hingabe.

»Da ist der Fluss, eine Viertelstunde zu Fuß. Geht das?«

Warum fragte er, ob er so weit gehen konnte? Er selbst hatte einen Stock, wie kam er auf die Idee, dass der Weg für Guus' Freund zu beschwerlich sein könnte? Was wusste er?

Er nickte, sagte so wenig wie möglich, schaute nur,

erinnerte sich an jede Einzelheit, die Guus ihm beschrieben hatte, Rekonstruktion des Paradieses. Nichts war mehr wie früher, aber alles noch da, verflüchtigt, in ertrunkenen Worten.

»Das Rehgeweih, das an den Lenker klopft, der baumelnde Kopf neben dem Rahmen. Der verhaltene Triumph beim Einfahren der Beute – mein Vater, der freundlichste Mann, den ich kenne, ist ein Jäger, ein Scharfschütze. Unzählige Male habe ich ihn beobachtet, wie er in der Dämmerung auf den einen Bock wartete, mit der Geduld eines Ochsen. Oder wie er schräg in die Luft zielte, mit dem Lauf den überfliegenden Enten folgte und die heruntertaumelnden Tiere ansah, eine, zwei, manchmal drei Enten zugleich. Die Hunde neben ihm, wie sie zitterten, sie konnten den Befehl zum Apportieren kaum erwarten. Wie er ihnen nachblickte, ihre Namen rief und ihnen zufrieden die Köpfe tätschelte, wenn sie triefnass zurückkamen und ihm die Enten vor die Füße legten, ließen sie ihren Herrn dabei nicht aus den Augen. Sie hatten ein weiches Maul, die Hunde, sie waren darauf trainiert, ihren Biss zu beherrschen. Auf dem Rückweg summte mein Vater immer vor sich hin, wahrscheinlich hätte er am liebsten gesungen, fand das aber unpassend. Dann erreichten wir unser Grundstück, kamen am Tümpel vorbei, und was er geschossen hatte, legten wir in die Waschküche, danach brachten wir die Räder ins Kutschenhaus. Und dann sagte er jedes Mal: ›Spiel doch bitte etwas.‹ Egal, ob ich kalte Finger hatte, er setzte sich dann hin, nicht weit vom Flügel; in seinem grünen Pullover mit den Lederflicken an den Ellbogen, seiner dunkelgrünen Jägerhose, die Schuhe hatte er ausgezogen und die Beine auf einen Bücherstapel gelegt. Versuch so was mal zu vergessen.«

Guus, der Mann, der zu vergessen versucht hatte. Oder vielmehr, der nichts vergaß, aber verliebt in die Zukunft war, Pläne schmiedete, einen Kurs festlegte, einen Kurs änderte, wenn es sein musste. Nach einem Karateschlag in den Nacken aufstand, seinen Platz in der Reihe wieder einnahm, kerzengrade, das Haar in der Mitte gescheitelt.

Er folgte Guus' Vater. Der Fluss glänzte in einiger Entfernung. Das tiefe Grün der Aue wellte sich hier und da wie in einer bescheidenen Dünenlandschaft. Juli war es, die Sonne schien, es war hochsommerlich warm. Weiden blühten, kleine Tümpel bezeichneten die Stelle eines alten Deichbruchs. Enten flogen über sie hinweg, auch Schwäne sah er.

»Die Schöpfung hat hier an diesem Fleck begonnen. Und seitdem hat sich nichts verändert. Guus und ich sind oft hier gewesen.«

»Hätten Sie etwas dagegen, wenn wir einen Moment stehen bleiben würden? Ich muss mich kurz ausruhen.«

Guus' Vater schaute ihn aufmerksam an, wollte etwas sagen, überlegte es sich aber offenbar anders. Er zeigte auf einen kleinen Erdhügel und steckte seinen Wanderstock in ein sumpfiges Stückchen Wiese.

»Es tut mir leid, ich schaffe es nicht bis zum Fluss, mein Rücken schmerzt zu sehr.«

Wieso sein Rücken? Warum sagte er nicht, dass er sterben würde, dass er innerlich vollkommen zerfressen war, dass die Schmerzen und die Müdigkeit nichts mit seinem Rücken zu tun hatten? Unmöglich, damit konnte er Guus' Vater nicht behelligen. Aber im Grunde spürte er, dass er ihm nichts vormachen konnte. Sein Schweigen sagte genug. Er fragte nicht nach seinem Rücken, er ging nicht darauf ein, schaute auf den Fluss, ebenso still wie der Freund seines Sohnes.

»Ich habe hier etwas für dich. Eins der wenigen Dinge, die ich aus dem Haus mitnehmen konnte. Das Foto habe ich in einem der letzten Monate gemacht, als Guus zu Hause lernte. Mit Blitzlicht, ich hatte die Tür lautlos geöffnet, und Guus sah erst auf, als er den Apparat hörte. Es ist für dich.«

Guus im Zimmer seines Vaters, dem Zimmer, das er in- und auswendig kannte. Er saß an einem großen Schreibtisch, größer, als er ihn sich vorgestellt hatte. Ein Schreibtisch wie der, an dem er selbst als sechzehnjähriger Junge gesessen, dessen Schubladen er aufgezogen und wieder geschlossen hatte auf der Suche nach nichts, an einem aschgrauen Nachmittag, in einer verlorenen Stunde. Brüder auf dem Eis, Mutter ausgegangen, Vater in voller Lebensgröße in einem versteckten Heftchen.

Guus war in ein unsichtbares Problem vertieft, ein juristisches Scharmützel, ein Gesetz, das mit Füßen getreten wurde. Blitz, auf ewig festgeschmiedet, unbeweglich; Wand, Gemälde, Bücherschränke, ein Gewehr zur Hälfte sichtbar, ein Ecktischchen mit Strohblumen, an den Schreibtisch gelehnt eine Tasche, aus der Papiere herausschauen. Der Traum, das Paradies, der Vater ganz nah, noch nirgends eine Zukunft zu erkennen. Noch nirgends die Leere, die Angst. Deutsche Stimmen, die Bomben, die später einschlagen sollten, das Heulen der Hunde während des Angriffs.

Er schaute zum Fluss hinüber. Der gelbe Sand an den Ufern hob sich hell von der Umgebung ab. Der Schlag einer Schiffsglocke tönte über die Wiesen. Juli, die Sonne auf dem Höhepunkt ihrer Kraft, die Einsamkeit allgegenwärtig. Er wünschte sich, zum Fluss laufen zu können, ins Wasser. Zum Ufer rennen, auf eine Buhne, Kopfsprung. Früher hatte er das gemacht, mit seinen Brüdern. Stromabwärts treiben lassen und zwei, drei Buhnen weiter wieder aus dem Wasser. Nichts ging mehr, nicht einmal weinen konnte er noch. Er steckte das Foto ein und stand mühsam auf.

Auf der Rückfahrt saß er zwei Stunden mäuschenstill in einem vollen Abteil mit rauchenden und redenden Menschen. Es störte ihn nicht, Fremde störten ihn nie. Guus' Vater hatte ihn in einem alten Citroën zum Bahnhof gebracht, genau dem gleichen wie dem, den er in Lourenço Marques gefahren hatte. Bevor er in den Zug stieg, hatten sie sich bei den Schultern gefasst. Der alte Mann schien ihn umarmen zu wollen, aber er tat, als merkte er es nicht. Er kletterte die Stufen in den düsteren Waggon hinauf. Der Vater sah, wie das Dunkel ihn aufnahm, tippte ihm auf den Rücken und sagte: »Du hast Guus…«, aber ein anderer Fahrgast, der fast zu spät kam, drängte sich dazwischen, die Tür klappte zu. Die Lok zog an. Was er auch hatte sagen wollen, es konnte kein Wort mehr zwischen sie treten.

Der Nachmittag war schon weit vorgeschritten, er starrte hinaus ins Helle, auf das Land voller Sonne, voller Betriebsamkeit. Unzusammenhängende Gedanken gingen ihm durch den Kopf, Gedanken an seine Mutter und an die Tage mit seinen Brüdern, nach der Einäscherung. Landschaft schob sich im Eiltempo am Fenster vorbei. Aber was sich da draußen tat, berührte ihn nicht mehr. Er sehnte sich nach Kapstadt.

Nach dem gewaltigen Kapstadt.

# Otto de Kat
# Eine Tochter in Berlin

*Roman*
Aus dem Niederländischen von Andreas Ecke
200 Seiten. Gebunden. Lesebändchen.
ISBN 978-3-89561-530-6

»Es sind die kleinen atmosphärischen Beschreibungen, die dieses Buch so
bedrückend und bewegend machen. […]
Eine äußerst packende Lektüre.«
*Jan Ehlert, NDR Kultur*

»Spannend wird die Lektüre vor allem durch die genaue Beschreibung des
Alltags unter Kriegsbedrohung und Nazi-Terror.«
*Manuela Reichart, Deutschlandradio Kultur*

»Otto de Kat gelingt es stets aufs Neue brillant,
große moralische Themen und historische Ereignisse zu
eindrucksvollen kleinen Meisterwerken zu verknappen.«
*Andreas Wirthensohn, Aargauer Zeitung*

»Eine perfekte Mischung aus packendem Historienkrimi und
melancholischer Liebesgeschichte – und das auf
höchstem literarischen Niveau.«
*Ute Wolf, Nürnberger Zeitung*

Schöffling & Co.